Largo pétalo

Isabel Allende

伊莎贝尔·阿连德 作品集

一叶方舟

Largo pétalo
de
mar

〔智利〕伊莎贝尔·阿连德 ———— 著
Isabel Allende

陈拓 ———— 译

人民文学出版社
PEOPLE'S LITERATURE PUBLISHING HOUSE

著作权合同登记号　图字　01-2021-5184

Isabel Allende
LARGO PÉTALO DE MAR
© ISABEL ALLENDE，2019
Simplified Chinese translation copyright © 2023 People's Literature Publishing House
All rights reserved

图书在版编目(CIP)数据

一叶方舟／(智)伊莎贝尔·阿连德著；陈拓译. -- 北京：人民文学出版社，2023
(伊莎贝尔·阿连德作品集)
ISBN 978-7-02-018348-7

Ⅰ.①一… Ⅱ.①伊…②陈… Ⅲ.①长篇小说-智利-现代 Ⅳ.①I784.45

中国国家版本馆CIP数据核字(2023)第213761号

责任编辑　张欣宜
装帧设计　刘　远
责任印制　张　娜

出版发行　人民文学出版社
社　　址　北京市朝内大街166号
邮政编码　100705

印　　刷　三河市延风印装有限公司
经　　销　全国新华书店等

字　　数　180千字
开　　本　880毫米×1230毫米　1/32
印　　张　7.75　插页3
印　　数　1—5000
版　　次　2023年12月北京第1版
印　　次　2023年12月第1次印刷

书　　号　978-7-02-018348-7
定　　价　52.00元

如有印装质量问题，请与本社图书销售中心调换。电话：010-65233595

目 录

第一章 战争与大迁徙 ·································· 001
    Ⅰ 1938 ·································· 003
    Ⅱ 1938 ·································· 023
    Ⅲ 1939 ·································· 037
    Ⅳ 1939 ·································· 055

第二章 流亡、爱与两隔 ······························ 077
    Ⅴ 1939 ·································· 079
    Ⅵ 1939—1940 ··························· 096
    Ⅶ 1940—1941 ··························· 110
    Ⅷ 1941—1942 ··························· 124

第三章 归与根 ·· 145
    Ⅸ 1948—1970 ··························· 147
    Ⅹ 1970—1973 ··························· 167
    Ⅺ 1974—1983 ··························· 186
    Ⅻ 1983—1991 ··························· 203
    ⅩⅢ 故事讲到这里 1994 ················ 217

致谢 ··· 239

此书献给我的弟弟胡安·阿连德、
维克多·佩伊·卡萨多,
以及希望之舟的其他旅人。

> ……异乡人,这是,
> 这是我的祖国,
> 这里我出生,这里生活着我的梦。
>
> ——巴勃罗·聂鲁达,《返航》
> 《出海与返航》

第一章

战争与大迁徙

I
1938

> 准备，少年们，
> 再次去拼杀，再次去死亡，
> 用鲜花覆盖鲜血。
>
> ——巴勃罗·聂鲁达，《血腥是人的每寸土地》
> 《海与钟》

那个小兵娃是奶嘴兵①，青年和老人不敷战争之用时招募的童子团。接受伤员时，维克多·达尔莫没有特别留意。事态紧急，人们从货运车厢卸下这批伤员，搬木头似的铺在北站水泥石子地的草垫上，以备转运到东部军下属的医院。孩子没了生气，神色宁静，像见过天使、不再会害怕的模样。谁知道他颠沛了多少天，一个担架到另一个担架，一个救护所到另一个救护所，一辆救护车到另一辆救护车，才上了火车，被送到加泰罗尼亚。车站里，几个医生、护工和护士接到伤员后，立刻把重伤者送到医院，再根据受伤部位为其余人分组——A 组手伤、B 组腿伤、C 组头伤，如此按字母顺序——然后在

---

① 指西班牙内战后期共和国政府在后方招募的新兵，未成年人居多，死伤惨烈。人们称其为"奶嘴兵"以显其稚嫩。

他们的脖子上系上卡片，送到相应的地方。伤员成百地来，诊断决定是几分钟的事。但混乱是表象，没有人漏治，也没有人弄丢。需要外科手术的去曼雷萨①的圣安德鲁医院旧馆，需要治疗的去其他医院。至于另外一些，最好把他们留在原地，因为已无力回天。女性志愿者润湿他们的嘴唇，呢喃轻摇，像抚慰怀中的幼儿。她们知道，在别处，或许另一个女人正怀抱她们的孩子，或是她们的兄弟。晚些时候，担架员会把他们运到停尸处。小兵娃胸上有个洞，医生做了大致检查，没有找到脉搏，判断他已经不需要任何帮助，吗啡和临终关怀都已不必。前线的医生用布头包着他的伤口，还用一块铜盘反扣以防摩擦，给他的上身裹了绷带。不过，这已是几小时、几天或几趟火车之前的事，其他就不得而知了。

　　维克多在那儿协助医生，他的职责是遵照医生的指示，放下眼前的孩子，处理下一名伤员。可是他想，孩子历经混乱、失血和辗转，幸存至这个站台，他应当很想活下去。最后一刻屈服于死亡，该是多么遗憾。维克多小心地取下布头，惊讶地发现伤口敞开，干净得像是画在胸膛上。他不明白，为什么子弹击碎了他的肋骨和部分胸骨，却没有粉碎他的心脏。在西班牙内战带来的将近三年的战场实践中，维克多·达尔莫一开始在马德里和特鲁埃尔②前线，之后在曼雷萨的后方医院，他见识过一切，免疫于他人的痛苦。但他从未见过一颗鲜活的心脏。他入神地目睹心脏最后的搏动，愈加缓慢而零星，直至彻底停止。小兵一息未吐，结束了生命。维克多短暂地发愣，注视着那个不再跳动的红色空洞。在有关战争的一切记忆中，这是最顽固、最常浮现的一幕：十五六岁、须髭未生的孩子一身战场的尘污和血迹，

---

① 曼雷萨，加泰罗尼亚市镇，位于巴塞罗那市北部约65公里处。
② 特鲁埃尔，西班牙东北部阿拉贡自治区一省。

心脏敞露,躺在草垫上。他永远也不明白,为什么自己会把右手的三根手指伸进那个巨大的创口,握住心脏,有节奏地按压数次,动作无比镇定自然。不知过了多久,或许三十秒,或许是永恒,他感到心脏在指间复苏,先是几乎无法察觉的颤动,接着便有力而又规律地搏动起来。

"小伙子,要不是亲眼所见,我绝对不信。"一名医生严肃地说。维克多·没有注意他已走到身边。

医生大喊两声,叫来了担架员,指示他们立刻把这名伤员作为特例全速送到医院。

"您从哪儿学的这一招?"他问维克多。担架员抬起小兵,他依旧面如土色,但已有了脉搏。

向来寡言的维克多·达尔莫三两句话交代了他在奔赴前线担任护工之前,曾在巴塞罗那学过三年医。

"您在哪儿学的这一招?"医生又问了一次。

"没学过,可是我觉得事已至此,不妨……"

"您有点跛。"

"左股骨。特鲁埃尔。在好转。"

"好的。现在起,您和我一起工作。在这儿是浪费时间。您怎么称呼?"

"维克多·达尔莫,同志。"

"不要和我称同志。叫我医生,不许以'你'称呼我,明白吗?"

"明白了,医生。那么我们互相称'您'。您可以称呼我达尔莫先生,不过,其他同志听了可不舒服。"

医生微微笑了笑。第二天,维克多·达尔莫操练起这份左右他命运的职业。

维克多·达尔莫、圣安德鲁乃至其他医院的医护人员都知道,外科团队的手术用十六个小时救活了一个死人。伤员起死回生,被推出手术室。真是神迹,人们评论道。科学进步而已,小伙子又壮如野马,不信上帝及其门徒的人们别有一番说法。维克多暗下决心,不管这孩子被转送何处,他一定要去看他。然而,兵荒马乱,聚散、来去乃至生死无常,他一度似乎忘记了指间的那颗心脏,命运坎坷,另有急事要忙。不过,多年后,在世界的另一头,他在梦魇中见到了那颗心脏。自此,那孩子不时入梦,苍白而悲伤,静止的心脏盛在托盘中。维克多记不起他的名字,或许从未得知,于是起了拉撒路①这么一个明摆的绰号。小兵却从没有忘记他的救主,他刚能起身喝水,人们便告诉他北站护工的英雄事迹:一个叫维克多·达尔莫的,是他把你从死神手里抢了回来。众人的问题轰炸着他,所有人都想知道天堂和地狱是真的存在,还是唬人的杜撰。少年在战争结束前痊愈了,两年以后,在马赛,他把维克多·达尔莫的名字刺在胸膛上,疮疤的下方。

　　一个女民兵不甘心被丑陋的军装埋没,斜戴着帽子,在手术室外等待维克多·达尔莫。他走出手术室,蓄着三天没刮的胡子,穿着脏污的大褂。女民兵把一张对折的纸片交给他,纸上写着电话员转达的口信。维克多因站了几个小时腿疼,肚子发出空响才察觉,天亮以后自己还没吃饭。工作繁重,但在与全西班牙最好的外科医生共事的绝佳环境中学习,他很感激。通常情况下,像他这样的医学生连他们的面也见不到。但战争到了这个关头,学历和头衔都不如经验重要,而他经验颇丰。医院院长即是出于这一考虑才批准他在外科帮忙。那时,维克多可以连续工作四十个小时不合眼,靠烟草和菊苣咖啡支撑,腿上不便也不理会。正是这条腿让他免上前线,留在后方从

---

① 拉撒路,《圣经》中耶稣复生的人物。

事勤务。和几乎所有的同龄年轻人一样,维克多·达尔莫1936年加入共和军,并随团开拔参加马德里保卫战。彼时的马德里部分落入了国民军,即自称起义军的部队手中。他在前线收拢伤员,比起在战壕端枪,他的医学知识更有用。后来,维克多被派往其他战场。

1937年12月特鲁埃尔战役期间,维克多·达尔莫在严寒中搭乘一部英雄的救护车穿梭于战场,为伤员做初步救治。驾驶员艾托·伊巴拉是一只巴斯克不死鸟,不停哼着小曲。他笑声如雷,死神不敢近身。他总有办法驰骋于废墟小道。维克多相信,这个出生入死而毫发未损的巴斯克人福星高照,足以庇佑两人。为了躲避轰炸,他们有时夜间行动,如果没有月亮,一人就拿着手电走在车前,为艾托照明。当然,这是有路可照的情况。与此同时,维克多在车里,在另一支手电的灯光下,用极为拮据的物资施救。障碍重重,气温降至零下,他们像蠕虫似的在冰面前行,有时陷入雪堆,有时把车推上坡、推出壕沟和爆炸坑。在地面上,救护车躲避扭断的钢筋和冻僵的骡马尸体;在头上,他们冒着国民军的扫射和秃鹰军团①的轰炸。任何事都不能令维克多·达尔莫分心,他全力维系伤员的生命,眼看着他们失血垂危。艾托·伊巴拉洒脱坚毅的性格感染了他。这家伙从容驾车,随时都能冒出笑话。

维克多从救护车转战野战救护所。为避轰炸,救护所设在特鲁埃尔的山洞内,人们在蜡烛、浸泡机油的布头和煤油灯的照明下工作。手术台下有炭炉驱寒,但冻透的器械难免粘在手上。医生争分夺秒,处置一二,再将伤员分派医院。他们明白,许多人到不了医院。其余的,如何治疗也无济于事,便在注射吗啡后等待死亡。但吗啡并不常有,用量精打细算,乙醚也是如此。如果一概阙如,维克多只能

---

① 秃鹰军团,西班牙内战期间支援佛朗哥叛军的德国军团,主力为空军。

把阿司匹林交给剧痛哭号的伤员,告诉他们这是美国产的强力止痛药。绷带用融化的冰雪清洗,循环使用。最不受欢迎的工作是处理截下的残臂断腿,他无论如何也适应不了皮肉烧焦的恶臭。

在特鲁埃尔,维克多再次见到伊丽莎白·艾登本兹。认识她是在马德里前线,她是战时儿童救助会的志愿者。这位二十四岁的瑞士护士,面容如文艺复兴时期的少女像,胆识像久经沙场的战士。在马德里,维克多对她半是迷恋,半是迟疑,倘若两人有一丝机会,那一半迟疑便会消散。可是,这姑娘无暇他顾,专注于使命,减轻儿童生逢乱世的苦痛。几月未见,瑞士姑娘褪去了刚到西班牙时的天真,为对付军队的层层官僚和男人的愚蠢,她的性格更加刚毅,同情与温柔留给依靠她的妇女和孩子。敌军两次进攻的间隙,维克多在一辆运粮车前碰到了她。"你好,小伙子,还记得我吗?"伊丽莎白用带德式喉音的西班牙语向他打招呼。怎么不记得,可一见到她,维克多一时语塞。她比之前更成熟,更美丽了。两人坐在混凝土瓦砾上,他抽着烟,她喝着水壶里的茶。

"你的朋友艾托怎么样?"她问道。

"老样子,枪林弹雨也打不着他。"

"他什么都不怕。替我向他问好。"

"打完仗后,你有什么计划?"维克多问。

"到另一个战场去。总有地方在打仗。你呢?"

"如果你愿意,我们也许可以结婚。"维克多提议道,因腼腆而欲言又止。

她笑了,又是一幅文艺复兴少女像。

"不可能,小伙子,我不会和你结婚,也不会和任何人结婚。我没有谈情说爱的时间。"

"或许你会改主意。你觉得我们会再见面吗?"

"当然,只要我们能活下来。需要帮忙的话,尽管找我,维克多,不论什么事,只要我能做的……"

"我也是。我能吻你吗?"

"不能。"

特鲁埃尔的山洞里,维克多的不安归于平静。他获得了在任何大学都学不到的医学知识。他懂得了凡事大多都能适应,例如血,那么多的血!例如没有麻醉剂的手术,组织坏死的恶臭,污秽,又例如源源不绝的伤兵、间或送来的妇女和儿童,以及侵蚀意志的苦劳。最险恶的是潜藏的疑虑:一切牺牲终是徒劳。正是在特鲁埃尔,当他在因轰炸而成的废墟中挖掘死伤者时,土石坍塌,砸断了他的左腿。国际纵队①的一名英国医生替他医治,其他医生或许会截肢了事,但这名英国医生刚刚上班,休息过几个小时。他用蹩脚的西班牙语指挥护士,打算接骨。"运气不错,小伙子,红十字会的补给昨天到了,我们给你麻醉。"护士一边说,一边拿来乙醚面罩。

维克多将这一事故归因为艾托·伊巴拉不在身边,少了福星庇佑。艾托驾车把他送上火车,和另外十二名伤员一道转往巴伦西亚。维克多的腿上用布条绑着木板,伤口未愈,无法用石膏固定。他裹着毯子,忍受严寒和高热煎熬,火车每一次颠簸都是折磨。但是,他心存感恩,比起躺在车厢里的大多数人,他伤情轻微。艾托交给他仅剩的烟草和一剂量吗啡,告诫他迫切需要时再用,这玩意儿弄不到了。

巴伦西亚医院的医生告诉维克多,英国医生处置得宜,只要没有并发症,这条腿就能恢复如新,比另一条稍短而已。创口一愈合,勉强能挂拐站立,维克多就打上石膏回到了巴塞罗那。他住在父母家,

---

① 国际纵队,西班牙内战期间由共产国际组建的支援共和军的军事单位。

和父亲一局接一局地下棋。无须搀扶后,维克多回到岗位,到巴塞罗那一家平民医院工作。他仿佛在度假,比起前线,这是一尘不染、效率奇高的天堂。维克多工作到开春,而后被派往曼雷萨的圣安德鲁医院,告别了父母和罗赛·布鲁格拉。罗赛是达尔莫夫妇收留的学习音乐的女学生。养伤的几周里,维克多喜欢上这个姑娘,对她如同亲妹妹。罗赛谦和可爱,一练起钢琴便几小时不停。两个儿子离家后,她一直是马塞尔·尤易斯和卡门·达尔莫老夫妇的最好陪伴。

　　维克多·达尔莫打开女民兵的纸条,是母亲卡门的口信。七个礼拜没有见面了,尽管医院离巴塞罗那只有六十五公里,但他抽不出一天时间乘车回家看看。每周日同一时间,母亲都给他打电话。也是这一天,她还会寄来一些小礼物:国际纵队的巧克力、一条香肠、一块黑市弄来的肥皂,偶尔还有香烟。香烟是母亲的宝贝,她的日子离不开尼古丁。儿子疑惑,她怎么能弄到香烟。烟草是十足的稀罕物,敌机常常空投烟草和面包,嘲讽忍饥挨饿的共和军,炫耀国民军兵强马壮。

　　母亲周四来信,事态必定紧急:"我在电信等你电话。"儿子估算她已等候多时,因为自己在手术室待了近两个小时。他回到地下的办公室,请接线员转接巴塞罗那电信。

　　卡门接上线,因咳嗽断断续续地要大儿子回家一趟,父亲时间不多了。

　　"怎么了?本来不是好好的!"维克多喊道。

　　"心脏的毛病。通知你弟弟,让他也回来见一面,你爸快不行了。"

　　维克多等了三十个小时才联系上马德里前线的吉列姆。接上无线电后,在此起彼伏的刺耳噪声中,吉列姆说他无法请假返回巴塞罗那。弟弟的声音那么遥远疲惫,维克多觉得很陌生。

"只要会开枪,一个都不能少。维克多,你也很清楚。法西斯人多,装备好,但是他们不会得逞。"吉列姆重复着多洛雷斯·伊巴露丽①广为流传的口号。伊巴露丽有"热情之花"之称,她总能燃起共和国战士的狂热。

叛军占领了西班牙大部,但马德里尚未被攻克。一街一楼寸土必争的马德里保卫战是内战的象征。敌人手握摩洛哥殖民军、令人胆寒的所谓摩尔军,又有墨索里尼和希特勒的慷慨支援,但共和军誓死不退。战役之初,吉列姆·达尔莫在杜鲁蒂纵队②参战。彼时,两军在大学城短兵相接,甚至只隔一条马路。战士面面相觑,骂阵也无须大喊。吉列姆掩身于一座建筑,眼看榴弹洞穿了文哲系、医学系和委拉斯开兹之家③的高墙。枪林弹雨虽无从掩蔽,不过战士们发现,三部哲学书即可抵挡子弹。传奇的无政府主义者布埃纳文图拉·杜鲁蒂牺牲时,吉列姆就在他附近。杜鲁蒂在阿拉贡传播和巩固革命成果后,率纵队来到马德里。混战中,子弹抵近射来,正中胸膛。纵队伤亡惨重,一千余名民兵战士牺牲。存活者中,吉列姆是少有的全身而退者。过了两年,吉列姆从其他战线再赴马德里。

"如果你回不来,爸也能理解,吉列姆。我们在家盼着你,有空就回来。就算见不到爸爸,你在家,妈也会很安慰。"

---

① 多洛雷斯·伊巴露丽(1895—1989),西班牙工人和妇女运动领袖、西班牙共产党领导人,以"热情之花"闻名于世。据说,伊巴露丽在马德里保卫战期间喊出了"他们不会得逞!"的口号。

② 杜鲁蒂纵队,西班牙内战初期创立的民兵部队,由无政府主义运动领袖布埃纳文图拉·杜鲁蒂(1896—1936)创建,1936年自巴塞罗那开赴前线,在马德里保卫战中损失惨重,杜鲁蒂在大学城战斗中牺牲。

③ 委拉斯开兹之家,隶属于法国政府的西班牙文化研究机构,位于马德里,1928年落成,内战期间被毁,1959年原址重建。

"罗赛在他们身边吧。"

"是的。"

"向她问好。告诉她,信件我都收着,请她原谅我不能马上回复。"

"我们等你回来,吉列姆,保重。"

两兄弟以简短的再见告别。维克多忧心忡忡,祈求父亲多活一些时日,弟弟平安回家;也祈求战争尽快结束,共和国转危为安。

维克多和吉列姆的父亲马塞尔·尤易斯·达尔莫当了五十年的音乐老师,一手组建巴塞罗那青年交响乐团,满腔热情地从事指挥。虽然他创作的十二首钢琴协奏曲开战后便无人演奏,但几首歌曲却成了那些年民兵战士的最爱。老达尔莫认识妻子卡门时,卡门还是穿着古板制服的十五岁少女。他比卡门大十二岁,已是一名青年音乐家。卡门是码头装卸工的女儿,在修女学校读书。自她儿时起,修女便一心栽培,准备让她入教。她们永远也不能原谅卡门抛下修道院,和一个无神论、无政府主义、共济会、不务正业的家伙跑了。这家伙视神圣的婚姻为无物,两人居然自甘堕落。马塞尔·尤易斯和卡门同居几年后,大儿子维克多即将出世,夫妇俩为了儿子免遭私生子的污名结了婚。那时,私生子的烙印让人一辈子都抬不起头。"要是现在有孩子,咱们就不必结婚,共和国没有私生子一说。"内战刚打响时,马塞尔·尤易斯·达尔莫感慨道。"如果现在有孩子,那我得一把年纪还挺着肚子,你儿子现在还在穿尿布。"卡门说。

维克多和吉列姆在世俗学校接受教育,在拉瓦尔区的一间小屋长大。在这个勉强称作中产的家庭,父亲的音乐和母亲的书籍替代了宗教。达尔莫夫妇没有参加政党,但出于对威权和任何形式的统治的疑虑,他们倾向于无政府主义。形形色色的音乐之外,马塞尔·

尤易斯还培养了两个儿子对科学的好奇和对社会正义的热心。前者促使维克多学医，后者成为吉列姆的至高理想。吉列姆从小愤世嫉俗，批判地主、商人、工厂主、贵族和神父，尤其是神父。他的言论中，救世的狂热往往多于理性的思考。他开朗，声音洪亮，壮硕的身形和勇敢的个性令一众女孩为之倾倒。女孩们的浑身解数是徒劳，因为他的身心为运动、酒吧和朋友们所占据。十九岁时，吉列姆不顾父母反对，报名参加最早一批工人民兵，抗击法西斯叛军，捍卫共和国政府。他天生是战士，生来就为拿起武器，指挥不如他坚定的人。相较之下，哥哥维克多像一个诗人，消瘦颀长，头发飞翘，满面愁容的样子，整日捧着书，不发一语。维克多在学校常被其他男生欺负，"我看你要当神父，娘娘腔。"这种时候，吉列姆就会站出来。他小维克多三岁，却更强壮，为了公道总是拳脚相见。吉列姆拥抱革命如同拥抱女人，他找到了值得为之献身的事业。

保守势力和天主教会的资金、宣传，以及布告坛上的恐吓付诸流水，他们在1936年的大选中落败于左翼政党联盟人民阵线。五年前，共和派获胜，西班牙便已陷入动荡，如同被巨斧劈成两半。右翼以重建秩序、终结乱局为名，随即与军队联手，阴谋推翻合法政府。然而，乱局不过是夸大其词。政府由自由派、社会主义者、共产主义者和工团主义者组成，拥有工人、农民和大多数学生、知识分子的热烈支持。吉列姆吃力地读完了中学，喜欢打比方的父亲说，吉列姆有运动员的体格、斗牛士的胆子和八岁小孩的脑袋。紧张的政治氛围很适合总以拳头见高下的吉列姆。意识形态的道理他说不好，参加民兵后也没有长进，但在部队，政治宣教与军事训练同等重要。城市一分为二，两派极端分子聚集即生乱。酒吧、舞厅、体育运动和聚会也分出左右。参军之前，吉列姆已经战斗不息。有一次，和几个莽撞的公子哥一场大战后，吉列姆回到家，虽鼻青脸肿却志得意满。父母没想到，吉列姆到地主的庄园烧庄稼、偷牲畜，还打砸、放火、搞破坏。直到有一天，他扛着一个银烛台回了家。母亲一把抢过烛台，朝吉列姆砸去。她要是再高一点儿，吉列姆的脑袋就开了花，但烛台只够到他的背。卡门要他全盘交代——大家都知道吉列姆的所作所为，唯独母亲始终不相信。儿子劣迹斑斑，亵渎教堂，攻击神父和修女。换言之，国民军宣传的暴行，他不折不扣全部做到了。"养虎伤人！你要让我羞愧而死，吉列姆！你给我立刻还给人家，听到了吗？"母亲怒吼道。吉列姆耷拉着脑袋，拿着报纸包好的烛台走出家门。

1936年7月，军队叛变，反对民主政府。很快，叛军纠集于弗朗西斯科·佛朗哥将军麾下。他的矮小身躯里是冷酷无情、睚眦必报的脾性。佛朗哥的宏愿是重现昔日西班牙帝国的光荣，而眼下必须彻底终结民主乱象，依靠军队和天主教会采取铁腕统治。叛军计划一周夺取全国，不料遭遇工人顽强抵抗。工人武装起来，坚决捍卫共和国赋予他们的权利。于是，仇视、报复和恐怖的时代降临，西班牙的百万生灵自此遭到摧残。佛朗哥的战略是让血流成河，让恐惧深植，以此摧毁战败者最后一丝反抗的念头。吉列姆·达尔莫摩拳擦掌，准备投入内战。这次，他要握起钢枪，不只是偷烛台而已。

如果说之前吉列姆仍需要借口，战端一开，他便名正言顺。他不再制造暴行，这有悖父母的教养，但他也不保护在同志的清算中无辜受害的人。遇害者数以千计，以神父修女居多。右翼人士不得不逃往法国，躲避报纸所说的赤匪。很快，共和国的执政党下令停止与革命理想相悖的暴力行径，但暴力继续上演。另一边，佛朗哥的军令截然相反：以铁血手段肃清敌人、掌控局势。

与此同时，一心求学的维克多年满二十三岁。被共和军征召前，他一直住在父母家。与父母生活时，他清晨起床，去大学前为父母做好早饭，这是他做的唯一一件家务。他回到家已经很晚，吃完母亲留在厨房的饭菜——面包、沙丁鱼、番茄和咖啡——然后继续学习。父母的政治热情和弟弟的亢奋与他无关。"我们在创造历史。我们要将西班牙从几个世纪的封建制度中拯救出来,我们是欧洲的标杆,是对希特勒和墨索里尼暴政的回答。"马塞尔·尤易斯·达尔莫对他的两个儿子和驽骍难得①的伙伴如此慷慨陈词。驽骍难得是一间阴暗幽僻却士气高昂的酒馆,每天总是几个老客人相聚玩牌,喝着不上档次的红酒。"我们要终结寡头、教会、地主和一切剥削者的特权。我们要捍卫民主,朋友们,但是你们也要记住,政治不是一切。没有科学、工业和技术,西班牙不会进步;没有音乐和艺术,西班牙人就没有灵魂。"马塞尔·尤易斯常这么说。原则上,维克多赞同父亲的高谈阔论,但还是能躲则躲,因为父亲的话一成不变。维克多与母亲也不谈政治,最多和她一起在啤酒厂地下室为民兵扫盲。卡门是多年的预科班教师,她相信,教育和面包同等重要,每一个识字写字的人都有教育之责。卡门觉得民兵扫盲课并无特别之处,维克多却觉得是一种折磨。"一群蠢驴!"在和字母 A 纠缠了两个小时后,他绝望地说。"他们一点儿都不蠢,他们根本没见过识字课本。给你一把犁头,你也不知道怎么办。"母亲回应道。

母亲担心维克多变得孤僻,告诫他与人交往的必要。在母亲的督促下,维克多少年时便学习用吉他弹唱流行歌曲,他温柔高亢的嗓音与笨拙的身体和木讷的表情反差巨大。他以吉他为盾,掩饰内向,逃避令他局促的无谓闲聊,并以此方式不失合群。冷落他的女孩听到他的歌声渐渐围拢,与他一同唱起来。她们窃窃私语,达尔莫两兄弟的哥哥挺帅气的。当然,和弟弟吉列姆是不能比了。

---

① 驽骍难得,堂吉诃德的爱驹。

达尔莫老师最出色的钢琴学生是罗赛·布鲁格拉,一个来自圣塔菲的年轻女孩。如果不是圣地亚哥·古斯曼的慷慨相帮,她这会儿还是牧羊女。古斯曼是贵族出身,但经过祖上几代游手好闲、挥霍钱财土地,现今已经落魄。他晚年住在一片沙石荒丘却满载感伤回忆的庄园里。年事已高的古斯曼精神矍铄,毕竟,他早年曾是阿方索十二世①时期中央大学的历史学教授。不论8月的酷暑,还是1月的严寒,他每天出门散步几小时。他挂着朝圣者的拐杖,戴着磨损的皮帽,身边猎犬相随。古斯曼的妻子罹患痴呆,每日在家中由人看护,用纸和画笔创作古怪作品,村里人叫她"疯绵羊"。此言不虚,除了爱迷路、朝地平线走,以及用自己的大便画墙之外,她不惹什么麻烦。那时,罗赛七岁左右,自然,谁也不记得她的生日。堂②圣地亚哥散步时,见她正在照顾几只瘦弱的山羊。仅仅交谈几句,他就知道,面前的孩子灵光、有趣。他教她学文化,她渴望知识,教授和小牧羊女之间建立起了罕见的友谊。

一个冬日,堂圣地亚哥见小牧羊女蜷缩在沟渠里,身边是三只山羊,她打着寒战,被雨淋湿,烧得面色发红。他拴好山羊,背口袋似的把她扛在肩上,庆幸她那么小,那么轻。即便如此,他还是去了半条命,没走几步只好放弃。他把小牧羊女留在原地,自己去找随从。随从把牧羊女背回家,堂圣地亚哥让厨子准备吃的,命用人为她洗澡、准备床铺,还命马夫先去圣塔菲找医生,再去找山羊,免遭贼偷。

医生说小女孩伤了风,严重营养不良,身上还有疥疮和虱子。此后,由于没人到古斯曼庄园打听她的消息,人们想当然地以为小女孩是孤儿。后来有人问她,她才解释说自己的家在山的那边。小女孩

---

① 阿方索十二世于1874年至1885年在位。
② 堂,对有地位的男性的尊称,堂娜是对有地位的女性的尊称。

骨瘦如柴，但恢复得很快，她比看上去坚强得多。她为了除虱剪掉头发，乖乖忍受治疗疥疮的硫黄药，大口地吃饭，显示出悲惨境遇中罕见的坚毅。小女孩在庄园的几周，上至疯傻的女主人，下至每一位用人，无不疼爱她。这座阴森的石砌大宅之前从来没有小女孩的身影，只有野猫和过去的鬼魂漫游。最为她着迷的是教授，小女孩生动地唤起他的记忆，教育求知若渴的灵魂实为一大幸事。不过，小女孩不能永远留宿家中。堂圣地亚哥待她痊愈，身上长了点肉，准备到山那头好好教训她马虎的父母。他把穿得严严实实的小女孩放在车上，不理会妻子的恳求，带她上路了。

他们来到村子外围的一栋矮小土房，这一带都是同样的破屋。农民勉强糊口，耕种地主和教堂的土地，与奴隶无异。教授叫门，几个孩子惊讶地来到门口，身后跟着一个巫婆似的黑衣女人①。教授以为她是女孩的曾祖母，不料却是她的母亲。高头骏马拉着四轮马车，这些人没见过这种阵仗，愣愣地看着罗赛和一位高贵的绅士走下车。"我来和您谈一谈这位姑娘的事。"堂圣地亚哥威严宣告，这语气在大学曾让学生心悸。不待他继续，黑衣女人拽住罗赛的头发，又是吼又是巴掌，骂她丢了山羊。于是教授明白，指责这位苦于生计的母亲无济于事。他很快想好计划，自此改变了女孩的命运。

罗赛余下的童年时光是在古斯曼庄园度过的。名义上，她是夫人的养女和贴身仆人，兼老爷的学生。她和用人一起劳动，陪伴"疯绵羊"，报答古斯曼家的食宿和教育。她出入于历史学家的藏书之中，任何学校也学不到如此多的知识。堂圣地亚哥让罗赛用夫人的三角钢琴，因为夫人已记不得这乌漆的劳什子派什么用。人生头七

---

① 旧时西班牙有重丧习俗，寡妇通身黑色。

年,除了圣胡安夜①醉鬼的手风琴,罗赛从不闻乐声,但她却有非凡的乐感。家中本有一台圆筒式留声机,堂圣地亚哥发现罗赛过耳不忘、只听一遍随即能用钢琴演奏之后,又在马德里订购了一台新式留声机和一套唱片。很快,双脚踩不到踏板的小罗赛·布鲁格拉闭着眼就能演奏唱片中的乐曲。兴奋的圣地亚哥从圣塔菲请来钢琴老师,老师一周上三次课,而他亲自监督罗赛练习。对于凭记忆弹奏任何旋律的罗赛,识谱和练习数小时的音阶没有什么意义,练琴全出于尊敬。

十四岁时,罗赛的水平大大超过了钢琴老师;十五岁时,堂圣地亚哥把她送到巴塞罗那的天主教会小姐寄宿学校,让她继续学习音乐。他固然想把罗赛留在身边,但教育者的责任胜过了慈父的感情。上帝赐予这女孩如此禀赋,他在人世的使命便是帮助她彰显才华,他说服了自己。此间,"疯绵羊"的生命渐渐熄灭,不吵不闹地走了。圣地亚哥·古斯曼独居宽大的旧居,日子难挨起来,他不再拄着朝圣者的拐杖散步,只是坐在炉火旁看书度日。猎犬也去世了,他不打算再养,免得自己先走一步,留它孤单无主。

老人最终坏了脾气是1931年第二共和国成立的时候。左翼赢得大选的结果一经披露,阿方索十三世旋即流亡法国。堂圣地亚哥拥护君主制,是坚定的保守派和天主教徒:他的世界在眼前坍塌。他坚决反对赤匪,他们的粗鄙令人不堪忍受:这些冷血的家伙是苏联人的走狗,烧毁教堂,杀害教士。人人平等的言论姑且可作理论逸想,但实践上却是谬论:上帝面前并非人人平等,社会阶级和种种差异是天主的造物。土地改革没收了他的田地,价值不高,却也是祖辈留下的产业。一夜之间,农民与他说话既不脱帽,也不低眉。比起失去土

---

① 圣胡安夜,天主教节日,夏至前后以篝火晚会等形式庆祝。

地,仆人的傲慢更让圣地亚哥不悦,这是对尊严和地位的冒犯。他辞退了侍奉宇下几十年的仆从,命人收拾藏书、艺术品、各式收藏和纪念物,彻底封闭了大宅。行李装了三辆车,最笨重的家具和钢琴没有带走,马德里的寓所装不下。几个月后,圣塔菲的共和派市长没收大宅,设立了一座孤儿院。

那些年,堂圣地亚哥深感失望愤慨的还有养女的变化。她受到了大学里破坏分子的不良影响,尤其是一个叫马塞尔·尤易斯·达尔莫的老师,一个共产党、社会党或无政府主义者,总之,一个邪恶的布尔什维克。他的罗赛堕落成为赤匪:她离开正经小姐的寄宿学校,和穿军装、鼓吹自由爱情的下流姑娘厮混。所谓自由爱情不过是放荡无耻的新说法。固然,罗赛对他从无不敬,但她任性妄为,无视他的告诫,他不得不中断资助。他收到罗赛的来信,罗赛在信上真诚感谢堂圣地亚哥的恩情。她许诺努力行正道,坚持自己的原则。罗赛还说,她晚上在面包店打工,白天修习音乐不辍。

堂圣地亚哥·古斯曼住在马德里的豪华寓所,屋里的家具和物品堆积如山,几乎无法迈步。厚重的牛血红长毛绒窗帘阻隔了街头的骚动与粗鄙,重听的毛病和高傲的心气断绝了社交,最为险恶的仇恨如何在这个国家滋生,他无从得知。一些人贫苦无依,另一些人作威作福,仇恨已酝酿几个世纪之久。孤独乖戾的堂圣地亚哥在萨拉曼卡区①的寓所去世了。四个月后,佛朗哥叛乱。直到最后一刻,堂圣地亚哥仍头脑清醒,泰然面对死亡。他亲笔撰写讣告,以免某个蠢货胡编乱造。他没有与任何人告别,或许因为世上已无亲近的人。但他想起了罗赛·布鲁格拉。他做出高贵的和解之举,把三角钢琴赠予罗赛。钢琴包装完好,依然矗立在圣塔菲的新孤儿院里。

---

① 萨拉曼卡区,马德里的富人区。

马塞尔·尤易斯·达尔莫老师很快在一众学生中发现罗赛的非凡天资。他诲人不倦，传授有关音乐和人生的所知所得，其中难免掺杂政治与哲学。这对学生的影响超乎他所料。圣地亚哥·古斯曼说罗赛受其影响并非夸大其词。出于经验，达尔莫老师对天赋高的学生有所保留，因为，用他的话说，莫扎特式的学生，他生平还没有见识过。固然也有类似罗赛的学生，乐感灵敏，任何乐器都不在话下，却因此懈怠，自以为仰仗天赋便可精于乐律，疏于学习和自律。其中不止一人沦落民间乐队，为聚会、饭店、餐厅吹拉弹唱为生。达尔莫老师管他们叫婚礼卖艺者。他要避免罗赛·布鲁格拉重蹈覆辙，因而把她护在羽翼下。得知罗赛在巴塞罗那独自一人，达尔莫老师为她敞开家门；听说罗赛继承了一架钢琴无处安置，他收起客厅家具，腾出空间。她不停练习音阶，老师从无异议。罗赛每天下课到达尔莫家，老师的妻子卡门让她在吉列姆的床上躺几个小时。凌晨三点，她便去面包店烤制早晨售卖的面包。天长日久，睡着达尔莫家小儿子的枕头，呼吸着青年男性的余味，罗赛坠入了爱河。距离、时间或是战争都无法令她却步。

罗赛自然而然成为家中一员，仿佛是亲生女儿，一直想要女儿的达尔莫夫妇心愿得偿。房子简陋，有点阴暗，因年久失修多有破损，但很宽敞。两个儿子上了战场以后，马塞尔·尤易斯邀请罗赛同住，既能节省开销、缩短工时，又能随时练琴，顺便帮夫人做家务。卡门比先生年轻许多，却总觉得自己老了，胸闷气喘，反观丈夫却精力丰沛。"现在勉强撑着给民兵扫盲，什么时候撑不住了，我也就差不多了。"卡门叹气道。维克多大学一年级时给母亲诊断，她的肺就像花椰菜。"唉，卡门，你要是死了，一定是抽烟抽的。"每当听到妻子咳嗽，丈夫便埋怨。至于自己抽了多少，他没有算，他也没有料到自己会先走一步。

老师心梗的那几天,与达尔莫亲如一家的罗赛陪在他的身边。她停了课,但继续在面包店打工,和卡门轮换照顾病人。闲暇时间,她为老师弹奏钢琴协奏曲,满屋的音乐抚慰着垂死之人。她也目睹了老师对大儿子的临终嘱托。

"我走了以后,维克多,你要担起责任,照顾母亲和罗赛。吉列姆大概会战死在沙场。这场仗输了,孩子。"他停顿良久,喘着气。

"别这么说,爸。"

"3月轰炸巴塞罗那,我就知道了。那是意大利和德国的飞机。真理在我们这边,但是真理不能避免打败仗。我们孤立无援,维克多。"

"可能有转机,如果法国、英国和美国介入。"

"别提美国了,他们不会帮我们的。听说埃莉诺·罗斯福①劝丈夫参战,但是民意反对。"

"民意不是那么一致,爸,您也看到了,林肯营②的那么多战士誓死和我们站在一起。"

"他们是理想主义者,维克多。这样的人世上少有。3月落在我们头顶的炮弹,很多都是美国造的。"

"爸,如果我们不在西班牙阻止希特勒和墨索里尼,法西斯就要笼罩欧洲。这场仗不能输。否则,人民迄今争取到的一切就会毁于一旦,历史倒转,几百年的封建就要重演。"

"谁也不会帮我们。仔细听我的话,儿子,苏联也抛弃了我们,对斯大林来说,西班牙已经无关紧要了。共和国亡国之后,就是残酷

---

① 埃莉诺·罗斯福(1884—1962),美国第32任总统富兰克林·罗斯福的妻子。
② 林肯营,国际纵队的一支,主要由美国志愿者组成。

的镇压。佛朗哥已经开始大清洗,那是极度的恐怖、全面的仇恨、血腥的清算。他不会谈判,更不会饶恕。佛朗哥军犯下的暴行无法言喻……"

"我军也是。"见惯暴行的维克多说道。

"根本不能相提并论!加泰罗尼亚就要血流成河,我活不到那时了,我情愿安安静静地死。你要答应我,把母亲和罗赛送到国外。法西斯不会放过卡门。但凡有一点儿罪状的都被枪决了,更别提她教民兵识字。你也逃不过,你在军医院工作。罗赛是个年轻姑娘,她也逃不掉,你知道他们对姑娘干的事。罗赛不能落入摩尔人①之手。我想好了,你们去法国,等局势稳定再回来。我的书桌里有一幅地图,还有一些存款。答应我你会照做。"

"我答应您。"维克多嘴上答道,心里却没有履行诺言的打算。

"你要明白,维克多,这不是懦弱,这是为了活下去。"

马塞尔·尤易斯·达尔莫不是唯一对共和国的未来忧虑重重的人,但谁也不敢表露。因为,最大的背叛莫过于助长沮丧和恐慌,精疲力竭的人们已经受了太多苦难。

次日,马塞尔·尤易斯·达尔莫老师下葬。本想低调行事,毕竟不是大办丧仪的时候,但消息不胫而走。蒙锥克公墓来了驽骍难得的伙伴、大学同事和上了年纪的昔日学生。年轻的学生不是上了战场,就已长眠地下。卡门不顾6月炎热,一身重丧,从黑色头巾到黑色袜子。维克多和罗赛支撑着她走在灵柩后面,送别一生挚爱。丧礼没有悼词,没有演说,也没有眼泪。学生们演奏舒伯特弦乐五重奏第二乐章为老师送别,悲戚旋律应景。随后,墓园响起了达尔莫老师创作的民兵之歌。

---

① 指非洲军,是西班牙在西属摩洛哥的驻军,内战期间以暴虐闻名。

II
1938

没有什么,哪怕胜利,
足以抹平血的巨创……
——巴勃罗·聂鲁达,《西班牙在心中》
《第三处居所》

　　罗赛·布鲁格拉在达尔莫老师家经历了初恋。老师以辅导学业为名请她搬到家里,师徒俩都知道,其中关怀多于教育目的。达尔莫老师觉得爱徒吃得太少,须有家人照料,特别是卡门这样一位母亲。身为人母,卡门的舐犊之情在维克多那里鲜有回应,吉列姆更不必说。那时,罗赛受够了寄宿学校的军营式管理,逃到渔业区巴塞罗内塔①,租下价格可及的唯一一间房间,和三个女民兵合住。罗赛十九岁,其他女孩年纪长她四五岁,可论经历和心智则超过她二十岁。女民兵的世界与罗赛迥异,她们管她叫"小修女",大多时候视她如无物。四人住一个房间,房间有四张床铺——罗赛睡一个上铺,还有两张椅子、洗手池、尿壶、一只煤油炉、墙上挂衣服的钉子,另有公用厕所供三十多名租客使用。她们热情奔放,尽情享受动荡年代的自由。

---

① 巴塞罗内塔,巴塞罗那城区,毗邻港口。

她们穿军装、制式靴子和贝雷帽,却化着口红,用火盆烧热铁块烫头发。她们用木棒或借来的步枪操练,渴望上前线正面杀敌,不愿做指定的运输、补给、炊事和医疗工作,但人们说,苏联和墨西哥援助的武器不够男兵使用,在女人手里实属浪费。几个月后,国民军占据了西班牙三分之二的国土并且攻势不断,姑娘们实现了上前线的夙愿。其中两人在摩洛哥军团的一次进攻中遭强暴后斩首,另一人活过三年西班牙内战和六年第二次世界大战,在欧洲暗中游荡,于1950年移民美国。她在纽约定居,与一个曾在林肯营战斗的犹太知识分子结婚。不过,这是另一个故事了。

吉列姆·达尔莫比罗赛·布鲁格拉年长一岁。她是名副其实的"小修女",衣着过时,不苟言笑;他夸夸其谈,不可一世,俨然是世界的主人。然而,与他相处几次后,她便知道,他高傲的外表下是稚嫩、迷惘、多情的心。每次回到巴塞罗那,吉列姆更显成熟。偷烛台的莽撞少年不见了,面前的男人眉头紧锁,收敛锋芒,但面对挑衅便一触即发。吉列姆住在兵营,但常在父母家留宿一两晚,以期遇到罗赛。他庆幸自己不为儿女情长所困,和其他战士不同,不必饱受情人和家庭分离之苦。战争占据了他的全部,不容分心,但父亲的女学生于他的单身自主无碍。她是无妨的消遣。罗赛自有一种美丽,取决于角度和光线,但她毫不刻意。正是这一天然拨动了吉列姆难测的心弦。他惯于女人为他着迷,尽管罗赛含情不露,吉列姆知道,她也不能例外。"这姑娘爱上我了,怎么能不爱?可怜的姑娘,除了钢琴就是面包店。她会熬过去的。"他想。"小心点,吉列姆,这女孩是神圣的,要是让我抓到你动手动脚……"父亲曾如此警告他。"您在说什么!爸,罗赛就像妹妹。"不过,罗赛毕竟不是妹妹,还好不是。从父母照顾她的样子看,罗赛还是处女,共和国仅剩的几个处女。他绝不过分,越轨是不可能的。不过,略施温柔,餐桌下膝盖磨蹭;请她看电影,趁她掉眼泪或因羞涩和爱意颤抖,借黑暗肌肤相亲,这些又有谁可以指摘。至于更大胆的亲密举动,他有他的女战友,那些跃跃欲试、久经阵仗的自由女兵。

巴塞罗那的短假结束后,吉列姆回到前线,生存和打胜仗成了头等大事。但是,他难以忘怀罗赛·布鲁格拉热切的面庞和清澈的目光。哪怕在内心最隐秘处,他也不愿承认,他是多么渴望她的来信、糖果和手织的袜子、围巾。他有一张罗赛的照片,是他钱包里唯一的照片。罗赛站在钢琴边,或许是在某场音乐会。她穿着朴素的黑裙,裙摆比寻常裙子长,还有短袖和花边领。丑陋的衣服掩盖了她的身材。黑白相片中的罗赛遥远而模糊,没有娇媚,没有年纪,也没有表情。吉列姆只好想象那琥珀色的眼眸与黑发、雕像般挺直的鼻梁、多情的眉宇、突出的耳朵、修长的手指,还有香皂的气味。凡此种种苦恼着吉列姆,不时涌上脑海,闯进梦里,让他分心,这会要了他的性命。

父亲下葬九天后,一个星期天下午,一辆破旧军车意外出现,送吉列姆·达尔莫到家。罗赛走上前,用厨房抹布擦着手。她一时没能认出两个女兵架着的瘦骨嶙峋的那个男人。四个月没有见面,四个月翘首以盼,她读着零星寄来的有关马德里战况的只言片语——没有一个温柔字眼,一封封信如同战报,以学童的笔迹写在从笔记本扯下的纸片上。还是老样子,你可能听说了,我们在打马德里保卫战。城墙被迫击炮打成了筛子。到处是废墟,法西斯有意大利和德国弹药,敌人太近,有时候都能闻到烟味,王八蛋。我们听到他们讲话,他们大声挑衅,其实怕得要命,除了摩尔人。一群鬣狗,什么也不怕。比起枪,他们更喜欢砍刀、肉搏和血腥味。敌人每天有增援,但是他们不能前进一步。这里缺水缺电,口粮很少,不过我们能应付。

我很好。城里一半的建筑都塌了。尸体来不及收拢，横在地上，等停尸房的人。有的孩子没有撤离，因为妈妈一根筋，不听话，既不逃也不想和孩子分开，不知道她们在想什么。你钢琴弹得怎么样？我爸妈还好吗？告诉妈，别为我担心。

"耶稣啊！你怎么了？吉列姆，上帝啊！"罗赛在门口大喊，教会教育的痕迹登时显露出来。

吉列姆没有回答，他垂着头，两腿支撑不住身体。这时卡门也从厨房出来，想要大喊，才到喉咙，一阵咳嗽就使她弯了腰。

"冷静，同志们。他没有受伤，他是病了。"一个女兵坚定地说。

"到这边来。"罗赛让她们进屋，来到原属吉列姆、现由她居住的房间。两个女兵把吉列姆放在床上，走出房门，一分钟后取来他的背囊、毯子和步枪。她们说了声再见，又道了一句早日康复便离开了。其间，卡门没命地咳嗽着。罗赛脱掉吉列姆千疮百孔的战靴，褪去脏污的袜子，强忍恶臭带来的恶心。绝不能送医，医院已成了感染中心；找医生也不现实，所有医生都忙着救治伤员。

"得洗洗，卡门，他馊了。再让他喝点水。我跑去电信给维克多打电话。"罗赛说。她不想看见吉列姆屎尿中的裸体。

罗赛在电话里向维克多解释症状：高烧、呼吸困难、腹泻。

"一碰他就哼哼，应该很痛，我觉得是肚子，但是其他部位也疼。你知道的，你弟弟从不喊痛。"

"是斑疹伤寒，罗赛。士兵当中的流行病，虱子、跳蚤、脏水和秽物传播。我争取明天回去看看，但是很难，医院爆满，每天来几十个新伤员。现在要紧的是给他补水，把他的体温降下来。用冷水浸湿的毛巾冷敷，给他喝煮开的水，水里加糖和盐。"

吉列姆·达尔莫由母亲和罗赛照顾了两周时间，哥哥在曼雷萨关注着他的病情。罗赛每天给维克多打电话，向他报告病况，接受避免感染的医嘱。一定要杀灭衣物上的虱子,最好是烧掉衣服,用漂白粉洗一切;吉列姆的东西分开存放,照顾他后要洗手。前三天最为危急,高烧一度四十度,吉列姆说胡话、头疼抽搐、恶心呕吐,一咳嗽就浑身颤抖,排泄物像是豌豆汤似的绿色液体。第四天,体温降了,但他仍旧昏迷不醒。维克多让她们喂他喝水,其余时间让他睡着。吉列姆需要休息、复原。

直接照顾吉列姆的任务落在了罗赛头上,因为卡门上了年纪,加之肺病,更容易感染。白天,罗赛在家,在吉列姆床边读书或做编织,卡门出去上课,去商店排队。罗赛夜里继续上工,因为薪水就是现成的面包。兵豆配给降到了每人每天半杯,猫和鸽子进了炖锅,被吃得不剩。罗赛挣来的面包是又黑又硬的砖块,还有一股木屑味。食用油成了奢侈品,兑入机油充数。人们在浴缸或阳台种菜,用家传的古董和首饰换土豆和大米。

罗赛虽然与家人断了来往,但老家还有几个农民熟人。因此,她偶尔弄来一些蔬菜、一块山羊奶酪,赶上杀猪的稀罕时候,还能分得一条香肠。卡门的预算在黑市捉襟见肘,黑市食物很少,却是买烟和肥皂的唯一途径。为了给皮包骨头的吉列姆加营养,卡门动用了丈夫的存款,让罗赛到圣塔菲去买炖汤的食材,有什么就买什么。她知道,马塞尔·尤易斯预备这笔存款,想把家人送出西班牙,可是说实话,谁也没有把移民当真。他们在法国,或者其他地方,能干什么?他们抛不开家庭、社区、语言、家人和朋友。胜利的希望越来越渺茫,人们心照不宣做好准备,接受谈判,忍受法西斯的压迫。即便如此,也比流亡好。佛朗哥再残暴不仁,也不能对加泰罗尼亚人赶尽杀绝。于是,罗赛用这笔钱买了两只活鸡,装在袋子里,绑在肚子上,用裙摆盖住,免得被饿疯的路人抢走或被士兵没收。公交车上的乘客误以为她怀孕了,给她让座。罗赛坐稳,把肚皮捂得严严实实,暗自祈祷两只母鸡别乱动。卡门在房间地上铺好报纸,安置下母鸡。她们用面包屑和驽骍难得的厨余喂鸡,加上一点罗赛从面包店顺来的大麦和黑麦。两只母鸡从长途旅行的惊魂中平复,不久以后,吉列姆的早饭添了一两个鸡蛋。

休养几天后,病人苏醒了,但他只能坐在床上听罗赛在客厅弹琴,或是听她朗读侦探小说。吉列姆从不爱读书,从小磕磕绊绊完成学业,既要感谢母亲检查作业,更要感谢维克多捉刀代笔。在马德里前线,士兵有时长时间无所事事,空等一场。那时如果有罗赛为他念书,该有多好。家中藏书很多,但字母总在眼前飞舞。读书间隙,吉列姆为罗赛讲军旅生涯:来自五十多个国家的志愿者为了本不属于自己的战争战斗、牺牲;林肯营的美国兵永远冲在最前线,最先倒下。"据说有三万五千多名男兵和几百名女兵来到西班牙,抗击法西斯。这场仗就是这么重要,罗赛。"没有水电,没有便所,街巷遍布瓦砾、垃圾、尘土和碎玻璃。"空闲时间,我们上课、学习。如果妈在那儿,她一定会很高兴地给既不认字也不会写字的小伙子扫盲。很多人从来没上过学。"不过,他没有提起战场的老鼠、虱子、屎尿和血;负伤的战友一等再等,血流干了,担架员也没有来。还有饥饿,以及浅盘嚼不烂的菜豆和冷咖啡。有人杀红了眼,往枪口上撞;也有人吓破了胆,尤其是小战士、新来的奶嘴兵。好在他的战友中没有奶嘴兵,否则他会难过而死。吉列姆更不会言及集中处决俘虏的事。他们把俘虏两人一组,用卡车拉到空地,就地处决后扔到丛葬坑。马德里一地,处决的俘虏不下两千人。

夏天开始了。天黑得晚,炎热懒散的白昼舒展了身躯。吉列姆和罗赛长久相伴,彼此熟识。再怎么读书或聊天,也不免久久沉默,此时,一种愉悦的亲密便笼罩两人。晚饭后,罗赛和卡门睡一张床,她睡到凌晨三点,去面包店烤清晨配给发放的面包。

电台、报纸和街上的广播都是乐观消息。空中回响着民兵歌曲和"热情之花"激情洋溢的演说,宁可站着死,绝不跪着生。官方不承认敌军进犯,称之为我军战略撤退,也不提配给制,以及从粮食到药品的物资匮乏。维克多·达尔莫的消息比广播现实得多,他可以通过运输伤员的火车班次和死者人数判断战局。在他的医院,死者急剧增加。"我得回前线。"吉列姆说着。可是,还没穿上靴子,他便累倒在床。

每日照顾身患斑疹伤寒的吉列姆,用海绵擦身、倒便壶、小勺喂儿童土豆泥、看护睡梦中的他,接着又是擦身、倒便壶、喂食……周而复始的操心和爱意让罗赛确信,吉列姆是她唯一会爱的男人。再没别人,她很笃定。吉列姆养病的第九天,罗赛见他康复许多,她明白自己再也没有理由把吉列姆束缚在床,独占他一人。吉列姆即将回到战场。近一年来,伤亡惨重,共和军开始征召少年、老人和重刑犯。囚犯只有两个选择:要么上战场,要么老死狱中。罗赛告诉吉列姆该起床了,第一件事是洗一个痛快澡。她用厨房最大的汤锅烧水,把吉列姆泡在洗衣盆里,为他从头到脚打肥皂,然后冲洗、擦干。他又容光焕发。罗赛对他太熟悉,对他的赤身裸体习以为常,吉列姆也不再难为情。在罗赛的悉心照顾下,吉列姆回到了少年。"打完仗就娶她。"他满怀感激,在心里打定主意。此前,他从没想过定居结婚。战乱年代,不必考虑未来。"我不是和平年代的人,"吉列姆想,"当兵比当工人强。我还能干什么,一没文化,二来脾气暴躁。"但是,罗赛以她的清新、纯真和赤诚的善良走进了他的心。在战壕里,罗赛的照片陪伴他,他越思念,就越需要她,她就愈发美丽。她的美不张扬,如同她的性格。病情最重那几天,他在剧痛和恐惧的泥潭挣扎,苦苦抓住罗赛方才得以度过。茫然中唯一的指南是她专注低垂的面庞,唯一的锚碇是她犀利转而含笑温柔的目光。

洗衣盆泡完澡之后,曾命悬一线、冷汗如雨的吉列姆恢复了生气。毛巾的摩挲、发丝上的泡沫、一桶桶温水,还有罗赛钢琴师有力、轻柔又准确的手令他重生。他的身心为她倾倒,满载感恩之情。她为他擦干身体,为他穿上父亲的睡衣,刮胡子,剪去头发和动物爪子似的指甲。尽管吉列姆仍然两颊凹陷,双眼红肿,但已不是被两个女民兵拖回家的稻草人。罗赛加热了早餐剩的咖啡,加入一注白兰地,让吉列姆振奋精神。

"我可以去聚会了。"吉列姆照着镜子笑说。

"你可以回去躺着。"罗赛说道,把咖啡杯递给他。"和我一起。"她又说。

"你说什么?"

"你听到了。"

"你不会是想……"

"我在想你想的事。"她回答道,从头上脱去衣服。

"你干什么?妈随时会回来。"

"今天是星期天。卡门在广场跳萨尔达那①,跳完舞去电信排队给维克多打电话。"

"我会传染你……"

"如果之前没有传染,现在更不会。别找借口,快去,吉列姆。"罗赛命令道,一边脱掉胸罩和内裤,推搡着吉列姆钻到床上。

她从没有在男人面前赤裸身体,但是,动荡年代,吃了上顿没下顿、提心吊胆、疑心邻居朋友,加之死神在侧,她早已丢掉腼腆羞怯。修女学校珍视的童贞对二十岁的罗赛来说是一大憾事。世事无常,

---

① 萨尔达那,加泰罗尼亚民间舞蹈。

将来不可知,他们只有眼下,与战争争夺片刻欢愉。

　　1938年7月打响的埃布罗河一役锁定了败局。战役持续了四个月,三万人死在战场,吉列姆·达尔莫也在其中,他牺牲于战败者大逃亡的前夕。共和国危如累卵,将一线希望系于英国和法国介入,但一天天过去,英法毫无动静。共和国军为争取时间,孤注一掷,强渡埃布罗河,深入敌占区夺取装备辎重,以此宣告世界,战争没有输,加以必要支援,西班牙能够战胜法西斯。八万人连夜秘密机动到东岸,准备渡河,迎击数量和装备远胜于自己的敌军。吉列姆在第四十五国际师混合旅,与英国、美国和加拿大的志愿军并肩做先头部队。两军冲锋,他们自称炮灰。地势崎岖,酷暑难当,敌军在前,他们背水一战。德国和意大利的战机在头顶盘旋。

　　共和军凭借奇袭取得了一定优势。战士源源不断奔赴前线,搭乘简易船只,拽着惊恐的骡马运输辎重。工兵架起浮桥,白天迅速炸毁,夜间迅速重建。粮草不济时,先头部队的吉列姆几日不吃不喝,几周洗不上澡。他露宿沙石,患了中暑和腹泻。外有敌军攻势不断,内有蚊虫老鼠咬啮一切,啃食尸体。除了饥饿、焦渴、腹中绞痛和疲惫,还有暑热毒辣。吉列姆脱水严重,流不出汗水,灼伤的皮肤开裂发黑,像蜥蜴外皮。几次,他手握步枪,伏在地上,牙关紧扣,紧绷着浑身每一根神经等待死亡,麻木的双腿不听使唤。患伤寒后,他身体虚弱,大不如前。战友纷纷倒下,吉列姆自问,什么时候轮到自己。伤员夜间暗中转运,躲避敌机轰炸;有的重伤者哀求一颗怜悯的子弹,被敌军活捉生不如死。来不及处理的尸体在烈日下散发恶臭,或用石块掩埋,或焚烧,状如骡马。坚硬的石地甚至无法掘坑掩埋。吉列姆冒着弹雨和手榴弹,靠近辨认尸体,抢出随身物品,寄还他们的家人。

士兵中谁也不明白，在埃布罗河沿岸送命有什么战略意义，因为在佛朗哥占领区进军无异于徒劳，而守卫阵地的代价近乎荒谬。不过，公开表达不满是怯战或背叛行径，会遭受严厉镇压。吉列姆的长官是一位英勇不凡的美国军官，他曾是加州大学的学生，后加入林肯营。尽管没有战争经历，但他以战绩证明了自己是打仗的料、天生的战士。他善于指挥，士兵们尊敬他。吉列姆是最早一批加入巴塞罗那民兵的志愿兵，当时，社会主义的平等理想高扬，通过革命散播到社会的方方面面，军队也不例外。没有人高人一等，没有人多享受一分，军官没有一点特权，和部队同住，吃同样的食物，穿同样的衣服。没有森严等级，没有礼节，没有立正敬礼。军官没有专有帐篷、武器或汽车。见不到油光可鉴的战靴、勤务员和小灶炊事员。普通军队，自然也包括佛朗哥军队那一套，在革命年代行不通。这一切在战争头一年发生变化，革命热情大大消退。吉列姆厌恶地看到资产阶级习气和社会阶级在巴塞罗那悄然重现，有的人横行霸道，有的人卑躬屈膝。打赏、卖淫、富人特权卷土重来，他们衣食烟草不缺，时装不断，但除了他们，人们忍受着饥馑和配给。军队也变了。征募而成的人民军吸收了志愿民兵，推行一贯的等级制和纪律。然而，这位美国军官仍旧坚信社会主义的胜利，对他而言，平等不只是可行的，而且是必需的。他像坚守信仰一样践行着平等。下属对他如同志，但从不质疑他的命令。美国军官学了西班牙语，自行翻译埃布罗河战役中常由英语下达的指令。战役目标是保卫巴伦西亚，重建与加泰罗尼亚的联系。两地目前被国民军占据的宽阔地带隔断。吉列姆尊重他，无论到哪儿，有无解释，他必定追随。9月中，美国军官背部中弹倒在吉列姆身边，没有一声哀号。倒地之后，他仍为战士鼓劲，直到失去意识。吉列姆和另一名士兵把他扛到瓦砾堆后躲藏，担架员夜里才能进入战场，把军官送往救助点。几天后，吉列姆听说，即便活下来，他也会落得残疾。吉列姆宁愿他干脆一死。

美国军官倒下一周后，共和国政府宣布外军撤出西班牙，寄望于德意支援的佛朗哥军队报以同样的举动。希望落空了。美国军官被匆匆葬在无名墓地，他无法和同志们一起列队通过巴塞罗那的大街，接受人民感激的欢呼，参加令人铭记终生的群众送别。流传最广的送别词或许是"热情之花"的一番话，她炽热的激情几年来鼓舞着共和军的士气。她称国际纵队的战士为自由、英雄、理想主义、勇敢和纪律严明的斗士，远离祖国和家园奉献一切，只求为西班牙而死得光荣。九千战士永远留下了，长眠于西班牙的土地。最后，她邀请他们战争胜利之后归来，这里是他们的祖国，这里有他们的朋友。

佛朗哥的宣传机器通过扩音喇叭和飞机散发的传单敦促共和军投降，许诺面包、正义和自由。但人人都知道，投敌就是投入监狱或亲手挖掘的乱葬坑。人们说，佛朗哥军占领的村镇中，军队强迫死囚遗属和家人支付枪决所需的子弹。枪决者上万，血流成河。次年，农民坚称，洋葱血红，土豆里有人的牙齿。即便如此，还是有人为了一块面包投奔敌军，以年纪最小的新兵居多。有一次，吉列姆不得不用武力制服一个巴伦西亚的孩子，孩子吓得失去了理智。吉列姆用枪指着他的额头警告，只要动一步，就一枪崩了他。吉列姆用了两个小时才让他冷静下来，没让人知道这件事。三十个小时后，孩子牺牲了。

在那个人间地狱，基本必需品尚且无法保证，却有一辆载着邮袋的救护车不时出现。那是艾托·伊巴拉。他担负这一任务，鼓舞战士士气。埃布罗河前线的急需品中，家书是最末一项。鲜有人收信，外国士兵远离亲人自不必说，而西班牙战士，尤其是南方人，多数来自文盲家庭。吉列姆·达尔莫总有来信。艾托玩笑着说，他冒着性命全是为了吉列姆。有时，艾托带来一捆信，总有母亲和哥哥的，但最多的还是罗赛的。她每天写一两段，攒了几页后装进信封，前往军用邮政，边走边哼最流行的民兵歌曲："如果你要来信/你知道我的地址/第三混合旅/战火第一线。①"她不知道，艾托把信件交给吉列姆时，也唱着同样或类似的歌曲。这个巴斯克人睡梦中也歌声不断，以此驱散恐惧，唤来幸运女神。

佛朗哥的军队势如破竹，全国大部沦陷之后，加泰罗尼亚沦陷是早晚的事。恐惧笼罩这座城市，人们准备出逃，许多人已经踏上异乡的土地。1939年1月中旬，艾托·伊巴拉驾驶一辆破烂的卡车把十九名重伤员送到曼雷萨医院。出发时，车上是二十一人，两人途中不治，永远地留在了路上。有的平民医生已逃离岗位，坚守岗位的人努力避免恐慌情绪在患者中蔓延。共和国政府成员也选择了流亡，试图在巴黎组织政府，他们的出逃挫伤了民众的士气。此时，国民军距巴塞罗那不足二十五公里。

艾托·伊巴拉五十个小时没有合眼，他把这批令人抱憾的伤员一交割，便倒在出来迎接的维克多·达尔莫的怀中。维克多把朋友安置在他所谓的寝宫，即行军床、煤油灯和便壶组成的休息室。他住在医院，这样节省时间。几小时以后，手术室奋战间隙，维克多为朋友端来兵豆汤、母亲寄来的风干香肠和一壶菊苣咖啡。他好不容易叫醒艾托，他累得头昏眼花，一番狼吞虎咽之后，为维克多巨细靡遗地转述埃布罗河的战况。维克多从几个月来的伤员口中已经知道了大概。共和军死伤惨重，艾托说，最终溃败只是时间问题。"一百一十三天的战斗，敌军伤亡先不提，我们的人就死了一万多，几千人被俘，不知炸死了多少平民。"他说。正如马塞尔·尤易斯·达尔莫老

---

① 此歌名为《如果你要来信》，是著名的西班牙内战歌曲。

师死前预料,这场仗输了。谈判和解是共和国政府一厢情愿,佛朗哥只接受无条件投降。"不要相信佛朗哥的宣传,没有宽赦,没有正义,只有腥风血雨,别的地方已经血流成河了。我们完了。"

维克多曾和艾托一起见证了许多悲剧,他总带着无惧一切的微笑,哼着小曲,开着玩笑。因此,他此刻阴沉的表情比言语更有力。艾托从背囊里拿出一小瓶烈酒,倒进稀薄的咖啡,递给维克多。"喝点儿,对你有帮助。"他说。他犹豫了许久,试图以最委婉的方式告诉维克多·达尔莫弟弟的死讯。可是,他最终只能直截了当地说,吉列姆11月8日死了。

"什么?"维克多只吐出了一个词。

"炮弹落在了战壕里。对不起,维克多,具体细节还是算了。"

"告诉我是怎么回事。"维克多说。

"几个人被炸碎了,来不及收拢尸体,我们埋了残肢。"

"也就是说,没有辨认尸体。"

"没有挨个确认。维克多,但是我们知道战壕里是谁。吉列姆在当中。"

"但是没有凭证,对不对?"

"恐怕有。"艾托说着,从背囊拿出一个烧焦半截的钱包。

维克多小心翼翼地打开支离破碎的钱包,取出吉列姆的士兵证和一张照片。照片奇迹般地完好无损,上面是一个站在三角钢琴边的女孩。维克多坐在行军床的床脚边,静默了几分钟。身边的艾托想拥抱他,却不敢张开双臂。他一动不动,静静等着。

"这是他的未婚妻罗赛·布鲁格拉。他们本想打完仗就结婚。"维克多终于说道。

"我很遗憾,维克多,你得告诉她。"

"罗赛怀孕了,六七个月。我必须要确定吉列姆真的死了,才能告诉她。"

"还要怎么确定？维克多，那个坑里一个人也没有活下来。"

"或许他不在那儿。"

"如果他不在那儿，这个钱包就该在他的口袋。不管他在哪儿，我们应该有他的消息。他下落不明已经两个月，有这个钱包做凭据还不够吗？"

那个周末，维克多回到巴塞罗那家中。母亲准备了墨鱼饭，大米是从走私犯手里买的，加了几瓣蒜和用丈夫的手表在港口换的墨鱼。渔获充为军用，供应平民的少量海鲜理论上发往了医院和儿童福利院。不过，众所周知，政客的餐桌、豪华饭店和餐厅少不了海味。母亲又瘦又小，艰辛忧虑的日子使她苍老，罗赛挺着大肚子，却容光焕发。看着她们，维克多说不出吉列姆的死讯。马塞尔·尤易斯的丧期还尚未过去，他几度开口，话语凝结在胸口。于是，他决定等到罗赛生产或战争结束再说。怀中的幼儿或可稍减卡门失去儿子、罗赛失去爱人的痛苦，他想。

Ⅲ
1939

> 一个世纪的那些日子过去,跟着
> 你的流亡的是那些小时……
>
> ——巴勃罗·聂鲁达,《烧荒地》
> 《漫歌》

1月末的一天,后人称之为大撤退的大规模迁徙在巴塞罗那开启。清晨的严寒冻住了水管,车辆和动物在冰上寸步难行。天空乌云密布,怀着深切的悲悼。那是集体记忆中最严酷的冬天。佛朗哥军沿蒂比达博山①而下,民众惊恐万状。共和军从监牢中拖出数百名俘虏,赶在最后一刻处决。许多士兵,不乏伤员,跟随成千上万的平民逃向法国边境。平民举家迁徙,祖父母、母亲、儿童,还有吃奶的婴儿,人人带着随身行李。有的搭客车或卡车,有的骑自行车,还有骡马拉车。大多数徒步前行,拖着麻袋装的家当。绝望的人们踏上了惨淡的旅程。宠物随主人走一段,之后便消失在大撤退的洪流中,落在身后。

维克多·达尔莫整晚疏散伤员,安排他们搭乘数目拮据的汽车、

---

① 蒂比达博山,巴塞罗那西北方向的一座山峰,是沿岸地区的制高点。

卡车和火车转移。早上八点左右,他知道自己应当遵从父亲的遗嘱,带母亲和罗赛逃亡。他不能抛下病人,于是找到艾托·伊巴拉,让他带母亲和罗赛上路。艾托有一辆旧的德制带斗摩托,和平年代曾是他最珍贵的宝贝。不过,由于油料短缺,他三年没有骑,把它妥善存放在朋友的车库里。事急从权,艾托从医院偷了两壶柴油。摩托不愧是德国货,点火三次便发动,似乎从未尘封于车库。十点半,在汹涌的逃难人潮中艰难穿行之后,艾托在轰鸣和排气管的浓烟中降临达尔莫家。卡门和罗赛已在等他,维克多通知了她们。他说得很清楚:跟紧艾托·伊巴拉,穿过边境,出境后联系红十字会,找伊丽莎白·艾登本兹。伊丽莎白是一个可靠的护士朋友,三人抵达法国后,她会居中联系。

两个女人打包了冬衣、仅有的口粮和家人照片。直到最后,卡门仍在犹豫。她说,再糟糕的事迟早会过去,或许可以等一等,看情况。她觉得自己很难在别处开始新生。但是,艾托告诉她佛朗哥军治下的新鲜例子。首先是旗帜招展和一场在大广场强制参加的大礼弥撒。胜利者接受人群欢呼,其中既有城中隐蔽三年的反对派,更有许多恐惧不安的人试图以此博得好感,表明从未参加革命活动。我们信仰上帝,我们信仰西班牙,我们信仰佛朗哥;我们爱上帝,我们爱西班牙,我们爱伟大的弗朗西斯科·佛朗哥将军。然后就是大清洗。军人首当其冲,不论是伤是残。其次是被所谓合作者告发检举的人,以及从事所谓反西班牙或反天主教活动的可疑分子,工团成员、左翼党员、其他宗教的教徒、不可知论者、共济会成员、教师、科学家、哲学家、世界语学者、外国人、犹太人、吉卜赛人都在其列,这份名单漫长无尽。

"清算极为残酷,卡门女士,您知道吗?他们把孩子从母亲手里抢走,交给修女的育婴堂,给他们灌输所谓唯一真正信仰和祖国至上的价值观。"

"我的孩子太大了,育婴堂不收。"

"我只是打个比方。我的意思是,您别无选择,只能和我走。您给革命分子上课扫盲,不去弥撒,敌人凭这个就能把您枪决。"

"你听好,年轻人。我五十四岁,咳起来像得了痨病。我活不了多长时间,流亡又能怎么样?我乐意死在自己的家,自己的城市,不管有没有佛朗哥。"

艾托劝了卡门一刻钟的工夫,她依然不为所动。这时,罗赛开口了:

"和我们走吧,堂娜卡门。我和您的孙子需要您。过一段时间,我们安定下来,看西班牙的情形,您想回来就回来。"

"你比我坚强,比我能干,罗赛。你一个人做得非常好。别掉眼泪,孩子……"

"我怎么能不掉眼泪?您不在身边,我一个人怎么办?"

"好吧。不过,这是为了你和孩子。我自己情愿留下,日子再坏,我也会好好过。"

"行了,女士们,该走了。"艾托催促道。

"母鸡怎么办?"

"放了,会有人抓的。走吧,到时候了。"

罗赛想坐在艾托的后座,但卡门和艾托让她坐在车斗,避免伤害胎儿,发生不测。卡门裹着几件马甲和又密又重、地毯似的一条卡斯蒂利亚黑羊毛毛毯,坐在后座。她太轻了,没有毛毯已经被风吹走。他们开得极慢,又要避开人群、车辆和拉车的牲畜,又是在结霜的路面滑行,还要防备强行登车的走投无路之人。

巴塞罗那的出城方向是一幅地狱景象。数千人在严寒中瑟瑟发抖,拥挤的人潮渐渐变成缓慢的人流,以截肢者、伤员、老人和孩子的步速移动。医院病人中,能走动的加入了迁徙,另一些人被火车转移到尚可抵达的目的地,剩下的只能面对摩尔人的短刀长刃。很快,城市被甩在了身后,人们走到田野。农民从小村庄里走出来,有的带着牲畜,有的坐着满载包袱的骡车加入人潮。身上有值钱物件的难民可以换一个座位,钱已经一文不值。骡子和马被沉重的车压弯,倒地断了气。男人套上挽具拉车,女人在后面推。带不走的东西丢了一路,有皮箱,还有家具。也有不少死人和伤患,横在原地,无人停下脚步,施以援手。同情消失了,每个人只顾得上自己和亲人。秃鹰军团的战机掠过头顶,播下死亡,留下一条夹杂土与冰的血河。死难者中有许多儿童。食物紧缺,远虑的人带了一两天的口粮,其他人只能挨饿,除非农民愿意用食物换东西。艾托为了丢下两只母鸡恨得咒骂自己。

数十万惊惶的难民逃往法国,等待他们的是一场渲染恐惧和仇视的宣传战。谁也不欢迎这群外国人,这群赤匪、下三烂、脏鬼、逃犯、逃兵,媒体如此称呼。他们会传播疾病、作奸犯科、炮制共产革命。三年来,陆续有逃离战乱的西班牙人来到法国,遭人冷眼。不过,他们散布全国,几乎消失在人群中。然而,因为共和国的崩溃,难民潮倍增。法国政府预估不准,以为最多会来一万或一万五千人。即便这个数字,右翼也为之警惕。谁能料到,几天内,近五十万无助、恐惧、悲惨的西班牙人涌到边境。法国的第一反应是关闭边境,以待协商一致。

夜幕早早降临。下了一阵雨,淋湿了衣物,地面成了泥潭。后来,气温降至零下,刮起了刺骨的冷风。赶路的人们停下脚步,黑暗中无法前行。他们就地蜷起身子,盖着潮湿的被毯。母亲抱着孩子,男人保护家人,老人在祈祷。艾托·伊巴拉将她们安顿在车斗里,让她们等一会儿。他拔下引擎线,防止车被偷走。他走得稍远,寻找一个解内急的地方。这几个月,他一直拉肚子,前线的人几乎都有这个毛病。他的手电照亮土沟里的一头骡子。骡子一动不动,或许腿断了,或许不堪重负倒地垂死。它还活着。艾托拔出手枪,对它的头部开了一枪。有别于敌军炮火的枪响吸引来几个看热闹的人。艾托一向接受命令,不会指挥下令。此刻,指挥才能意外涌现,他组织男人处理骡子,命令女人生火烤肉并提防敌机。杀骡吃肉的办法传开,零星的枪声很快此起彼伏。他给卡门和罗赛带去硬邦邦的骡肉和篝火加热的水。"当甜酒咖啡①喝,就差咖啡而已。"他一边说,一边在杯中各加一小注白兰地。艾托存了一些肉,天冷,肉不会坏。他还有半块面包,是用一名殉职的意大利飞行员的眼镜换来的。他猜想这副眼镜恐怕转手了二十多次,并将继续辗转于世,直到支离破碎。

卡门不吃骡肉,她说肉硌牙,硬得像鞋底。她把自己那份给了罗赛。趁夜色一走了之的主意已在卡门的脑中打转。她冷得无法呼吸,一吸气就咳嗽、胸痛、窒息。"干脆得肺炎而死。"她嘟囔着。"您别这么说,堂娜卡门,想想您的儿子们。"罗赛听到卡门的嘟囔,对她说道。得不了肺炎,冻死也不错,卡门心里打定了主意。她在书上读到过,有的老人在北极自杀。她固然想见一见即将出世的孙子或孙女,但这个愿望像一个梦,在心中渐渐淡去。只要罗赛健康平安到达法国、产下孩子,与吉列姆和维克多团聚,其他都不重要。她不想成为年轻人的负担,这把年纪,她是大累赘。没了她,他们能走得更远、更快。罗赛大概猜到了她的心思,一直守着她,累坏了才蜷身睡去。卡门悄悄走了,像一只猫,罗赛没有察觉。

黑暗中,艾托第一个发现卡门不在。他没有叫醒罗赛,独自出

---

① 指咖啡兑白兰地、茴香酒或朗姆酒而成的饮料。

发,在苦难的人群中寻找她的身影。他用手电照路,免得一脚踩到别人。艾托料想卡门行动不便,应该走不远。晨曦微露,他在混乱的人群和大小行李中徘徊,呼喊卡门的名字,和别人的呼唤声交织。一个四岁左右的小女孩哭得沙哑,被雨淋湿,冻得发紫。她紧紧抱住艾托的大腿。艾托替她擤掉鼻涕,遗憾手头没有御寒衣物。他把小女孩举到肩上,便于辨认。可是,谁也无暇他顾。"你叫什么名字,小美女?""努丽亚。"小女孩咕哝道。艾托逗她开心,哼着流行的民兵小调。这些脍炙人口的小曲,几个月来从不离口。"一起唱,努丽亚。唱着就不难过了。"他说。小女孩仍旧哭着,艾托把她扛在肩头,在人群中艰难行走许久,呼唤着卡门。他见到排水沟边停着一辆卡车,几名护士向一群孩子分发牛奶面包。艾托告诉她们,小姑娘与家人走失了,护士请他把小姑娘留下,卡车里都是走失的孩子。一小时后,卡门依然不见踪影,艾托回到罗赛所在的地方。他们这时发现,卡门没有带走卡斯蒂利亚毛毯。

天色渐明,无依无援的人们又上路了,像灰黑而缓慢的巨斑。传言说边境关闭,越来越多的人滞留,恐慌不断加剧。他们水米未进,孩子、老人和伤员愈发虚弱。成百的车辆,既有畜力车,也有卡车,废弃在道路两侧。牲畜倒下了,油料耗尽了。艾托决定离开水泄不通的公路,到山中试运气,找隐僻小道。罗赛不愿意抛下卡门,但艾托说,卡门一定会随人群抵达边境,他们会在法国团聚。两人争执了好一会儿,艾托没了耐心,扬言独自上路,弃她而去。罗赛不了解这个家伙,信以为真。艾托年少时常和父亲爬山,此时此刻,他无比希望父亲在身边。他不是唯一走山路的人,已经有人成群向山中进发。对于挺着肚子、两腿又肿又疼的罗赛,山路着实艰辛。可是,对于扶老携幼的一家,对于绷带浸透血污的截肢士兵来说,旅程只会更加艰难。摩托只能到小径尽头,艾托担心罗赛能否徒步跋涉。

就像艾托预料的,摩托一路吭哧吐烟,到山路尽头停下。由此而上,只能步行。艾托吻别爱车,把它藏进灌木丛。这辆摩托比贤妻更忠贞,艾托向它保证,会回来找它。罗赛帮艾托整理并重新打包捆在车尾的行李。行李大多舍弃,只带必需品:厚衣物、备用的鞋子、仅有的食物和一向细心的维克多交给他的法国货币。罗赛披上卡斯蒂利亚毛毯,戴两副手套。如果还想弹琴,她必须护好双手。两人开始爬山。罗赛慢慢走着,意志坚定、脚步不停。行至某处,她需要艾托推一把、拉一下。艾托玩笑着、唱着,为她鼓劲,似乎走在野餐小路上。另有寥寥几人选择了同样路线,有人赶上他们,简短打声招呼继续赶路。不久,又只有他们两人。冰滑难行的羊行小道不见了,两腿陷入雪中,他们避开岩石和落木,绕过悬崖。踏错一步,便会葬身百米深渊。艾托的靴子和眼镜一样,曾属于一个战死的敌军军官。靴子尽管磨损,但保护双脚,比罗赛的便鞋好许多。没过多久,两人的脚都麻木了。山高坡陡,白雪皑皑,骇然地直插紫黑的天空。艾托担心迷路,他知道,哪怕一切顺利,也需几天才能走到法国。只有结伴成群,才能抵达目的地。他暗自咒骂自己离开了公路,但口中仍在宽慰罗赛。他斩钉截铁地说,这一带他极熟悉,就像了解自己的掌纹。

傍晚,他们见到幽微的亮光,用尽力气挣扎到一座简陋的营地附近。远处有人影,艾托决定一搏,猜想他们是本国同胞。别无他法,不然今夜就要葬在雪里。他留罗赛在后,自己猫腰靠近,借着小篝火的光看到四个瘦子。他们蓄着大胡子,衣衫破旧,其中一人的脑袋上绑着绷带。他们既没有马匹、制服和战靴,也没有野战帐篷。这是一群流民,虽然不是敌军士兵,却可能是强盗。为防万一,艾托把子弹上膛,藏在大衣下。德制鲁格,那年头绝对的稀罕货,几个月前一次精彩倒手换来的。艾托向他们靠近,摆出善意姿势。一个配着步枪的男人迎面走来，另外两人在他身后几步，持枪严防背后偷袭。三人警惕而狐疑。他们隔着距离彼此观察，艾托灵光一闪，用加泰罗尼亚语和巴斯克语喊道："晚上好！你好！晚上好！"之后是长久的沉默。终于，像领头的一个家伙用巴斯克语道了一声"欢迎你，朋友！"表示欢迎。艾托发现他们是战友，大概是逃兵。他如释重负，膝盖一软。他们上前围着艾托，见他和善，和他拍背打招呼。"我是埃奇，这是伊赞和伊赞的弟弟尤伦。"持枪的人说道。艾托做了自我介绍，告诉他们自己和一个孕妇同行。他们一起来接罗赛，她几乎是被两个人架到简陋营地的。这里对她和艾托堪称豪华，有帆布屋顶、火和食物。

之后，他们互通坏消息、分享篝火加热的鹰嘴豆罐头和艾托水壶中仅剩的烈酒。艾托把背囊里的骡肉和面包分给他们。"留着吧，你们比我们更需要口粮。"埃奇说。他又说次日会有一个山民前来送补给。艾托一定要回报三人的款待，拿出了香烟。两年来，香烟是富人和大政客的独享，一律是走私货，一般人只能用枯草掺甘草，一嗝就没有了。宗教般的庄严肃穆中，他们接过艾托的一小盒英国烟。几人点燃香烟，迷醉地抽着，一阵安静。罗赛吃了鹰嘴豆，被安顿在临时搭的帐篷里。他们还灌了一个热水瓶，温暖她冻僵的脚。罗赛休息时，艾托为几位东道主讲述了巴塞罗那的沦陷、共和国的即将崩溃以及大撤退的混乱局面。

逃兵听到消息并不惊讶，这是在意料之中的事。他们是格尔尼卡的幸存者。秃鹰军团可怖的战机将这座巴斯克历史重镇夷为平地，化作死海和废墟。敌人在格尔尼卡附近的森林投下燃烧弹，在林中避难的他们从火海中捡回一条命。毕尔巴鄂战役①中，他们在巴

---

① 毕尔巴鄂战役，1937年6月内战双方围绕西班牙北部军事要地和工业重镇毕尔巴鄂展开的争夺战，以叛军的胜利告终。

斯克军团战斗到最后一天。城市落入敌手前,巴斯克军司令组织平民疏散到法国,士兵编作几个营,继续战斗。毕尔巴鄂陷落一年以后,伊赞和尤伦得知被俘的父亲和小弟被佛朗哥军杀害。大家族仅剩他们两个人,他们决定伺机逃跑。民主、共和国、战争没有了意义,他们不知道为何而战。他们辗转于森林和险山,在同一处短暂逗留几天。他们跟随着埃奇无声的带领,因为比利牛斯地区他很熟悉。

几周前,战败已定,他们遇到了逃亡的同胞。他们无处安身。在法国,残兵既得不到战败或撤退军人应得的待遇,也没有难民身份,只能按逃兵处理——逮捕遣送西班牙,落入佛朗哥之手。走投无路的士兵成群游荡,有的藏身洞穴或人迹罕至的地方,等待时局缓和;有的抱着必死之心投入游击,以卵击石。他们绝不接受革命理想彻底破灭,绝不接受巨大的牺牲付诸流水。他们更不会承认,所谓理想从来只是一场幻梦。不过,比利牛斯的兄弟们没有这样的想法,他们对理想灰了心。埃奇只有一个念头:活下来,与妻子和孩子团聚。

头缠绷带的士兵看着很年轻,不发一语。他是阿斯图里亚斯人,因为受伤,耳朵聋了,脑子也糊涂。大家玩笑着向艾托解释,他们想要抛弃他却舍不得。他枪法奇准,闭着眼睛也能打中野兔,一枪不空。多亏了这个小鬼,他们才能隔三岔五吃一顿肉。不只如此,他们还备好了几只兔子,和次日到来的山民换口粮。艾托注意到,他们对待阿斯图里亚斯人时骤然温柔,就像照顾一个傻小子。他们以为艾托和罗赛是夫妻,就让两人住同一帐篷。如此一来,两个士兵只能露宿。"我们轮班。"士兵们说。他们不同意艾托加入轮班。这算哪门子的地主之谊?他们说道。

艾托躺在罗赛身边,罗赛蜷作一团,护着肚子。艾托在身后抱着她,为她取暖。他骨头疼,身子僵了,担心罗赛这位准妈妈的安全乃至性命。他对罗赛负有重任,他与维克多·达尔莫有言在先。登山时,罗赛坚定地说,她有的是力气,不用担心。"我是山里长大的,冬天夏天,都在山里放羊。艾托,我很习惯风餐露宿,别把我想得太柔弱。"罗赛大概看穿了他的忧虑,拉过他的手,放在肚子上,让他感受胎儿的动静。"别担心,艾托,孩子很安全,很好。"她打着哈欠说道。从来乐天胆大的艾托,这个见过无数死亡与悲痛、暴力与罪恶的巴斯克人把脑袋埋在罗赛颈后,偷偷掉着眼泪。他为罗赛而哭,她不知道自己失去了未婚夫;他为吉列姆而哭,他再也见不到自己的骨肉,再也无法拥抱未婚妻;他为不辞而别的卡门而哭,也为自己而哭。他累极了,平生第一次质疑自己的好运。

第二天一早,众人期盼的山民骑着老马,慢悠悠地来了。他自我介绍,在下安赫尔,为您效劳。他说这名字名副其实,他是流亡者和逃兵的天使①。他带来士兵们翘首以盼的补给、几个步枪弹夹和一瓶烈酒。酒既可以调剂无聊的日子,也可用来清洗阿斯图里亚斯人的创口。换绷带时,艾托看到他的伤口很深,颅骨开裂。大概是极寒天气抑制了感染,这个男人活到现在,真是硬骨头。山民证实了法国边境关闭的消息。是两天前的事,几十万难民受困,冻饿交加。武装边防把守着口岸。

安赫尔自称牧人,但艾托并不相信。和艾托父亲一样,安赫尔是走私客的模样,走私这一行远比放羊挣钱。点破之后,艾托发现,安赫尔竟然认识老伊巴拉。这一带干这行的都认识,他说。山路就这几条,困难重重,天气和两边政府一样阴晴不定,因此少不了团结协作。"我们不是坏人,我们提供必要服务,你父亲应该和你说过。供求规律。"他又说。据安赫尔说,没有向导,绝不可能走到法国,因为

---

① 安赫尔,字面意为天使。

法国人加强了边防,只能走秘密路线。这条路一向危险,冬天尤甚。他熟悉路,开战的时候,他正是沿这条路将国际纵队带进西班牙的。"那些外国小伙子不错,但很多是城里的公子,有的没能走出来。落单的、坠崖的,都留在了那儿。"安赫尔主动提出带领他们穿越边界,接受法郎酬金。"你妻子可以骑我的马,我们走路。"他对艾托说。

中午,和大伙喝了一种古怪的咖啡替代品之后,艾托和罗赛告别比利牛斯兄弟,继续赶路。安赫尔提醒他们,趁天亮必须马不停蹄。如果他们能坚持,不到必要时不歇脚,有望到牧羊人栖身地过夜。艾托提防着安赫尔,严防突然袭击。在这荒无人烟的地方,他可以轻易要了两人的性命。所获不菲,除了钱,还有手枪、折刀、靴子和卡斯蒂利亚毛毯。三人几个小时不停,又湿又冷,在雪中艰难蹒跚。几段长途跋涉中,罗赛步行,减轻老马的负担,安赫尔待它如同一位年迈的亲人。他们歇脚两三次,喝融化的雪水,吃骡肉和面包。天色阴沉,气温骤降,睫毛上的霜雪让人睁不开眼睛。安赫尔指着远处的高地,那就是所说的露宿地。

这是一个山洞,岩石像砖块层叠,形成洞顶。开口狭窄,他们勉强塞进马匹,在外必定冻死。洞内圆拱形,洞顶很低,比外面看上去宽敞、严密。洞里有柴火、稻草堆、一大桶水、两把斧头和几个锅盆。艾托生火,料理安赫尔的兔子,安赫尔还从褡裢里拿出香肠、硬奶酪和一块又黑又干的面包——比罗赛在巴塞罗那面包店烤制的战时配给好吃。他们吃了干粮,喂过马,裹着毯子躺在草堆上,围篝火取暖。"明早离开前,我们要把这里恢复原样,砍好柴,桶里装满雪。还有,战士,你用不着武器,大可踏实睡觉。我是走私客,不是杀人犯。"安赫尔说。

翻越比利牛斯山前往法国的路途,他们走了漫长的三天三夜。

在安赫尔的帮助下，他们既没有迷路，也不必露宿旷野，每晚总有地方过夜。第二晚是在两个卖炭人的茅屋里过的，卖炭人有一只形状如狼的大狗。这两个男人以拾柴制炭为生，态度粗鲁，谈不上好客，为了报酬让路人借宿。"小心这两个家伙，战士，他们是意大利人。"安赫尔在一旁提醒艾托。艾托知道了该怎么做。他凭借几首意大利歌和两人套上了交情。最初的疑虑消散，他们吃着、喝着，甚至玩起了一副破旧的纸牌。罗赛竟然牌技超群，她在修女学校学过牌，还懂得下套。屋主玩得尽兴，愉快地输掉了作为筹码的一段风干香肠。罗赛睡在铺在地板的口袋上，大狗蜷在身边取暖，她把鼻子埋进它硬邦邦的毛发里。早上告别时，罗赛和卖炭人贴面三次。地道的意大利规矩。她说，即便是羽毛床，也没这里那么舒服。大狗粘在罗赛脚边，陪他们走了好一段。

第三天下午，安赫尔告诉他们，再往前，他们得自己走。这就安全了，下山即可。"沿山脊向前有一座废弃的村庄，可以在那儿安身。"安赫尔交给他们一些面包和奶酪，收下钱，拥抱后告辞。"你的妻子了不得，战士，好好照顾她。我给几百个男人带过路，老兵罪犯都有，从来没有人像她一样，一声抱怨也没有。更别说她还大着肚子。"

一小时后，他们走到村边，远处迎面走来一个持枪的男人。他们停下脚步，一言不发，屏住呼吸。艾托将上膛的手枪握在背后。时间凝固，他们互相观察，距离约五十米。最后，罗赛上前一步，大喊他们是难民。持枪之人发现对面有女人，而且比他更惊慌，便放下武器，用加泰罗尼亚语喊："来，来，我不会伤害你。"他们不是最早，也不会是最后一拨经过此地的人，他对艾托和罗赛说。就在今早，儿子害怕佛朗哥军搜捕，逃往了法国。这位老父亲把他们带到一间农舍，地面即是土地，屋顶少了一半。他拿出锅中剩饭，艾托和罗赛吃完后躺在一张简陋的床上休息。床很干净，原是这家儿子的。数小时后，又来了三个西班牙人，老人也让他们住下。次日清晨，主人为客人们端上热汤，汤里放了盐、土豆丁和一些据说有助御寒的草。为客人指路前，他送给罗赛仅剩的五块方糖，为孩子的旅程添一丝甜意。

艾托和罗赛带头，众人向边界走去。走了整整一天后，正如老人所说，他们傍晚抵达一座山丘，猛然见到几座亮光的房子。他们知道法国到了——在西班牙，由于空袭，没有人点灯。他们朝那个方向下山，来到一条公路。没过多久，出现一辆巡防车辆，这是法国农村的驻军。他们高兴地自首，因为这是同舟共济的法国，自由、平等和博爱的法国，社会主义者领导的、左翼执政的法国。军士们粗鲁地搜身，没收了艾托的手枪、折刀和仅剩的钱。另外几个西班牙人也被缴械。他们被带到一个棚屋，那是经改造收容数百难民的磨坊仓库。这里人满为患，男人、女人和儿童惊惶地挤在一起，饥饿难耐。屋内通风很差，空中的谷物尘屑令人窒息。卫生堪忧的几桶水供人解渴。没有厕所，只有棚外的几个坑，人们在监视下蹲着方便。女人受辱哭泣，军士在一旁哄笑。艾托坚持和罗赛一起，军士见她大着肚子摇摇晃晃，勉强同意了。他们蜷在角落，分食最后一块面包和意大利人的干香肠。其间，艾托尽力护住罗赛，因为有人突然发作，绝望地扑来。据说，这是过渡地点，他们马上会被转往行政留置营①。谁也不明白这是什么意思。

次日，女人和孩子被军车拉走。家人分离，一阵恐慌，军士用棍棒把人群分开。罗赛拥抱艾托，感谢他所做的一切。她语气坚定地说，她会平安无事，说完便平静地向卡车走去。"我会去找你，罗赛，我发誓！"艾托在混乱中喊道。他跪倒在地，悲愤地咒骂。

---

① 指关押非法移民的场所。

大批平民向边境逃难在先,残军溃退在后。与此同时,维克多·达尔莫和其他坚守岗位的医生在志愿者的帮助下,把伤员搬上火车、救护车和卡车。局势紧急,坐镇指挥的院长忍痛决定留下重伤者,他们恐怕在途中不治,空位应该留给有望活下来的人。战士们出发了,有的挤在运牲口的车厢,有的搭乘满目疮痍的军车,有的倒在路上。他们饥寒交迫,一瘸一拐,有刚下手术台的、伤的、瞎的、截肢的、伤寒高热的、得痢疾的、生坏疽的。医生无以缓解病患的痛苦,只有水和安慰。有时,应垂死之人所求,他们为他祷告。

维克多·达尔莫和医术精湛的医生们并肩工作两年有余,在前线学习,在医院历练。没有人过问学历,尽责比什么都重要。他常忘记自己还有几年学业才能毕业,在病人前佯作医生,让他们放心。他见过触目惊心的重伤,镇定地协助截肢手术,也曾帮助几个不幸的人离开人世。他以为自己心如磐石,足以承受痛苦和暴力。但是,几节车厢的种种所见击垮了他的防线。火车向赫罗纳①驶去,在赫罗纳等待换乘。维克多三十八个小时没有吃饭,没有合眼,试图为怀中濒死的少年喂水。他的胸中似有什么碎裂了。"我的心碎了。"他低语道。他此刻明白了这句表达的深意。他听到玻璃碎裂声,感到自己存在的本质漫溢殆尽,过去的记忆、此刻的意识和未来的希望消散无遗。失血或许就是这样,他见过那么多人失血而束手无策。手足相残的战争制造了太多苦痛、太多卑鄙。比起继续厮杀,他宁愿战败。

仓皇沮丧的人潮日益积压边境,法国大为恐慌。荷枪实弹的军队,乃至塞内加尔和阿尔及利亚令人胆寒的殖民军,高头大马头缠裹布,以步枪皮鞭相威胁,也难以约束难民。法国遍布逃难而来的不受

---

① 赫罗纳,加泰罗尼亚东北部城市。

欢迎的人，这是官方的话。到了第三天，在国际社会的呼吁下，法国政府对妇女、儿童和老人放行。接着，其他平民获准入境，最后是军人。他们在饥饿与疲惫中列队，唱着军歌，缴械后拳头高举。道路两侧，步枪堆成小山。他们徒步急行，被赶到临时仓促搭建的收容西班牙人的集中营。"走啊！快走！"骑在马上的军士驱赶着，口中威胁辱骂，手上鞭打不休。

被人遗忘的幸存的伤员出发了，维克多和几名医生护士一路随行。他们进入法国比最早几批难民来得容易，却没有更好的待遇。伤者在学校、车站甚至马路草率医治，地方医院无力容纳，况且谁也不想接受他们。他们是"不受欢迎的人"之中最需要帮助的人，面对如此多伤患，条件人手远远不足。维克多获准留下照顾伤员，因而相对自由。

和艾托·伊巴拉分别后，罗赛和其他妇女儿童被送往滨海阿热莱斯集中营。集中营距边境线三十五公里，收押一万二千余西班牙人。这是一片封闭海滩，由法国军士和塞内加尔军把守，举目唯有沙、海与带刺铁网。罗赛明白了，他们是自生自灭的囚徒，必须自己找活路。既然翻山越岭而来，她会坚持下去，为了腹中的孩子，为了自己，为了和吉列姆团聚的希望。难民露宿沙地，暴露在严寒和雨水中，没有基本的卫生设施。没有厕所，也没有饮用水。人们动手掘井，地下却流出粪便、尿液和未及时清理的尸体污染的浑浊咸水。女人聚在一团，抵挡守卫甚至某些男性难民的凌辱。一无所有的人，羞耻心也荡然无存。罗赛徒手挖了一个坑洞用于睡觉，抵挡北风。刺骨的寒风夹杂灼伤皮肤的沙砾，致人眼盲，无孔不入，造成感染溃烂。稀薄的兵豆汤一天一次，有时还有冷咖啡。偶有一辆卡车经过，抛撒面包块。男人为面包打得你死我活，有谁动了恻隐之心，女人和孩子才能分得些许碎屑。死者很多，每天三四十人，先是死于痢疾的儿童，接着是得肺炎的老人，后来渐渐蔓延到所有人。夜晚，人们轮流执勤，每十到十五分钟叫醒别人，动一动身体，否则便会冻死。一个女人在罗赛身边挖掘坑洞，天亮时，她怀中五个月的女婴已是一具尸体。气温降至零下，别的难民带走女婴的遗体，埋葬在远处的海滩。罗赛整日陪着那位母亲，她沉默不语，也没有眼泪，只是直直地望着地平线。当晚，她去了岸边，走进海中，消失了。这不是个例。很久以后，人们算起这笔旧账：近一万五千人在法国的集中营因饥饿、虐待和疾病丧生，九成儿童死亡。

最后，管理部门把妇女和儿童关押于另一段海滩，用双重铁刺网将他们和男性分隔。建造棚屋的材料陆续运到，人们搭起棚屋，几个男人被派到妇女一侧搭建屋顶。罗赛请求和集中营的负责人谈一谈，说服了他有序分发有限的食物，避免母亲们大打出手，为孩子抢夺坚硬的面包块。后来，红十字会的两名护士来到集中营注射疫苗、发放奶粉，嘱咐人们用布滤水，烧滚几分钟再冲奶瓶。她们还为儿童带来毛毯和厚衣物。她们还有一张名单，有的法国家庭愿意雇用西班牙保姆或家庭作坊女工。自然，不带孩子的优先。罗赛请护士给伊丽莎白·艾登本兹带信，但愿她在法国。"请你们告诉她，我是维克多·达尔莫的弟媳，我怀孕了。"

伊丽莎白在前线救助战士，战败迫近时，她和流亡人群一同撤退。她身穿白色围裙和蓝色罩袍穿过边境，无人阻挡。罗赛的口信淹没于数百个求助之中，如果不是维克多·达尔莫的名字，她不会立刻注意。伊丽莎白带着些许甜蜜想起那个弹着吉他、向她求婚的腼腆男生。伊丽莎白常常想，他现在怎么样了。这么看来，他还活着，她松了一口气。收信第二天，伊丽莎白就到滨海阿热莱斯找到了罗赛·布鲁格拉。伊丽莎白了解集中营的恶劣环境，但仍深为震惊：蓬头垢面的罗赛站在她面前,面色惨白、两耳紫黑,眼睛被沙粒烧肿,肚皮突兀地挂在骨架上。即便这副模样,罗赛还昂首挺胸,语气坚定,不失一向的自尊。她的声音里没有一丝悲苦或唯唯诺诺,似乎周遭境遇尽在她的掌控。

"维克多给了我们您的名字,小姐,他说您是我们的联系人,可以帮我们团聚。"

"你和谁在一起?"

"目前只有我自己,但是维克多和他的弟弟吉列姆也会来。吉列姆是孩子的父亲。另外还有一个叫艾托·伊巴拉的朋友。维克多和吉列姆的母亲达尔莫夫人或许也会来。他们到了,请告诉他们我在这里。我希望他们在生产之前来找我。"

"你不能留在这儿,罗赛,我正在帮助孕妇和哺乳的母亲。这种地方,新生儿是活不成的。"

伊丽莎白对罗赛说,她设立了一家孕妇救护所,但需求太大,地方有限。她看上了埃勒讷一座弃置的别墅,准备把别墅辟为理想的产院,为饱受创伤的妇女和婴儿提供一片绿洲。产院从废墟起建,需要数月时间。

"但是你不能再等,罗赛,你得马上离开这里。"

"怎么离开?"

"集中营的负责人知道我会把你带走。他们其实是急于摆脱难民,想把你们遣送回国。找到庇护人或工作就能走人。我们走吧。"

"这儿有很多妇女和儿童,除了我,还有其他孕妇。"

"我会尽我所能,下次我会带更多物资来。"

营区外停着一辆红十字标志的汽车。伊丽莎白觉得罗赛最需要热食,就把她带进路上看见的第一间餐厅。纤尘不染的护士带着一个恶臭的女乞丐,几个客人毫不掩饰自己的恶心。炖鸡上桌前,罗赛吃光了桌上的面包。伊丽莎白驾车仿佛骑自行车，一会儿在车流中穿行，一会儿在人行道上下。她傲慢地无视十字路口，任性地对待信号灯。一眨眼的工夫，她们抵达佩皮尼昂①。她把罗赛领到暂做产院的房子，里面有八位年轻女性，有的是孕期最后一个月，有的正怀抱新生的婴儿。不同于西班牙人的外放夸张，她们亲切地欢迎了罗赛，递给她毛巾、肥皂和洗发水，让她去洗澡并为她找衣服。一小时后，重新站在伊丽莎白面前的罗赛焕然一新。她的头发湿漉漉的，穿着黑裙、罩住孕肚的羊毛短袍和高跟鞋。当晚，伊丽莎白带罗赛到一对英国贵格会②教徒夫妇家中。伊丽莎白曾在前线与他们并肩作战，为战争中无辜的儿童争取食品、衣物和庇护。

"你需要住多久就住多久，罗赛，至少到生产以后。到时候再看情况。这对夫妇非常善良，哪里最需要他们，他们便在哪里。他们是圣人，我唯独敬佩的圣人。"

---

① 佩皮尼昂，法国南部城市。
② 贵格会，又名教友会，兴起于英国的基督教派别，主张和平、公正和简朴生活。

Ⅳ
1939

我喜欢他们的美德和毛病，

郊区小资产阶级……

——巴勃罗·聂鲁达，《郊区》

《黄心》

太平洋女王号5月初从瓦尔帕莱索①出发，二十七天后抵达利物浦。欧洲的春天已逝，令人不安的夏季开启。无法避免的战争的鼓声正在迫近。几个月前，欧洲列强签署《慕尼黑协定》②，希特勒无意遵守，西方世界坐视纳粹扩张，束手无策。然而，在太平洋女王号上，千山万水和柴油机的轰鸣阻隔了隆隆战鼓，这座17702吨的海上浮城正在跨越两洋。对于二等舱的162名乘客和三等舱的446名乘客，旅程可谓漫长。但对于一等舱的旅客，旅行的种种不适消弭于高雅的环境。时光飞逝，猛烈的海浪丝毫不会搅扰旅行的惬意。顶层甲板几乎听不到引擎声，唯有悦耳的音乐和280名乘客多种语言的

---

① 瓦尔帕莱索，智利中部城市，南太平洋重要港口。
② 《慕尼黑协定》，英、法、意、德四国于1938年9月在慕尼黑签署的协定。英、法为避战祸，纵容德国吞并苏台德地区。协定规定捷克斯洛伐克新边界不受侵犯，实为空文。

交谈。一身白色的水手和船员来来往往，侍应生穿着金色纽扣的制服。管弦乐团和女子弦乐四重奏乐团演奏，玻璃杯、瓷制餐具和银制刀叉铮铮作响。厨房只在黎明前夜色最浓时歇上一小时。

在由两个卧室、两个浴室、一个客厅和一个阳台组成的套间里，劳拉·德尔索拉尔呻吟着奋力把自己塞进弹力束腹。礼服已在床上预备，这是为今晚订制的。旅行倒数第二晚，一等舱的旅客将要身着压箱底的华服，戴上最名贵的首饰。这件香奈儿蓝色缎面带褶礼服是在布宜诺斯艾利斯订制的，圣地亚哥的裁缝放宽了六厘米，但几周旅行下来，劳拉又是很勉强。磨边镜子前，劳拉的丈夫伊西德罗·德尔索拉尔正在满意地调整白色正装领带。与妻子相比，他不贪嘴，更自律，体重不变，五十九岁依然英俊。丈夫婚后几乎没变，她却因怀孕生产和甜食走了样。劳拉坐在戈布兰①包裹的软沙发上，低头垂肩，精神沮丧。

"怎么了，亲爱的？"

"今晚如果我不陪你，你会介意吗？伊西德罗，我头疼。"

丈夫站到面前，不悦的模样总能使劳拉就范。

"吃两颗阿司匹林，亲爱的。今天是船长晚宴，我们那一桌很重要，好不容易贿赂领班安排的位子。八个人一桌，你不在太显眼。"

"可是我不舒服，伊西德罗……"

"坚持一下，这是我生意场上的饭局。我们那桌有特鲁埃瓦参议员②和两个想买羊毛的英国商人。记得吗？我和你说过。虽说有汉堡军装厂的订单在手，但是和德国人打交道太难。"

"我不觉得特鲁埃瓦参议员的夫人会赴宴。"

---

① 戈布兰，一种羊毛或羊毛混纺的厚重耐磨织物。
② 特鲁埃瓦参议员和他夫人是本书作者的小说《幽灵之家》的主人公。

"那女人很古怪,据说和死人说话。"伊西德罗说道。

"所有人时不时都会和死人说话,伊西德罗。"

"别说傻话,劳拉!"

"这件礼服我穿不下。"

"胖几斤算什么?换一件,你很漂亮。"他一副老调重弹的语气。

"我怎么能不胖,伊西德罗?在船上除了吃就是吃。"

"好吧,你可以运动,去游泳池,比方说。"

"这副样子,你让我怎么穿泳装?"

"我不能强迫你,劳拉。但是我再说一次,我非常需要你出席。不要让我难堪。我帮你扣上礼服,再戴上蓝宝石项链,你就完美了。"

"那太显眼了。"

"一点儿也不显眼,和船上的其他女人比起来,很素雅。"伊西德罗坚决地说。他拿出马甲口袋里的钥匙,打开了保险箱。

劳拉想念圣地亚哥家中种满山茶的露台,列奥纳多在那一片清净地玩耍,她安闲地编织、祈祷,远离丈夫的心血来潮和亢奋脾气。伊西德罗·德尔索拉尔是她命中的男人,但婚姻却沉重得像一笔债。她羡慕小妹,可爱的特蕾莎。特蕾莎是隐居修女,终日沉浸于冥想和心灵读物,忙于为上流社会的新娘绣嫁衣。那是寄托于主的生命,没有纷扰,不必烦恼儿女和亲戚好戏连台,不必和用人斗智斗勇,不必周旋于应酬,也不必扮演无私无我的妻子。伊西德罗是无所不在的,宇宙围绕着他,以他的所求所需为中心。他的祖父和父亲也是如此,所有男人都是如此。

"振作起来,亲爱的。"伊西德罗一边说一边对付妻子颈上项链的细扣,"我希望你玩得开心,希望旅行精彩难忘。"

难忘的是几年前首航的诺曼底号之旅。诺曼底号的餐厅可容纳七百人,各式灯具由拉里克①设计,装饰风艺术②内饰,花园笼中饲养珍禽。从法国到纽约短短五天,德尔索拉尔夫妇就体验了在智利前所未见的奢华。智利人崇尚俭朴,越是富有,越要小心掩饰。只有做生意的阿拉伯移民才会炫耀财富。劳拉不认识阿拉伯富豪,他们是另一个圈子的人,永远不会有交流。她与丈夫登上诺曼底号二度蜜月,把五个孩子丢给他们的祖父母、英国家教和用人。旅行的意外收获是劳拉再度怀孕,她确信列奥纳多是那次短暂旅行怀上的。可怜的孩子,她的小宝。列奥纳多比当时的家中老幺奥菲莉亚还要小很多岁。

论豪华,太平洋女王号不能与诺曼底号相比,但也无可指摘。劳拉习惯在床上用早餐,早上十点穿衣到礼拜堂做弥撒,再到甲板上透一透气。她躺在专属的沙滩椅上,服务生端上牛肉汤和夹心面包。接着是午餐,至少四道菜品。然后是下午茶,有小面包和糕点。匆匆小憩一会儿,玩几手牌,就要盛装参加鸡尾酒会和晚宴。晚宴上,她挤出笑容,佯作聆听。之后的舞会务必参加,伊西德罗灵活,乐感很好,但她笨重地扭动,像海豹之于沙滩。午夜音乐会的茶歇是鹅肝、鱼子酱、香槟和甜点。劳拉放弃了前三样,但无法抗拒甜点。前一晚,不知节制为何物的法国主厨推出了各色巧克力盛宴,中央是一座精巧的喷泉,水晶鱼嘴淌出溶化的巧克力。

对于劳拉,这场旅行是丈夫的一意孤行。如果要度假,她青睐到南方的庄园或比尼亚德尔马③的海滨别墅,那里的日子慵懒恬静。长长的散步,树荫里的下午茶,与孩子和用人一同念诵祷文。对丈夫来说,这场旅行是一次巩固社交、开启新生意的良机。每到一城,他

---

① 拉里克,法国艺术玻璃制造商,1888年由勒内·拉里克(1860—1945)创立。
② 装饰风艺术,盛于二十世纪二十年代。
③ 比尼亚德尔马,瓦尔帕莱索省的海滨城市,有花园城市的美誉。

都有一套完整日程。劳拉觉得上当了,这根本不是度假。伊西德罗自我标榜,他是一个有远见卓识的男人。在劳拉娘家看来,这多少有待商榷。商海弄潮是暴发户干的事,法语称"parvenus",乍富的土包子。他们一家忍受伊西德罗的这一缺点,是因为他的卡斯蒂利亚-巴斯克血统毋庸置疑,他的血脉里没有任何犹太或其他成分。如果不是伊西德罗父亲的缘故,德尔索拉尔一家的声誉无懈可击。老德尔索拉尔中年时期爱上了一个贫寒女教师,事发前和她生下了两个儿子。整个大家族和上流社会无不支持他的夫人和婚生子女,但他拒绝抛弃情人。这一丑闻毁了他。伊西德罗时年十五岁,那以后再也没有见过父亲。老德尔索拉尔仍住在这座城市,但在森严的社会阶层之塔降低了若干等次,从旧圈子消失。此事无人再提,但不提不等于不知道。弃妇的几个兄弟为她提供基本救济,并且雇用了长子伊西德罗。伊西德罗中断学业,开始工作。他比全家族加在一块儿还要聪明活跃,不出几年,就爬到了与姓氏相称的经济地位。他自诩不欠任何人任何东西。二十九岁那年,凭借良好的声誉和几个可圈可点的产业——巴塔哥尼亚的绵羊养殖场、厄瓜多尔和秘鲁的古董进口生意和一座产出有限、名头却响的庄园,伊西德罗向劳拉·比斯卡拉求婚。比斯卡拉家族是十六世纪殖民地代理总督堂佩德罗·比斯卡拉的后裔。这是一个笃信天主教、极端保守、愚昧封闭的大族。家族成员生活、婚姻、死亡自成一体,不与外界混同,对本世纪的新思想毫无兴趣。他们与科学、艺术和文学绝缘。他们接纳伊西德罗既是因为他赢得了家族上下的好感,更是因为伊西德罗证明了,依母亲一系,他与比斯卡拉家族沾亲。

在太平洋女王号上,伊西德罗·德尔索拉尔在二十几天里培植人脉、做运动——打乒乓球、上击剑课。早晨,他沿甲板跑上几圈;半夜，他和朋友熟人在酒吧和女士免进的吸烟室聊天。绅士们随口谈论着生意，故作轻描淡写，因为过分显露兴趣是不上台面的表现。常常引起热议的是政治话题。船上根据电讯印刷的两页报纸传播时事。报纸白天在游客之中转手，到了下午，新闻就不再新鲜。剧变令人目眩，原本熟悉的世界大乱。看看欧洲，好在智利是落后、遥远的天堂。固然，目前是中左翼执政，总统是激进党和共济会分子①。右翼痛恨他，"好人家"里从不提他的名字。但总统撑不久。左翼的庸俗现实主义粗俗难耐，不会有前途。智利的真正主人会重掌国家。伊西德罗和妻子共进午餐，欣赏午后节目。船上有电影、戏剧、音乐会、马戏、腹语术，还有催眠师和灵媒会。夫人们为之着魔，先生们冷嘲热讽。伊西德罗大方无忌、兴致盎然，一手香烟、一手酒杯，无不乐在其中。劳拉面对罪过糜烂的声色之娱目瞪口呆，他却丝毫不减兴致。

  劳拉看着镜子，噙住泪水。这件礼服在别的女人身上一定华丽夺目，她想。她配不上这件衣服，她配不上拥有的一切。她清楚自己得天独厚的境遇，生在比斯卡拉家族、与伊西德罗·德尔索拉尔结婚的幸运，还有无端得来的种种好处。她从来没有努力或者谋划过。她总是被保护、被服侍。她生了六个孩子，没有换过一块尿布，没有灌过一个奶瓶。能干的胡安娜监督奶妈和用人，一手包办。是胡安娜养育了孩子们，哪怕是即将二十九岁的费利佩也由她一手带大。劳拉甚至没有问过胡安娜多大年纪，在家服侍了多少年，也不记得她怎么到了家里。上帝给了她太多。为什么是她？要怎么偿还？迟早要偿还，与上帝的这笔债折磨着她。在诺曼底号，她好奇地观察三等

---

① 指佩德罗·阿吉雷·塞尔达（1879—1941），1938年至1941年间任智利总统，任内振兴教育，促进工人福利，因肺结核死于任上。

舱甲板上的人生,无视套房房门上写着"鉴于卫生原因请勿与其他舱等乘客往来"。如果不幸有一个肺结核或其他传染病源,所有人都需隔离,一位船员如此劝告她。劳拉所见已经足够,她证实了在天主教妇女福利会救济穷人时留下的印象:穷人颜色不一样,气味怪,肤色更深,头发没有光泽,衣服褪色。三等舱住着什么人?他们不像圣地亚哥的乞丐那么破烂、无助,却也灰头土脸。"为什么他们受穷,我不受穷?"劳拉自问。她又是欣慰,又是羞愧。这个问题像一个挥之不去的声音在脑中回响。太平洋女王号的舱位划分和诺曼底号相仿,但反差没有那么悬殊。时代变了,蒸汽船不再那么奢侈。下层甲板现在叫作旅行舱。旅行舱的乘客从智利、秘鲁和太平洋的其他港口登船,有公务员、职员、学生、小生意人和回欧洲探亲的移民。劳拉发现他们比一等舱的乘客快活得多。轻松欢乐的气氛里,人们唱着,跳着,喝着啤酒,比赛游戏。谁也不会穿粗花呢用午餐,穿丝绸喝下午茶,穿正装赴晚宴。

旅行倒数第二晚,劳拉面对舞裙紧绷、香气扑鼻、戴着母亲项链的镜中人,只想要一小杯雪莉酒与几滴缬草剂①,躺倒在床上,沉沉睡去。睡上几个月,直到旅行结束,直到重新置身舒服的家,回到她的天地,和列奥纳多在一起。她思念小儿子,与他长久分离是一种折磨。回到家,他或许认不出妈妈了。列奥纳多的记忆,就像他的所有,是那么柔弱。病了怎么办?还是不要想这些。上帝赐予她五个健全的孩子,额外又送来了小宝贝、小心肝。睡吧。睡得着就好了。沮丧灼烧着胃,她的胸口积压着怒吼。"永远是我让步,永远是伊西德罗顺意。第一位是他,第二位是他,第三位也是他。他还把这话挂在嘴边,自以为幽默,我居然就认了。还不如当个寡妇!"劳拉心想。

---

① 缬草有安眠之效。

她不得不诵经自责,对抗这一顽固念头。盼人死是大罪过。伊西德罗脾气差,却是出色的丈夫和父亲,不该被自己的妻子如此恶毒诅咒。结婚时,她向丈夫宣誓过忠诚顺从,这是神坛上的誓词。"我疯了,还胖。"劳拉叹了一口气。她忽然觉得这个结论很可乐,不由得一笑。伊西德罗以为妻子接受了自己的意见,"这样就对了,我的宝贝。"他哼着曲儿去了浴室。

奥菲莉亚不敲门就进了父母的房间。十九岁了,还是个莽撞的丫头,什么时候才能长大。父亲责备她,却没有多少真意。小女儿是他的心头肉,孩子里唯一像他的,胆大、固执、牛脾气。姑娘在学校从来没有消停过,她能毕业,全因修女只求摆脱。学校十二年,奥菲莉亚一无所学,但凭借伶俐可爱、适时沉默不语的直觉和观察力,她掩饰了自己的无知。她的好记性在历史课或九九乘法表上没有派上用场,但对广播里的所有歌曲无不烂熟。女儿没有心眼,又娇媚、过于可人,父亲担心她稀里糊涂成为男人的猎物。船上全数的船员和半数的男性乘客,甚至老头,都心生觊觎。他对此心知肚明。不止一个人对他说,女儿天赋过人,他们说的是奥菲莉亚在甲板上画的水彩画。可是,黏着她的那些家伙并不为欣赏几幅乏善可陈的水彩,他们另有所图。伊西德罗希望女儿尽快成婚,责任归了马蒂亚斯·埃萨吉雷——就像俗话说的,成了泼出去的水——他就安生了。不过,最好还是晚些嫁人。像她的两个姐姐,年纪轻轻结了婚,不出几年就成了暴躁的黄脸婆。

对于美洲南端的智利人,去欧洲是漫长昂贵的旅程,只有少数家庭担负得起。德尔索拉尔不属于智利最富庶的家族。当然,倘若伊西德罗的父亲在抛家弃子之前没有挥霍祖业,而是留下财产,就要另当别论。即便如此,他们已经接近顶层。不管怎么说,要论社会地位,出身比金钱更重要。许多家族固然阔绰,却是乡下脑筋。伊西德罗和他们不一样,他认为,看看世界很有必要。智利是一座孤岛,北面是荒凉的沙漠,东面是隔绝人烟的安第斯山脉,太平洋在西,往南是南极的冰封大陆。无怪智利人坐井观天,无视四境之外二十世纪的日新月异。伊西德罗觉得旅行是必要投资。两个儿子刚长大,伊西德罗就把他们送到美国和欧洲。他本想把女儿也送出国,还没找到合适时机,她们就嫁了人。他要为奥菲莉亚避免这一疏忽,他要把她从圣地亚哥的封闭愚昧中抢救出来,给她以文化的陶冶。他有一个秘密的想法,此刻连妻子也不知道。旅行结束,他要把奥菲莉亚留在伦敦的贵族女校。一两年的英式教育对她大有裨益,她可以提高英语水平。和其他子女一样,自然,列奥纳多除外,奥菲莉亚从小和家教学英语。英语是未来的世界语言,除非德国占领欧洲。女儿嫁给马蒂亚斯·埃萨吉雷之前,最需要的莫过于伦敦的贵族学校。耐心守候奥菲莉亚的马蒂亚斯此时正在外交场开拓天地。

奥菲莉亚住在套房次卧,和父母的房间一门之隔。她的屋子总是乱糟糟的:敞开的衣箱、提包、帽盒,四散的衣服、鞋子、化妆品,网球拍、时尚杂志丢在地上。姑娘有用人服侍,所到之处,一片狼藉。她从来不问谁在收拾打扫,轻摇铃铛,就会有人神奇地出现,听候差遣。这晚,她从狼藉中拣出一件轻盈修身的礼服,引起了父亲不悦的大声质问。

"你从哪儿弄来这种风骚衣服?"

"这正流行,爸爸。你指望我和特蕾莎小姨一样一身道袍吗?"

"不许放肆。马蒂亚斯看到了,他会怎么想?"

"他会张大嘴巴,因为他的大嘴永远合不上。爸爸,你别一厢情愿,我不想嫁给他。"

"那就不该让人家白等。"

"他像个神父。"

"难道你希望他是无神论者吗?"

"一个秃瓢,一个毛猴①。妈妈,我来借外婆的项链,我看你戴上了。很好看。"

"你戴吧,小奥菲莉亚。你戴更好看。"劳拉忙说,解着系扣。

"绝对不行,劳拉!我要你今晚戴着项链,你没听见吗?"伊西德罗冷冷地阻止妻子。

"这有什么关系,伊西德罗,姑娘戴更好看。"

"对我有很大关系!够了,奥菲莉亚,套一件披巾或马甲,你的衣服太紧了。"他命令道。伊西德罗记起穿越赤道的化装舞会上的洋相:奥菲莉亚围着帷幔,穿着暴露的睡衣,扮了一个宫女。

"你就假装不认识我,爸爸。幸好我不用和无聊老头子坐一桌。希望遇到几个英俊的。"

"不准你这么轻浮!"父亲在她背后大吼,奥菲莉亚踩着弗拉明戈舞步离开了。

船长晚宴是对劳拉和奥菲莉亚·德尔索拉尔的无穷折磨。用完了烈焰冰激凌蛋白酥火山,母亲偏头痛离席,回到了套房;女儿在舞厅自我补偿,随着曼妙的爵士号声摇摆。她喝多了香槟,最后在甲板一角和一个胡萝卜发色、两手不老实的苏格兰船员热吻。父亲把奥菲莉亚从那儿捞出来:"上帝啊,你要气死我!你不知道流言传千里?不等我们到利物浦,马蒂亚斯就什么都知道了!你等着瞧!"

圣地亚哥玛尔德普拉塔大街的公馆里洋溢着长假的气氛。主人出游四个礼拜,连小狗也不再惦记他们。他们不在,日常照旧,用人

---

① 俗语,有过犹不及、贵在折中之意。

的活也没有轻省。不过,没有人再急急忙忙。广播声震天,传出连载小说、波莱罗舞曲和足球赛,午后有了小憩时间。就连最黏妈妈的列奥纳多也是陶陶然,不再问妈妈在哪儿。这是母子第一次分别,小宝毫不难过,趁机探索这座三层大宅的秘密角落,比如地下室、车库、仓库和阁楼。承担当家和照顾幼弟之责的长子费利佩不过虚应故事,他无意当家长,况且眼下有更紧要的事。西班牙难民问题引起物议如沸。因而,汤稀了、晚餐吃螃蟹、小宝和狗睡在床上,诸如此类的事情对他无足轻重。他也不盘点仓库,有人请示便回答照旧办理。

胡安娜·南古切奥是克里奥尔人①与南陲马普切人②的混血。她年纪难知,矮小结实,像原始森林的古木。她编着长辫,褐色皮肤,举止泼辣,一贯忠实,不知道什么时候起便总管家务。胡安娜严苛地指挥三个女佣、厨子、洗衣工、园丁和一个负责打蜡、运柴运煤、喂鸡、干重活的伙计。谁也记不得伙计的名字,他是"打杂的"。唯一不在胡安娜眼皮底下的是司机,司机住在车库高处,直接听命于老爷夫人。胡安娜觉得这给了他太多偷奸耍滑的机会。她瞄着他,司机不是老实的家伙,他带女人进屋,胡安娜确信无疑。"家里人手太多了。"伊西德罗·德尔索拉尔常说。"您想赶走谁,老爷?"胡安娜连忙接腔。"谁也不赶,就是说说。"他随即否认。"说得有道理。"她心里认可老爷的想法。孩子大了,家里封了几间屋子。大女儿和二女儿嫁人生了孩子,二儿子在加勒比研究气候变化,"这有什么好研究的。怎么变,受着就是了。"胡安娜想。而费利佩住在自己的家里。剩下小奥菲莉亚,她马上要和马蒂亚斯结婚。多么可爱、绅士、长情的年轻人。还有小宝,她的小天使,他和胡安娜永远相伴,因为小天

---

① 克里奥尔人,美洲土生白人。
② 马普切人,生活在智利和阿根廷南部的印第安人。

使永远不会长大。

老爷和夫人在其他孩子还小、列奥纳多还没有出生的时候也出门旅行过。那时她当家,尽忠职守,无可挑剔。但这一次,他们居然让费利佩当家,好像她是个无用的笨蛋。伺候这么多年,换来这样的羞辱,胡安娜愤愤不平。她恨不得收拾铺盖,拍屁股走人。可是,她无处可去。六七岁时,她被当作礼物,送给比森特·比斯卡拉,也就是劳拉的父亲。比斯卡拉先生那时经营上好木料,现在,马普切地区已经见不到那样芳香的树木。森林在斧锯下倒塌,改种用于造纸的普通树木,一排排像士兵列队。那时胡安娜还是一个光脚丫的女娃,听不懂西班牙语,一口马普切话。尽管胡安娜一副未开化的模样,比斯卡拉还是接受了这个礼物,因为拒绝是对送礼人的侮辱。他把胡安娜带到圣地亚哥,交给妻子,妻子又把她交给女佣,让女佣教她做基本家务。其余的事是胡安娜自己琢磨的,她的学校是听话和服从。比斯卡拉家的劳拉小姐嫁给伊西德罗·德尔索拉尔,她被派去服侍。没有人为胡安娜登记,法律上她甚至不存在,但她自己估计,当时她十八岁。一开始,伊西德罗和劳拉·德尔索拉尔便派她为管家,无条件地信任她。一天,她大着胆子,结结巴巴地问老爷夫人是不是能付一点薪水,不用多。"原谅我的请求。"她有一些花销,一些必需开支。"天啊,你是家里人,我们怎么能付你薪水!"这是她得到的回答。"抱歉,但是我不是家里人,我只是一个女佣。"于是,胡安娜·南古切奥第一次领到了工资,她为孩子们买糖果,一年买一双新鞋,余钱存着。没有人比她更了解每一位家庭成员,她是秘密的守护者。列奥纳多出生时,与别的孩子明显不一样,脸蛋月一般地白。胡安娜发愿,她要活够岁数,照顾他直至最后一刻。小宝心脏有问题,医生说他活不长。胡安娜的本能和关爱打破了这一预言。她耐心教小宝独立吃饭、上厕所。换作别的家庭,列奥纳多这样的孩子会被藏起来,家人为之蒙羞,视其为上帝的惩罚。幸亏有胡安娜,小宝没有遭到如此对待。在他干干净净、不哭不闹的那些年,父母常对人说,家里还有一个小儿子。

家中长子费利佩是胡安娜·南古切奥的一盏明灯。列奥纳多出生后依然如此,胡安娜对他们是不同的爱。费利佩与她有师生之谊,是她晚年倚靠的拐杖。他是个好孩子,就算长大了,在她眼里仍是孩子。费利佩是律师,可他不喜欢,他热衷艺术、交流与思想。没一个顶用,父亲如此评价。从前,费利佩教胡安娜认字、写字和算术,边学边教。他上的是教会学校,同学是智利最保守、最显赫的家族的子弟。两人因此成为坚定盟友,胡安娜为费利佩的调皮打掩护,费利佩则对胡安娜无话不说。"你在读什么书,小费利佩?""等我读完,讲给你听,是讲海盗的。"抑或,"你不会有兴趣的,胡安娜,讲的是腓尼基人,上千年前的古人,谁也不在乎,不知道神父为什么要教这些蠢东西。"费利佩长高了,也长大了,但仍然向胡安娜讲书、解释世上的事情。后来,费利佩帮她用储蓄投资股票,和伊西德罗·德尔索拉尔买的一样。费利佩很贴心,常偷溜进她的房间,在枕头下塞一些钱或糖果;她则为费利佩的身体操心。他太瘦,吹一吹风就着凉,情绪不好,食物油腻就不消化。糟糕的是,费利佩的天真与列奥纳多无异,对世故和人心险恶一窍不通。理想主义者,别人这么称呼他。他心宽,什么都漫不经心,性子和软,老是被人利用。他到处借钱给别人,从来没人还;他为之努力的崇高事业在胡安娜看来是竹篮打水,因为这个世界不可救药。无怪他迄今未婚,哪个女人受得了这些奇谈怪行。胡安娜总说,如果他是挂历上的圣徒,没什么不好。放在一个有头脑的绅士的身上,就是另一回事。伊西德罗·德尔索拉尔也不欣赏儿子的慷慨无私,这已经不是做善事了,还影响了理智。"迟早有一天,这小子会告诉我们,他成了共产党。"他叹息道。父子俩吵得很凶,每每以摔门告终。永远都是家庭以外的事,譬如国家、世界局势之类在胡安娜看来与两人根本无关的话题。一次争执后,费利佩搬出大宅,在离家六个街区的地方租了房子。胡安娜长吁短叹,因为好人家的儿子只有娶妻才会搬家,绝不提前搬走。家里其他人倒是平静地接受。费利佩没有就此消失,他每天回家吃午饭。他的饭还得做,他的衣服也得照他的喜好洗好熨平。胡安娜还到费利佩租住的屋子监督女佣:两个在她看来懒惰、不讲究的印第安人。总之,活更多了,费利佩搬回去就好了,胡安娜嘟囔着。费利佩和父亲的矛盾有僵持的迹象,但堂娜劳拉肝病大发作,父子不得不讲和。

　　胡安娜记得那次争执的缘由,怎么会忘,全国震动,广播至今还在谈论。那是前一年的春天,总统选举。三个候选人,一个是伊西德罗·德尔索拉心仪的,以投机出名的保守派富翁;一个是激进党的教育家、律师兼参议员,费利佩的支持对象;还有一个曾经独裁统治智利的将军,背后是纳粹党①,家里谁也不喜欢他。小时候,费利佩有一套铅制普鲁士小兵,但是希特勒上台之后,他就彻底丧失了对德国的好感。"你见到那些穿棕色制服、在圣地亚哥市中心抬手游行的纳粹分子了吗?胡安娜,真是荒谬!"胡安娜见到了,她也知道那个叫希特勒的家伙,费利佩说过希特勒的事儿。

　　"你爸坚信他支持的人会赢。"

　　"是的,因为智利一直是右翼赢。将军的支持者想破坏选举,煽动政变,但是没有成功。"

---

① 智利1938年大选有三位候选人:金融大亨、前财政部长古斯塔夫·罗斯(1879—1961)、激进党人佩德罗·阿吉雷·塞尔达(1879—1941)和曾出任总统的卡洛斯·伊巴涅斯·德尔坎普(1877—1960)。阿吉雷以不足百分之一的得票率险胜罗斯,赢得选举。

"广播里说,警察杀了几个年轻人,就像宰了几只野狗。"

"那是一撮狂热的纳粹,胡安娜。他们占领了智利大学和总统府对面一处建筑,很快被警察和军队镇压。虽然举手缴械投降,还是被枪毙了。上面的命令是一个不留①。"

"你爸说他们活该,愚蠢。"

"谁也不该这样惨死,胡安娜,我爸应该注意他的言论。这是一场卑鄙的屠杀。全国愤怒,右翼就是这样才输掉了选举,而佩德罗·阿吉雷·塞尔达当选了。你知道的,胡安娜,我们有了一个激进党总统。"

"那是什么意思?"

"一个思想进步的人,我爸眼中的左翼分子。只要和他想法不一样,都是左翼。"

对胡安娜来说,左、右是马路方向,与人无关。那个总统的名字也很陌生,他不是什么望族。

"佩德罗·阿吉雷·塞尔达代表人民阵线。人民阵线是中间和左翼政党的联盟,类似西班牙和法国的情况。你记得我和你解释过西班牙内战吗?"

"就是说,智利也要打仗?"

"但愿不要,胡安娜。如果你可以投票,你也会投阿吉雷·塞尔达。总有一天,女人也能投票,我保证。"

"你投了谁呢,小费利佩?"

---

① 1938年大选前夕,智利纳粹政党组织万人游行,为政变夺权造势。游行次日,数十名狂热的青年纳粹分子占领总统府附近的工人保险储蓄所和智利大学,试图煽动军事政变。右翼的亚历山德里政府迅速扑灭骚乱,并将缴械投降的青年纳粹分子残酷处死。该事件严重损害了右翼政府的声誉,冲击了右翼候选人古斯塔夫·罗斯的选情,被认为是人民阵线获胜的重要原因。

"阿吉雷·塞尔达,他是最佳候选人。"

"你爸可不喜欢这位先生。"

"但是我喜欢,你也喜欢。"

"我不懂这些事。"

"你应该知道,人民阵线代表了工人、农民和北方的矿工,他们和你一样。"

"我不属于这些人,你也不是。我是用人。"

"你属于劳动人民,胡安娜。"

"在我看来,你是个公子哥。你为什么投给劳动阶级,我不明白。"

"你没有受过教育。总统说,执政就是教育。所有智利儿童免费义务教育,全民公共医疗。还要提高薪水、强化工会。你觉得怎么样?"

"我无所谓。"

"你真是不开化,胡安娜!你怎么会无所谓?你当初多么需要上学。"

"你受过很多教育,小费利佩,但是你连擤鼻涕都不会。正好,我告诉你,不要不打招呼就带人到家里。厨师生气了,我也不想丢人现眼,让客人到处说我们不懂招待客人的规矩。你的朋友大概也受过很多教育,但是,他们看到酒,自己就开了,问也不问。等你爸回来,发现酒少了,看你怎么说。"

那是这个月倒数第二个周六怒汉俱乐部的休闲聚会,胡安娜·南古切奥称之为费利佩的狐朋狗友会。通常,他们在费利佩住处聚会,但费利佩的父母出门后,他就在玛尔德普拉塔公馆款待朋友。公馆菜色无与伦比。胡安娜虽然不高兴,但还是尽心竭力弄到新鲜生蚝，端上女厨子的拿手佳肴。厨子脾气差，手艺一流。费利佩的朋友和上流社会的所有男性一样，是联合会①会员。小到私人事务，大到国家的金融政治，到了联合会，都是弹指之间的事。不过，昏暗大厅、深色木板、水晶吊灯和绒布沙发与怒汉俱乐部热烈的哲学论辩不相称。况且，联合会是男人的事，聚会却少不了令人眼前一亮的单身自由的女性，有女艺术家、女作家和女探险家。朋友中还有一位克罗地亚裔奇女子，常常只身一人深入地图留白处。近三年的热点话题是西班牙局势，近几个月则是共和国难民的命运。从1月起，难民便在法国集中营煎熬、凋零。加泰罗尼亚向法国的人口大迁徙恰逢智利1月地震，这是智利有史以来最严重的地震。尽管费利佩自诩顽固的理性主义者，但天灾又逢人祸，同情守望油然而生。地震造成两万余人罹难，城市被夷为平地。但比较而言，造成数十万死伤和流亡的西班牙内战更是一场浩劫。

那晚有一位特别的客人——巴勃罗·聂鲁达。三十四岁的聂鲁达是同辈诗人中的翘楚。这很了不起，因为智利的诗人多如牛毛。二十首情诗中的若干首脍炙人口，文盲也能吟诵。聂鲁达来自雨水丰沛、盛产木材的南方，是铁路工人的儿子。他诵读诗句，声音如空谷传来，自称鼻子硬，眼睛小②。他是争议人物，一是名气大，二是因为对左翼，尤其是对共产党的支持。后来，他成了共产党员。聂鲁达此前出任驻阿根廷、缅甸、锡兰③和西班牙领事，最近一任是驻法领事。历届政府希望他远离本国，他在政坛和文坛的敌人对此并不讳言。西班牙内战爆发前夕，聂鲁达就在马德里，并与知识分子和诗人

---

① 联合会，模仿欧洲上流社会成立的保守色彩的社交团体。
② 出自聂鲁达《自画像》："要我说，我是或自以为是鼻子硬/眼睛小，头发疏/肚皮凸，两腿长……"
③ 锡兰，即今斯里兰卡。

结下了友谊,其中有被佛朗哥军杀害的费德里科·加西亚·洛尔卡①,也有大撤退期间死于法国边境小镇的安东尼奥·马查多②。聂鲁达曾出版一部共和国战士的颂歌《西班牙在心中》,内战期间由东部军刊印于蒙塞拉特修道院③,共五百册。诗集用纸就手取材,血染的衣衫和敌军的旗帜都化为纸张。诗集也在智利以平装出版,但费利佩收藏了一本首版。"街上流着孩子们的血/就这样流着,孩子们的血。/……你们来看血流在街上,/你们来看/血流在街上/你们来看血/流在街上!"聂鲁达热爱西班牙,痛恨法西斯。他为战败的共和国子民忧心,说服新任总统在智利接收一定数目的难民。此举招致右翼政党和天主教会坚决反对。怒汉俱乐部邀请他就此一谈。聂鲁达在圣地亚哥临时逗留,几周来,他在阿根廷和乌拉圭为难民筹款。右翼的报纸上说,捐钱的有,但没有哪一个国家想接收赤匪。他们奸污修女、杀人放火,他们是肆无忌惮的无神论者和犹太人,他们将危害国家安全。

聂鲁达在怒汉俱乐部宣布,几天后他将赴巴黎,身份是西班牙移民事务特任领事。

"智利驻法外交使团不想见到我。几个伺机捣乱的右翼,他们想阻挠我的任务。"聂鲁达说,"政府派我去,一比索也没有。我得弄一艘船。看看我的本事怎么样。"

聂鲁达说,他的任务是筛选能为智利引进技术的专业工人,和

---

① 费德里科·加西亚·洛尔卡(1898—1936),西班牙诗人、剧作家,内战初期被佛朗哥军所杀。
② 安东尼奥·马查多(1875—1939),西班牙诗人,内战末期流亡途中死于法国边境。
③ 蒙塞拉特修道院,位于巴塞罗那省的蒙塞拉特山,历史大约可追溯至十一世纪,是加泰罗尼亚重要的宗教文化地。

平、体面的人,不得接纳政客、记者和有潜在危险的知识分子。据他说,移民智利的标准一向是种族主义的。领事有内部指示,对若干类别、种族和国籍的人拒签,例如吉卜赛人、黑人、犹太人,以及所谓东方人——含义不明,可资不同解读。排外传统之上,现在又多了政治标准:杜绝共产党、社会党和无政府主义者。不过这一条尚未书面落实,还有空子可钻。聂鲁达任务艰巨,租用、改装轮船,筛选移民,以及筹措政府要求的人头费,保证在智利无亲无友的移民的基本生活。三百万智利比索,须在移民登船前存入中央银行。

"能来多少难民?"费利佩问。

"暂定一千五百人左右,但是不止这个数。我们不可能只要男人,撇下妻小。"

"什么时候到?"

"8月底或9月初。"

"也就是说,我们只有大概三个月筹资,为移民找房子、找工作。我们还要造势,反击右翼宣传,动员民意支持移民。"费利佩说。

"这好办,民意支持共和国。智利的西班牙侨民大部分是巴斯克人和加泰罗尼亚人,他们很乐意帮忙。"

凌晨一点,怒汉俱乐部散会。费利佩驾驶他的福特车把聂鲁达送回圣地亚哥的住处。回到家,胡安娜泡了一壶咖啡在客厅等他。

"怎么了,胡安娜?你该睡了。"

"我在听你的朋友们说些什么。"

"你监视我们?"

"你这帮朋友的吃相和囚犯似的,喝起酒就更不用说了。那几个女的,眼睛花花绿绿的,比男人喝得还多。没礼貌的家伙,也不打招呼,也不说谢谢。"

"你等我难道就想说这些?"

"我是想请你告诉我,为什么那个诗人那么有名。那家伙一念诗,就停不下来。傻话一个接一个,又是鱼,又是黎明的眼睛。这是什么毛病?"

"比喻,胡安娜。这是诗。"

"这话只能唬你安息的奶奶。我怎么会不知道什么是诗。马普切话就是诗。你肯定不知道,那个叫聂鲁达的家伙也不知道。我很久没有听到马普切话了,但是我记得。诗就是留在脑瓜里忘不掉的东西。"

"啊,那音乐就是口哨吹出的曲子,是不是?"

"一点儿不错,小费利佩。"

在萨沃伊酒店的最后一天,伊西德罗·德尔索拉尔收到儿子费利佩的电报。他与妻子和女儿在英国逗留了整整一个月。在伦敦,他们参观了必去景点,还购物、看戏、听音乐会、赛马。智利驻英大使是劳拉·比斯卡拉的众多表兄弟之一,将一辆使馆用车提供给他们使用。他们驰骋田野,造访牛津和剑桥的各大学院。大使还安排了在一位不知是公爵还是侯爵的城堡里午宴。这人的头衔弄不清,因为智利很早就废除贵族爵位了,谁也不记得。大使教给他们举止和着装的窍门:对侍从视而不见,对狗不妨打打招呼;不评论食物,可陶醉于玫瑰;衣着简单,越旧越好;忌头饰和丝质领结,因为贵族在乡下做穷人打扮。他们去了苏格兰,伊西德罗谈妥了一笔巴塔哥尼亚羊毛生意;他们又去了威尔士,伊西德罗想如法炮制,但没有成功。

背着妻子和女儿,伊西德罗造访了一家建于十七世纪的淑女精修学校①。那是一座气派的大宅,与肯辛顿宫和花园相望。奥菲莉

---

① 指培养女性社交礼仪和气质风度的学校。

亚将在此学习礼仪、社交艺术、待客之道、宴会备餐以及诸如姿态、形象、家居布置的风度举止等急需的素养。真是遗憾,他的妻子没有学到一丝一毫,伊西德罗想。在智利开设类似学校,细细雕琢大洋彼岸的璞玉,或许是笔好生意。他得好好考虑一番。目前不能告诉奥菲莉亚,否则就是一场大闹,余下的旅行便毁了。结束时再告诉她,那时捶胸顿足也晚了。

他们置身酒店的玻璃穹顶大厅,白色、金色和象牙色相辉映。下午五时的茶点、描花的瓷杯不可错过。一名着装如同海军上将的服务生拿来费利佩的电报。"诗人流亡者用房,胡安娜拒交钥匙。指示。"伊西德罗看了三次,把电报递给劳拉和奥菲莉亚。

"这什么狗屁?"

"拜托你,不要在女儿面前这样讲话。"

"费利佩怕是喝多了。"他嘟囔道。

"你怎么回复?"劳拉问。

"让他见鬼。"

"先别恼,伊西德罗。最好什么也别回,事情都是不了了之的。"

"哥哥说的是什么?"奥菲莉亚问。

"不知道,跟我们没什么关系。"父亲回应道。

另一封同样的电报传到他们在巴黎下榻的酒店。伊西德罗可以勉强阅读《费加罗报》,他在学校学过法语。英语一点不通,所以在英国不闻时事。报纸上说,法国共产党和西班牙难民疏散部门弄到了一艘货船温尼伯号,正在改装,准备将两千流亡者送到智利。他几乎中风。真是祸不单行,先来了一个激进党总统,然后是山崩海啸的大地震,现在他们要把智利塞满共产党。电报的不祥含义猛然昭示:他的儿子,不偏不倚,正想把那帮混蛋塞进他自己的家。万福胡安娜,幸亏她没有交钥匙。

"告诉我,流亡者什么的是什么意思,爸爸?"奥菲莉亚央求道。

"是这样的,宝贝,西班牙有坏人闹革命,有点凶。军人站了出来,为祖国和道德而战。他们赢了,天经地义。"

"他们赢了什么?"

"赢了内战。他们挽救了西班牙。费利佩说的流亡者是逃跑的懦夫,现在就在法国。"

"他们为什么逃?"

"因为他们输了,输了就要付出代价。"

"我听说难民当中有很多妇女和孩子,伊西德罗,报上说有几十万……"劳拉嗫嚅着插了一句。

"不管怎么样,这和智利有什么关系?是聂鲁达的错!那个共产党!费利佩不知好歹,一点儿也不像我的儿子。回去以后,我得好好教训他。"

劳拉抓住机会,建议在费利佩犯傻前返回圣地亚哥。不过,据报纸说,轮船8月才开。他们有充裕的时间去埃维昂的温泉、卢尔德和意大利的帕多瓦圣安多尼圣殿,以还劳拉发下的愿。之后,他们还要去梵蒂冈,接受新任教宗庇护十二世的私人祝福。为此,伊西德罗动用了不少人脉财力。接着返回英国,把奥菲莉亚留在精修学校,必要时用上强制手段。最后,夫妇俩搭乘太平洋女王号返回智利。总之,一场完美的旅行。

第二章

流亡、爱与两隔

V

1939

让我们收起愤怒、苦痛和眼泪,
让我们填满悲情的空洞
让夜晚的篝火追忆
死去恒星的光芒。

——巴勃罗·聂鲁达,《何塞·米格尔·卡雷拉①(1810)》

《漫歌》

维克多·达尔莫在滨海阿热莱斯集中营度过了几个月。他并不怀疑罗赛也在此地。没有艾托的消息,但他猜想艾托完成了使命,将母亲和罗赛送出了西班牙。那时的集中营几乎一律由几万共和军战士组成。他们饥饿绝望,时常遭到看守的殴打辱骂。环境依旧是非人的,但至少,冬天最严酷的时候就要过去了。为了活下去,为了不要发疯,人们自发互助。他们举行革命集会,和战时一样分党派;他们唱歌,有什么读什么;他们教文盲识字,出版报纸——一张供人传阅的手写纸片。战士们努力维持尊严,剪头发、互相除虱、在冰冷的

---

① 何塞·米格尔·卡雷拉(1785—1821),智利独立战争领导人,有"智利国父"之称。

海水里洗身洗衣。他们用诗意的名称划分街道，将沙地和泥淖幻想为巴塞罗那的广场与大道，假想一支没有乐器的乐队，弹唱经典与流行歌曲。还有看不见的餐厅与食物，炊事员细细描述，听众闭着眼睛品味。战士们利用仅有的材料搭棚子、平房和茅屋。他们密切关注时局，关注另一场一触即发的战争，关注重返自由的机会。有文化的可以到农场或工厂打工，但大多数人参军前是农民、砍柴人、牧民和渔民，在法国身无所长。他们面临着被当局遣返的压力，甚至有人受骗上当，被送回西班牙边境。

维克多参加了几名医生护士组成的小组。在这地狱海滩，这支医疗队救治病人、伤员和疯子。他在北站救活少年的传说广为流传，病患不管不顾地信任他，尽管他一再说明，病情严重的应当就医。白天时间不够用，折磨众人的困乏和沮丧于维克多无碍，相反地，他在工作中找到了类似幸福的亢奋。维克多和所有人一样消瘦虚弱，但他不觉得饥饿，甚至常把自己那份硬鱼干分给别人。同志们说，他是吃沙子。维克多清晨便开始工作，只有日落后的几个小时需要打发。于是他弹起吉他，唱起歌。内战那些年，他很少弹唱，但他依然记得母亲为帮助他克服腼腆而教给他的几首情歌。自然，还有引来众人合唱的革命歌曲。这把吉他原属于一个安达卢西亚少年，哪怕打仗也不离身。他带着吉他流亡，在滨海阿热莱斯与它形影不离，直到2月底，肺炎夺去了他的生命。少年的最后几天是维克多在照顾，他把吉他留给了维克多。集中营罕有实在的乐器，多是善乐之人模仿的幻想乐器。

几个月来，集中营的拥挤程度渐渐缓和。老人和病人死去，被葬在附近一处公墓。走运的取得了墨西哥和南美几国的避难许可和移民签证，许多士兵加入外籍兵团。尽管兵团纪律野蛮，有收容罪犯的恶名，但无论如何比留在集中营要好。符合条件的难民受雇于外籍劳工营,替代被动员备战的法国劳工。后来,还有人加入红军远赴苏联或投身法国抵抗运动。他们之中,数以千计的人丧命于纳粹屠杀营和斯大林的古拉格。

4月的一天,难挨的严冬已让位于春日,初夏暖意将至。维克多被叫到集中营指挥官的办公室,他有访客。艾托·伊巴拉戴着草帽、穿着白鞋来了。他足足愣了一分钟才认出面前褴褛的稻草人就是维克多。他们激动地相拥,泪水盈眶。

"为了找你,你不知道我花了多大的工夫,兄弟。不管什么名单,都没有你的名字。我以为你死了。"

"就差一点儿。你怎么这副公子哥打扮?"

"这是生意人打扮。我这就告诉你。"

"先说母亲和罗赛怎么样。"

艾托告诉他卡门失踪的消息。他四处调查,没有任何发现,他只知道卡门没有返回巴塞罗那。达尔莫家的房子被征用,别人住在那儿。至于罗赛,他有好消息。他简要诉说他们离开巴塞罗那,徒步翻越比利牛斯山,又在法国分别。他一度失去罗赛的音讯。

"我一有机会就跑了。维克多,我不明白,你为什么不跑。很容易的事。"

"这里需要我。"

"你要是这么想,同志,倒霉的永远是你。"

"确实,我又能怎么办。还是说罗赛吧。"

"我想起你那个护士朋友的名字之后,就找到了罗赛。太多波折,我一时忘了她叫什么。罗赛原来也在这儿,就是这个集中营。伊丽莎白·艾登本兹救了她出去。她住在佩皮尼昂的一户人家,当裁缝、教钢琴。她生了一个健康的男孩,一个月大了,很帅。"

艾托和以往一样神通广大。战争期间,他总能弄到最稀罕的东西——香烟、糖、鞋子和吗啡。他不停倒手,总有赚头。他还有不少宝贝,例如让罗赛大开眼界的德制手枪和美式折刀。这两件东西他从来不离身,被人夺走至今恨得牙痒。艾托和数年前移民委内瑞拉的几个远房表兄弟取得了联系,准备投靠他们,在委内瑞拉找一份工作。凭借与生俱来的生意头脑,他挣足了旅费和签证费用。

"我一个礼拜后就走,维克多,我们必须尽快离开欧洲。另一场世界大战就要来了,比第一次更可怕。我到委内瑞拉之后,立刻办手续让你过来,把船票寄给你。"

"我不能丢下罗赛和她的孩子。"

"他们也来,这是自然。"

艾托来访后,维克多一连几天沉默。他又一次深感进退两难、命运难定。他在沙滩上一走就是几个小时,掂量思考自己对集中营病患负有的责任。他决定优先考虑罗赛和孩子的命运,同时也是自己的命运。4月1日,佛朗哥以1936年12月自封的西班牙元首身份宣布战争结束。战争打了九百八十八天。法国和英国承认佛朗哥政府,祖国已失,无家可归。维克多在海中洗了澡,没有肥皂,只能用沙粒摩擦。他理了头发,仔细地剃掉胡须,然后申请外出通行证。他每周到当地医院领药箱,最初一名警卫跟随,几个月后便独自来回。维克多走出集中营,没有遇到任何麻烦,一去再也没有回。艾托给他留了钱,他吃了1月以来第一顿像样的饭,买了灰色西装、两件衬衫和一顶帽子。都是二手货,但不破旧。维克多又买了一双新鞋。母亲说过,鞋好,人才体面。一位卡车司机捎上他,带他来到佩皮尼昂的红十字会办公室找伊丽莎白。

伊丽莎白·艾登本兹在临时产院接待了维克多。她一手一个婴儿,忙得无暇忆起两人之间无果的罗曼史。维克多没有忘。见到伊丽莎白的纯净目光、纯白制服和一如往昔的沉静,他心里认命:她是完美无瑕的女人,他大概是疯了,才会痴盼她的爱意。这个女人无意情爱,只知行善。伊丽莎白认出了他,立即把孩子交给另一个人,给了维克多一个亲密的拥抱。

"你变化太大了,维克多!你一定吃了很多苦。"

"比起别人,不算多。不管怎么说,我是幸运的。你没变,和以前一样。"

"是吗?"

"你是怎么做到的,没有一点瑕疵,那么平和,永远带着笑?战场认识你的时候是这样,现在还是这样,好像乱世对你全无影响。"

"乱世令我更坚强、更努力地工作。维克多,你是为了罗赛来的,对不对?"

"我不知道怎么谢你,你为她做了这么多,伊丽莎白。"

"没什么可谢的。我们得等到八点,罗赛的最后一堂钢琴课八点结束。她不在这儿,她住在为产院筹资的贵格会朋友家。"

伊丽莎白向维克多介绍产院的母亲,带他参观、喝茶、吃饼干,两人彼此讲述特鲁埃尔之后的曲折经历。八点,伊丽莎白请他上车。她专注聊天,驾车不免分心。维克多想,战场和集中营大难不死,要是丧命于无缘的女朋友的车上,该是多么讽刺。

贵格会朋友家有二十分钟路程,正是罗赛开的门。看到维克多,她尖叫着捂住脸,像是见到了幻象。维克多紧紧抱住她。记忆中的她瘦削、窄胯、平胸、眉毛粗黑、五官分明,朴实的容貌,上了年纪就会显得清癯和男子相。最后一面是12月底,罗赛挺着肚子,脸上长了痘。如今,为人母的罗赛变得柔美,棱角变成了曲线。她正在哺乳,胸部丰满、皮肤光泽、秀发明亮。重逢的一幕动人,见惯生离死别的伊丽莎白也为之动容。维克多不知道怎么形容自己的侄子,初生的婴儿都和温斯顿·丘吉尔一个模样,又胖又秃。细看下,孩子有些许家族特征,比如达尔莫一家黑橄榄般的眼睛。

"他叫什么名字?"他问罗赛。

"我们暂时叫他小家伙。我要等吉列姆为他取名字,带他登记。"

该把噩耗告诉她了。但又一次,他无法鼓起勇气。

"为什么不叫他吉列姆?"

"因为吉列姆说过,孩子不能叫这个。他不喜欢这个名字。我们说好如果是男孩,就叫马塞尔,女孩就叫卡门,和你的父母一样。"

"既然这样,你就叫他……"

"等吉列姆来了再说。"

贵格会夫妇一家和两个孩子邀请维克多和伊丽莎白共进晚餐。就英国菜而言,晚餐可圈可点。他们说一口流利的西班牙语,内战期间他们在西班牙帮助儿童福利组织,大撤退以来又在救助难民。他们说,这是永远的事业,就像伊丽莎白说的,总有地方在打仗。

"我们感激不尽,"维克多说,"多亏了你们,孩子才能平安。如果在滨海阿热莱斯,孩子恐怕活不下来,就连罗赛也很难说。承蒙照顾,我们不会叨扰太久。"

"这没什么,先生。罗赛和孩子是自家人。你们为什么着急离开?"

维克多说起朋友艾托·伊巴拉和移民委内瑞拉的计划。这大概是唯一可行的方案。

"如果你们想移民,不妨考虑智利。"伊丽莎白说,"我在报上看到,有一艘送西班牙人去智利的船。"

"智利?在哪儿?"罗赛问道。

"世界的脚底,我觉得。"维克多说。

次日,伊丽莎白找到那则消息,寄给维克多。诗人巴勃罗·聂鲁达受智利政府所托,正在改造一艘名为温尼伯号的轮船,将难民运往智利。伊丽莎白给了维克多一些钱,让他乘火车去巴黎,找这位陌生的诗人试试运气。

凭借一张城市地图,维克多·达尔莫找到拉莫特皮盖大街二号,荣军院附近,典雅的智利驻法使馆矗立于此。门前排了队,一位坏脾气的门卫在维持秩序。使馆工作人员也没好气,来人问好不理不睬。维克多觉得这不是好兆头,就像巴黎的这个阴沉紧张的春天所兆不祥。希特勒正在鲸吞欧洲,战争阴霾蔽日。排队的人群说着西班牙语,几乎人手一张剪报。轮到维克多之后,工作人员指了指楼梯。楼梯下方是大理石和青铜,尽头狭窄光秃,像一间阁楼。没有电梯,他帮一个比他更跛的西班牙人上楼。那人少了一条腿,抓着栏杆艰难地向上走。

"他们真的只接受共产党员?"维克多问。

"是这么说。你是什么党?"

"我只是共和国民。"

"不要自找麻烦。告诉那个诗人你是共产党就行了。"

在三张椅子和一张书桌组成的小房间,聂鲁达接待了维克多。聂鲁达还年轻,双眼有神,有阿拉伯味道。他肩膀沉,略有驼背。起身送客时,维克多发现,他不如看上去那么壮实有肉。面试短短十分钟,维克多觉得希望渺茫。聂鲁达问了几个平常问题,年龄、婚姻状况、学历和工作经验。

"我听说你们只选共产党员……"见聂鲁达不问政治立场,维克多疑惑地说。

"没有这回事。共产党、社会党、无政府主义和自由派,各有指标。西班牙难民疏散部门和我一起决定。最重要的是个人特点和对智利的用处。我正在研究几百份申请,一旦决定就通知您。请不要担心。"

"如果您同意我的申请,聂鲁达先生,请您了解,我不是只身一人。我的一个女性朋友和她几个月大的孩子和我一起。"

"您说女性朋友?"

"罗赛·布鲁格拉,舍弟的未婚妻。"

"如果是这样,令弟需要找我面谈并填写申请。"

"舍弟在埃布罗河战役牺牲了,先生。"

"我很抱歉,但是您知道,我们优先考虑至亲。"

"我明白,如果您同意,我三天后再来。"

"三天后我无法答复,朋友。"

"但我可以。十分感谢。"

当晚,他乘火车回佩皮尼昂,深夜才疲累地抵达。他睡在一家跳蚤丛生的旅店,不能洗澡。第二天,他去了罗赛的裁缝作坊。他们走到街道上说话,维克多拉着罗赛,把她带到附近广场的一张僻静长凳。维克多告诉她自己在智利使馆的经历,略去了使馆属员的敌意、聂鲁达语带保留等细节。

"如果那个诗人接受你的申请,维克多,你一定要走,不要为我担心。"

"罗赛,有一件事,几个月前我就该告诉你。但是,每次开口,就有一只铁手扼住我的喉咙,我不忍心。我多么希望,不是由我……"

"吉列姆?是吉列姆的事?"她警惕地大喊。

维克多点点头,不敢直视她。他把罗赛紧紧贴在胸口,让她像一个绝望的女孩颤抖着号啕,把头埋进他的二手西装,直到哭哑嗓子,哭干泪水。维克多觉得,罗赛的痛哭是长久压抑后的宣泄,这个消息并不使她多么惊讶,她大概早有猜测。吉列姆音讯全无,这是唯一的解释。诚然,战争年代,人口失踪、夫妇分离、家庭流散不足为奇。但直觉告诉她,吉列姆死了。罗赛没有索要证据,但维克多拿出了半截烧焦的钱包和吉列姆贴身携带的那一张照片。

"我不能丢下你,你明白了吗?罗赛,你得和我一起去智利,如果大使馆同意。法国也要打仗了,我们必须保护孩子。"

"你母亲怎么办?"

"我们离开巴塞罗那之后,谁也没见过她。如果她失散了,如果她还活着,早就应该和你我联系。如果以后有她的消息,我们再帮她。眼下你和孩子最要紧,你明白吗?"

"我明白,维克多。我该做什么?"

"对不起,罗赛……你可能需要和我结婚。"

她看着他,一脸愕然,维克多忍不住露出不合时宜的笑。他将聂鲁达所说的优先考虑家人的政策复述了一遍。

"严格地说,你连我的弟媳都不是,罗赛。"

"我和吉列姆结婚了,我们不需要文书和神父祝福。"

"这恐怕不能算数。简单地说,罗赛,你实际上未婚。如果可行,我们今天就结婚,把孩子登记在我们名下。我将是他的父亲,我会照顾他、保护他、爱他,视如己出,我保证。对你也是一样的道理。"

"我们不相爱……"

"你要得太多了,罗赛。亲密和尊重还不够吗?这年头已经很难得了。我绝不会把夫妻关系强加于你,罗赛。"

"你这是什么意思?你不和我睡觉?"

"就是这个意思。罗赛,我不是流氓。"

就这样，广场长凳短短一席话，他们做出了左右余生和孩子未来的抉择。仓皇逃难中，许多人没有证件，或在途中和集中营遗失。但两人的证件还在。他们在市政厅举行了简单的婚礼，贵格会朋友为他们证婚。维克多穿上新鞋，系了一条借来的领带；罗赛双眼哭肿，但神色平静，穿上最漂亮的长裙，戴了一顶春日的圆帽。婚礼后，他们为孩子登记，取名马塞尔·达尔莫·布鲁格拉。孩子的生父如果还在，他也会取这个名字。他们在伊丽莎白·艾登本兹的小产院办了一场特别的喜宴。一个香缇奶油蛋糕为晚宴画下完美句点，新人切开蛋糕，分给宾客们。

维克多如约，三天后回到巴黎的智利使馆。他将结婚证和儿子的出生证放在书桌上，聂鲁达抬起困倦的眼皮，好奇地端详了几秒。

"您有诗人的想象力，年轻人。欢迎来智利。"他最终说道，在申请书上盖下名章，"您说尊夫人是钢琴家？"

"是的，先生。也是裁缝。"

"裁缝我们有，但钢琴家急缺。请您周五一早偕夫人和公子到波尔多的特罗普鲁码头。温尼伯号傍晚出发。"

"我们没有旅费，先生……"

"大家都没有，我们再想办法。另外，不要担心智利签证费，几个领事想收钱，我认为向难民收费简直可耻。这个也到波尔多再说。"

1939年8月4日，波尔多的那个夏日永远刻在了维克多·达尔莫、罗赛·布鲁格拉和两千余名西班牙难民的记忆中。他们将要驶向南美洲的狭长国度，那个紧贴山脉、几乎坠入大洋的智利，一个全然陌生的国家。聂鲁达日后如此形容："狭长一叶碧海、酒国、雪乡……"，是一条"白与黑的浪花带"。但是，对于流亡者而言，前路茫茫。地图上的智利那么窄、那么远。波尔多的广场人潮涌动,每分每秒都在增加。碧空如洗,人们热得喘不上气。难民乘坐拥挤的火车、卡车和其他各种车辆而来。他们大部分从集中营径直而来,饥饿瘦弱,没来得及洗一把脸。丈夫与妻子和孩子分离数月,夫妇家人重逢,一幕幕感人肺腑。人们爬下车窗,呐喊、呼唤、相认、拥抱而泣:以为儿子命丧埃布罗河的父亲、马德里一战后音讯全无的两兄弟、与妻小意外相逢的老兵,没想到能再度重逢的人们。一切秩序井然,自发的纪律油然而生,法国警卫无须费力维持秩序。

巴勃罗·聂鲁达从头到脚一身白色,妻子德里娅·德尔卡里尔也身着白衣,戴一顶宽檐遮阳帽。一列长桌后是领事、使馆秘书和聂鲁达的朋友,在他们的协助下,聂鲁达指挥身份核验、检疫和筛选,有如一位神明。许可证须有聂鲁达的绿色墨水签名和西班牙难民疏散部门的印鉴方能生效。聂鲁达用集体签证解决了难民的签证问题。人们成组照相,照片速洗,剪下头部,贴在许可证上。慈善志愿者为每人发放食物和洗漱用品。三百五十名儿童领到了全套衣物,负责发放的正是伊丽莎白·艾登本兹。

出发当天,资金仍有缺口。智利政府无法支付庞大的移民费用,反对声浪高涨,舆论分为两派,经费难以通过。两难之际,一群仪表非凡的人意外在码头现身,他们专程前来,分担此行的半数费用。罗赛远远见到他们,将孩子交给维克多,离开队伍跑去打招呼。照顾她的贵格会朋友也在其中,他们代表教团扶危济困。自十七世纪创会起,造福世人、促进和平就是贵格会的使命。罗赛转述伊丽莎白的话:"哪里最需要你们,你们便在哪里。"

维克多、罗赛和孩子最早一批登船。这是一艘五千吨位的旧船,从非洲运送货物,第一次世界大战中曾是运兵船。这艘设计搭载二十名船员、执行短途航线的船只经过改造,即将载客二千余人航行一个月。仓库匆忙加装三层床铺,增设厨房、餐厅和有三名医生的诊室。他们被分配了寝室,维克多和其他男性在船头,罗赛和其他妇女儿童在船艉。

之后几个小时,幸运者完成登船,码头上留下了无法容纳的数百名难民。傍晚涨潮时分,温尼伯号起锚了。甲板上有人默默流泪,有人以手捂胸,唱着加泰罗尼亚歌曲,那是一曲游子之歌:"可爱的加泰罗尼亚/我心故乡/今当远离/思念成疾。"他们或许有所预感,知道无法回归故土。巴勃罗·聂鲁达在码头挥着手帕送别,目送温尼伯号远去。于他,这一天同样无法忘怀,数年后他写道:"文学批评可以抹杀我的全部诗作。唯有这一首,至今不忘,谁也不能抹去。"

床铺窄得像墓穴。乘客小心翼翼地爬上床,躺在稻草垫上,一动也不能动。与集中营潮湿沙土中的坑洞相比,稻草床垫堪称奢华。五十人用一个卫生间,用餐分三批,人们遵守秩序,毫无怨言。走出困乏和饥饿的人们置身天堂,他们几个月没有吃上热食,船上饭菜简单却美味。他们竟然可以想吃几盘豆子就吃几盘。他们曾被虱子臭虫折磨,如今可以用脸盆、清水与肥皂洗澡;他们曾为绝望所困,现在正在驶向自由。有香烟!还有啤酒和烈酒,在小酒吧有钱就可以买到。几乎全部乘客自发帮工,操作机械、削马铃薯、擦洗甲板。第一个早上,维克多到诊室帮忙。医生表示欢迎,给了他一件白大褂,对他说几名难民有痢疾和支气管炎症状,还有几个斑疹伤寒病例逃过了检疫。

妇女组织起来照顾孩子。她们在甲板专辟一块区域,围以栏杆,作为幼儿园和学校。第一天起,船上就有托儿所、游戏、艺术、运动和文化课,上午一个半小时,下午一个半小时。罗赛晕船,几乎所有人都在晕船,但只要能起身,她就用木琴,还用水桶当鼓,教孩子们音乐。大副是一名法国共产党员,他见到罗赛上课,告诉她一个好消息,聂鲁达把一架钢琴和两只手风琴搬上了船,供她和其他乐手使用。几名乘客还带来了吉他和一支单簧管。于是,孩子有了音乐,大人有了音乐会和舞会。船上甚至还有一支歌声嘹亮的巴斯克合唱团。

五十年后,维克多·达尔莫在接受电视采访时谈起流亡长旅。他说,温尼伯号是一艘希望之舟。

这场旅行于维克多·达尔莫是一次愉快的假期。罗赛在贵格会朋友家过了几个月好日子,旅行之初,拥挤和糟糕的气味让她不适。罗赛没有抱怨,否则太不礼貌。她很快习惯,不再察觉令她不适的东西。她把马塞尔放在简易背包中,随时背着,弹琴也不放下。维克多与她轮换,不到诊室时,由他背着马塞尔。船上仅有罗赛一人可以哺乳,其他母亲营养不良,船上四十名婴儿用奶瓶吃奶,得到了无微不至的照顾。几位妇女主动帮罗赛洗衣、洗尿布,让她不必损伤双手。一位干惯了重活的农村妇女、七个孩子的母亲,惊叹着检查罗赛的双手。她不明白,怎么可以不看键盘就演奏。这是有魔力的手指。农妇的丈夫战前是软木塞工人,聂鲁达告诉他,智利没有栓皮栎①,他干脆地回应:"以后会有的。"诗人喜欢他的回答,发给他许可。除了软木塞工,船上还有渔民、农民、手工业者、工人和知识分子。政府明令,不得接收有思想的人。聂鲁达无视这一指令,舍弃这些英勇捍卫理想的男女是一大愚事。他暗自希望,他们能够撼动祖国的蒙昧。

甲板生活持续至深夜,因为下方通风不良,空间狭小难行。乘客们办了一张报纸,刊登国际要闻。希特勒攻城略地,时局每况愈下。航行第十九天,人们得知苏联和纳粹德国于8月23日签订互不侵犯

---

① 栓皮栎树皮是软木塞的原料。

条约，曾经反抗法西斯的共产党员感到深深的背叛。分裂共和国政府的政见分歧延续到了海上，旧怨有时引发冲突，其他乘客很快制止，不须船长普平介入。普平是右翼，对船上的旅客全无好感，但他忠于职守，这一点无可置疑。不了解普平的西班牙难民一度怀疑他要反叛生变，改变航向，把他们送回欧洲。他们密切观察船长，密切注视航线。大副和大多数水手是共产党人，他们也盯着船长。

午后时光是罗赛的独奏会、合唱、舞会、纸牌和骨牌牌局。维克多组织象棋俱乐部，会玩的、想学的均可参加。正是象棋帮助他熬过了战场和集中营的茫然绝望。有时，他身心交瘁，想一头栽倒，像一条狗，听天由命。那种时候，如果没有对手，他就凭记忆，用看不见的棋盘棋子自弈。船上还有科学和其他主题的讲座，但不可涉及政治。他们与智利政府有约，不得宣教煽动革命。"换言之，诸位，不许惹是生非。"温尼伯号上仅有的几位智利人之一如此说道。智利人开展座谈，介绍智利的情况，让难民有所准备。聂鲁达交给旅客一份简报和一封颇为中肯的信，信上如此介绍智利："西班牙朋友们，在广袤的美洲，智利于你们大概是最遥远的国度，对你们的先祖也是如此。西班牙征服者身临险地，吃了不少苦头。三百年里，他们与不屈的马普切人兵戈不息。艰困的环境孕育了耐劳的民族。智利远不是天堂，我们的土地仅能为辛勤耕耘者提供报偿。"这一忠告，连同船上智利人的告诫，不会让难民却步。他们听说，智利之所以向他们敞开大门，有赖佩德罗·阿吉雷·塞尔达总统的民众主义政府。他直面在野党的反对，承受右翼和天主教会的恐怖宣传战。"也就是说，那儿有我们在西班牙的宿敌。"维克多说道。几位艺术家由此萌生灵感，为阿吉雷总统绘制了一幅巨型画像。

人们听说，智利是个穷地方。经济依赖矿业，尤其是铜矿，但沃野千里，数千公里的海岸线可资渔业。还有无垠的森林和不毛之地，可供定居开发。自然奇绝，北有沙漠，南有冰川。智利人习惯了物资短缺和自然灾害，地震摧毁一切，造成无数死难者和灾民。但在异乡人看来，与他们的经历以及佛朗哥独裁下的西班牙相比，这不足为惧。他们要做好回馈的准备，因为智利人慷慨好客。普遍的物质贫乏没有把智利人变得吝啬，反而使他们友好大方，为客人张开双臂、打开家门。常言道："今天你为我，明天我为你。"单身汉还要提防智利姑娘，因为只要看一眼，便无法挣脱。她们迷人、坚强、爱发号施令。多么致命的组合。这一切听上去如同奇谈。

航行第二日，维克多在诊室助产一名女婴。他见过可怕的伤势和死亡的种种样貌，但从未见证生命之始。当新生儿伏在母亲胸上，他难忍泪水。船长开出阿涅斯·阿美利加·温尼伯的出生证。一天早上，维克多宿舍一个上铺的男人没有吃早餐，大家以为他睡着了，没有人去打扰。到了中午，维克多想叫他起床吃午饭，却发现他已去世。这次，普平船长开出的是一张死亡证明。当天下午，船上举办了一场简单的告别式，人们将帆布包裹的遗体送入海中。他的同志们在甲板列队，和巴斯克合唱团共同唱着战歌为他送行。"你看，维克多，生与死总是手牵着手。"罗赛深有感触地说。

夫妇们利用救生艇化解了私密空间不足的问题。就像参加船上的其他活动，他们有序地为爱轮流。爱侣在艇内亲密时，朋友在一旁放哨，既提醒其他旅客，也引开靠近的船员。夫妇们得知维克多和罗赛新婚，多人让出机会，两人只得做热烈感谢状，予以婉拒。不过，如果一整月没有半点亲密，势必引人怀疑。于是，偶有几次，他们效仿其他伴侣，心照不宣地分头前往那座爱巢。她羞红了脸，他觉得自己像个白痴，而一位朋友自告奋勇，带着马塞尔在甲板游荡。救生艇内闷热，有臭鳕鱼味。不过，两人共处，窸窣谈话，不受打扰，这比情爱缠绵更让人相亲。他们并排躺着，她的头靠在他的肩上，谈论着不在身边的吉列姆和卡门。他们不愿相信卡门已死。他们设想世界尽头那未知的土地，计划着未来。到了智利，他们会努力落脚、找工作，这是当务之急。然后离婚，彼此自由。这话多少令人感伤。罗赛希望两人永远是朋友，因为维克多是她和孩子仅有的亲人。她不属于圣塔菲的那个家，圣地亚哥·古斯曼带她离开后，她只回去过寥寥几次，已无所牵挂。维克多重申诺言，他会做马塞尔的好父亲。"但凡我能工作，就不会少你们的吃穿。"他说。罗赛意不在此，她认为自己完全可以自食其力，养育孩子。但她没有说话。他们回避着伤感的话题。

第一个停靠地是法属瓜德罗普，船只在此补给食物和水。接着，温尼伯号驶向巴拿马，时刻警惕德国潜艇。轮船在巴拿马滞留多时，乘客们不知道发生了什么。广播通知，船只遇到手续问题。这几乎引起骚乱，乘客们相信，普平船长找到了返回法国的好借口。维克多和另外两个男人因沉着镇定被众人委托前往调查，协商解决方案。普平没好气地告诉他们，都是组织者的错，他们没有支付运河费，现在轮到他在这个鬼地方浪费时间金钱。你们知道温尼伯号漂着不动就得多少钱吗？因为运河费，他们浪费了五天时间。全船焦急等待，拥挤的轮船热得如同火炉。运河终于放行，轮船进入一号船闸。维克多、罗赛和其他乘客船员一道，惊奇地观赏沟通大西洋与太平洋的船闸。操作精准，堪称神奇。空间狭小，在甲板上竟能与两侧工人攀谈，其中还有两个巴斯克人。船上的同胞随即以巴斯克语合唱致意。驶过巴拿马，难民感到彻底远离了欧洲，一道运河分隔了他们的土地和过去。

"我们什么时候能回西班牙？"罗赛问维克多。

"但愿很快，佛朗哥独裁长不了。不过这得看战争结果。"

"为什么?"

"战争很快就来了,罗赛。这是意识形态与原则之战、两种世界观和生命观之战、民主与纳粹法西斯之战、自由与专制之战。"

"佛朗哥把西班牙送到了希特勒一边。苏联在哪一边?"

"苏联是无产阶级民主,但是我不相信斯大林。他可以和希特勒结盟,变成比佛朗哥更坏的暴君。"

"德国人战无不胜,维克多。"

"这只是说法,打起仗来才知道。"

初次在太平洋航行的乘客讶异于它的名字,因为太平洋并不太平。罗赛和许多自以为克服了晕船的乘客在惊涛巨浪中再次倒下。维克多不为所扰,风浪来时,他正在诊室忙于接生又一名婴儿。轮船驶过哥伦比亚和厄瓜多尔,进入秘鲁领海。气温下降,他们进入了南半球的冬季。甫一摆脱酷热,全船情绪大大高涨。远离了德国,普平船长掉转船头的机会大为减少。他们逐渐接近目的地,希望与忧虑参半。通过电讯,他们知道智利舆论分裂,难民议题在议会和媒体引发激烈争论。他们也知道,政府、左翼政党、工会和西班牙侨民团体为他们制定了安置和就业方案。他们并非孑然无助。

VI
1939—1940

瘦削是我们的祖国

在她赤裸的刀刃

燃烧着我们微弱的旗帜。

——巴勃罗·聂鲁达,《是,同志,上花园吧》

《海与钟》

  8月末,温尼伯号抵达智利北部第一港阿里卡。一反西班牙难民对南美国度的印象,这里没有茂密的丛林,也没有椰林阳光海滩。与其说是南美洲,更像撒哈拉。据说此地气候温和,是地球上最干燥的人居地。从海上可眺望沿岸,远处暗紫的群山连绵,如同薰衣草色的明净天空中的几抹水彩。轮船停在外海,一艘搭载移民署和外交部领事司属员的小艇很快驶来。他们上了船,船长让出办公室,供他们与乘客面谈、发放身份证件和签证,并告知乘客在智利的居住地。这是根据难民的职业分配的。

  维克多和怀抱马塞尔的罗赛来到船长的小舱,面前是一位年轻的领事官员。他叫马蒂亚斯·埃萨吉雷,在两份签证上盖章、署名。

  "证件上注明,二位的居住地是塔尔卡省。"他说,"规定居住地是移民署的馊主意。在智利,行动完全自由。不必理会这个,二位想去哪里就去哪里。"

"您是巴斯克人,对吗?因为您的姓氏。"维克多问道。

"我的曾祖是巴斯克人。到了这儿,我们都是智利人。欢迎来到智利。"

马蒂亚斯·埃萨吉雷乘火车到阿里卡处理温尼伯号事宜。由于在巴拿马遇到的麻烦,轮船延误了几日。他是领事司最年轻的职员之一,此番与上司同行。两人都不情愿,因为他们完全不赞成接收难民。这帮赤匪、无神论者和潜在的罪犯只会和智利人抢工作。智利正值失业潮,经济萧条和地震余波未平。尽管如此,他们依然履行了职责。他们在码头登上一艘简陋的小艇,破浪驶向温尼伯号,然后沿着风中摇摆的绳梯,被几个粗鲁至极的法国水手从下面推着爬上船。普平船长以白兰地和古巴烟欢迎他们。两人知道普平此行也不是出于自愿,他厌恶他的乘客。但是,这位船长的表现令人意外。与西班牙人共处的这一个月,普平对他们渐渐改观。当然,他的政治立场坚定未改。"这些人吃了很多苦。他们有道德、守秩序、懂得尊重。他们到智利准备努力工作,开始新生活。"普平对他们说。

马蒂亚斯·埃萨吉雷出身笃信天主教和保守的贵族式家庭,家中自然反对移民。但是,与每名难民面面相对,见到这些男人、女人和孩子,他和普平一样,获得了另一个视角。他在教会学校接受教育,受阶级特权庇荫。祖父和父亲曾任最高法院法官,两个哥哥是律师,故而他顺理成章读了法律。可是,马蒂亚斯并不适合这份职业。他勉强读了两三年大学后,凭借家族人脉进入外交部。二十四岁时,他从基层起步,到温尼伯号盖章前,他已经展露出优秀公务人员和外交官的才干。几个月后,他便要赴巴拉圭履行第一份驻外使团工作。他想婚后,至少订婚后,偕携奥菲莉亚·德尔索拉尔赴任。

证件发放完毕,十二名乘客下船,他们就在智利北部工作。温尼伯号向聂鲁达所谓"狭长一叶"的南方继续航行。船上,无声的期待弥漫。9月2日,乘客见到了此行终点瓦尔帕莱索的倩影。傍晚,船泊入港口。全船人紧张兴奋,两千余张面孔在甲板高处翘首以盼,等待踏上未知的土地。但港口管理部门决定,难民须待次日一早破晓时分安静下船。万千灯火在港湾和瓦尔帕莱索的群山颤动,与星辰争辉,人们不知天堂①止于何处,天空从何处起。这是一座古怪的城,到处是阶梯与升降机。驴行小道狭窄,奇形怪状的房子挂在陡坡上,满街是流浪狗。这里聚集了商贩、水手和他们的种种癖好,和几乎所有港口一样,穷、脏乱、美妙。从船上望去,这是一座斑斓的谜一般的城市。这一晚无人入眠,人们在甲板上欣赏奇景,倒数时间。维克多日后回忆,那是一生中最美的夜晚。次日一早,温尼伯号终于靠岸,船身一侧挂着佩德罗·阿吉雷·塞尔达总统的巨幅帆布画像和智利国旗。

  欢迎场面是全船乘客始料未及的。右翼丑化宣传、天主教会坚决抵制,以及智利人出名的冷淡,他们此前被如此反复告诫,一时无法理解码头上发生的事。警戒线后人潮汹涌,西班牙、第二共和国、巴斯克和加泰罗尼亚标语旗帜高扬,人们齐声高呼欢迎。一支乐队演奏着智利国歌、西班牙第二共和国国歌和《国际歌》,数百人齐声高唱。智利国歌寥寥几句,动情地道出好客的精神和自由的追求:"亲爱的土地,请接受誓言/智利与你立誓/你不是自由者的荣归地/就是抗争者的避难所。"甲板上,粗粝刚强、历尽磨难的战士们流下了泪水。九点,难民沿舷梯鱼贯而下。下船后,每个人到检疫点接种疫苗。之后,正如维克多·达尔莫多年后向巴勃罗·聂鲁达道谢时

---

① 关于瓦尔帕莱索(Valparaíso)名称的来历有几种说法,其中之一是该词由"valle"(山谷)和"paraíso"(天堂)构成。

所说,他们扑进了智利的怀抱。

1939年9月3日,西班牙难民抵达智利的晴朗日子,第二次世界大战在欧洲爆发。

费利佩·德尔索拉尔于温尼伯号抵达前一日来到瓦尔帕莱索,他要见证历史时刻。他称之为历史时刻,但怒汉俱乐部的朋友认为他言过其实。朋友们说,他对难民的热心与其说是善良,不如说是为了和父亲乃至全家族唱反调。他白天在人群中欢迎刚刚抵达的难民,和偶遇的熟人交谈。码头热情洋溢的人群中,有政府官员、工人代表、加泰罗尼亚和巴斯克侨团代表——几个月来,费利佩和他们保持联系,为温尼伯号抵达做准备,还有艺术家、知识分子、记者和政治人物。其中有一位瓦尔帕莱索的医生、社会党领袖萨尔瓦多·阿连德,他是几天后的卫生部长,三十年后的智利总统。年轻的阿连德已在政坛扬名,有人爱戴,有人反对,但人人都尊敬他。他曾多次参加怒汉俱乐部聚谈,在人群中认出了费利佩·德尔索拉尔,远远地向他打招呼。

费利佩登上从瓦尔帕莱索到圣地亚哥的难民专列。他有几个小时的时间,掌握西班牙的第一手情况。此前,他只能通过媒体和包括巴勃罗·聂鲁达在内的少数见证者辗转了解。从智利看,西班牙内战是如此遥远,恍如另一个时代的事。列车中途不停靠,却总是缓缓地经过村镇车站,因为每一站都有欢迎人群。他们挥舞旗帜,唱着歌,把馅饼和蛋糕塞进车窗,有人随车奔跑。圣地亚哥的欢迎人潮近乎疯狂,车站水泄不通,有人爬上柱子,挂在梁上,喊着唱着,向空中抛撒鲜花。警察出动才把来自西班牙的远客带出车站,送往吃晚餐的地方。接待委员会备下了地道的智利菜。

列车上,费利佩·德尔索拉尔听到了不同的故事和同样的不幸。

最后，他在两节车厢之间，和维克多·达尔莫抽着烟。维克多告诉费利佩来自战地救护所和疏散医院的有关血与死的战争记忆。

"西班牙的悲剧即将在全欧洲重演。"维克多说，"德国人在我们身上试验装备，把一座座村庄化为乌有。现在轮到整个欧洲，一切只会更糟。"

"暂时只有英法和希特勒作战，但是一定会有更多国家加入同盟。美国人迟早要表态。"费利佩说。

"智利是什么立场？"罗赛问。她走近两人，孩子背在用了几个月的背包里。

"这是罗赛，我的妻子。"维克多介绍道。

"幸会，女士。在下费利佩·德尔索拉尔。您的丈夫刚刚和我提起，您是钢琴家，是吗？"

"是的，以'你'称呼我吧。"罗赛说，并再次询问。

费利佩告诉他们，智利有人数庞大的德国侨民，几十年来陆续定居。他又谈起智利的纳粹分子。不过不必害怕，智利必然保持中立。费利佩为他们提供了一份名单，名单上的工厂主和企业主有意雇用有一技之长的西班牙人。其中没有适合维克多的，没有文凭，他无法从事唯一擅长的医学工作。费利佩建议他报考久负盛名且免学费的智利大学，学习医学。学校或许会承认他在巴塞罗那修完的课程和战场习得的知识。即便如此，他也得学习几年才能获得学位。

"首先是挣钱谋生。"维克多说，"我去找夜班，不会耽误白天上课。"

"我也需要工作。"罗赛说。

"你就简单了，到处都需要钢琴家。"

"聂鲁达也这么说。"维克多说。

"你们可以暂住我家。"费利佩打定了主意。

他有两间空屋,知道温尼伯号要来,他雇用了更多人手。现在有一名厨师、两名女佣。这样一来,他不必与胡安娜再起冲突。忠于职守的胡安娜不肯交出公馆空屋的钥匙,那是二十多年来他们唯一的一次争执。但两人亲密无间,不会就此疏远。父亲的电报从巴黎而来,明示赤匪不得踏入家门,那时他便决定在自家安置几名西班牙难民。达尔莫一家很合适。

"十分感谢。但是据我所知,难民委员会为我们安排了公寓,并且支付了六个月的费用。"维克多说。

"家里有一架钢琴。我白天在事务所,你随时可以弹琴,没人打扰,罗赛。"

这句话让达尔莫夫妇打定了主意。房子位于高级社区,可与巴塞罗那的顶级住宅相媲美。外观华丽,屋里却空空如也,费利佩只购置了必需家具。他厌恶父母喜爱的繁复雕饰。磨边玻璃窗不挂窗帘,地板不铺地毯,看不到花瓶和植物,四壁空空荡荡。尽管装饰简单,但自有雅致。维克多和罗赛有两个房间和一个洗手间,费利佩指派一位女佣为保姆,专门照顾他们。父母工作时,马塞尔便有人照顾。

两天后,费利佩把罗赛带到广播电台。电台领导是他的友人。当天下午,罗赛就坐到钢琴前为节目配乐,节目还顺便宣传了这位才华横溢的独奏家兼音乐老师。罗赛不必再愁工作。费利佩再次施展重人脉、轻才能的关系之道,为维克多谋得一份赛马俱乐部酒吧的工作。班次是晚七点至凌晨两点。这样一来,维克多到医学院注册后就能上学。费利佩说,学业小菜一碟,校长是母亲娘家比斯卡拉家的亲戚。维克多一开始搬啤酒箱、洗酒杯,后来学会鉴别红酒、调制鸡尾酒。于是他被派到吧台,穿着黑西装、白衬衫,扎着领结。维克多只有一套换洗内衣和一身西服,是逃出滨海阿热莱斯的时候用艾托·伊巴拉给的钱买的。费利佩将自己的衣服尽数供他使用。

胡安娜·南古切奥忍了一周,没有过问费利佩的房客。但好奇大于傲气,她带着一盘新鲜出炉的小圆面包前往侦察。开门的是新女佣,怀里抱着孩子。"主人不在。"她说。胡安娜把她一把推开,大步走进屋子。她上上下下打量一番,发现堂伊西德罗口中的赤匪是干净整洁的人。她揭开锅盖,给保姆下令。保姆太年轻,傻乎乎的。"孩子他妈到哪儿去了?真可以,有孩子的人,把孩子撇下不管。小马塞尔真可爱,没话说,大眼睛,圆嘟嘟,一点儿不怕生。两个胳膊伸过来搂我的脖子,拽我的辫子。"后来她对费利佩说道。

9月4日,伊西德罗·德尔索拉尔正在巴黎做妻子的工作,让她告知女儿去伦敦精修学校学习,他已为奥菲莉亚报名。不料战争爆发了。几个月来,眼看战事迫近,但他对蔓延的恐慌情绪视而不见,不改度假的兴致。媒体唯恐天下不乱,世上永远有打打杀杀,没什么可紧张的。但是,只需探出脑袋看看门外,便可知事态严重。门外是疯狂的景象:酒店员工拿着大包小包逃离,客人推搡着,女士们带着爱犬,先生们为出租车厮打,孩子茫然地哭着。马路上同样兵荒马乱,举城的人逃往乡下,等待形势明朗。交通瘫痪,满载行李的汽车拥作一团,在慌乱的人群中寸步难行。高音喇叭传出警报,骑警试图维持秩序。伊西德罗·德尔索拉尔无奈地接受计划流产。悠哉回到伦敦、提取刚订购的准备运往智利的最新款轿车、登上太平洋女王号,这一切统统泡了汤。他们必须迅速离开欧洲,伊西德罗给智利驻法大使去了电话。

一家人战战兢兢等待了三天,使馆弄到了最后一艘智利轮船的船票。这艘日常载客五十人的货轮搭载了三百名乘客,拥挤不堪。为了给德尔索拉尔一家腾位置,一个犹太家庭差一点被赶下船。这家人买了船票，用祖母的首饰贿赂了一位智利领事才得到签证。那时，犹太人已被禁止登船，搭载犹太人的船不得不返回始发港，因为没有国家接受他们。这个犹太家庭和船上另外几户家庭一样，受尽屈辱后逃出德国，什么家当都无法带走。对他们而言，能否离开欧洲攸关生死。奥菲莉亚听到他们对船长的乞求，不加询问父母，立刻把舱位让给他们。她因此和母亲挤一张小铺。"非常时期，要学会适应。"伊西德罗嘴上这么说，但和三六九等甚至六十个犹太人混杂，仍是很不自在。伙食糟糕至极，除了米饭就是米饭，洗澡水也不够；船只为了躲避战机只能夜航，乘客担惊受怕。"在这破船上挤得沙丁鱼似的，一个月怎么受得了。"伊西德罗念叨着。妻子在祈祷，女儿忙着逗孩子们玩，画乘客肖像和船上场景。不久，奥菲莉亚想起以乐善好施闻名的费利佩哥哥，受到启发，将部分衣物分送犹太人——上船时的一身就是他们的所有。"商店里买个不停，这下倒好，全被丫头送了人。还好嫁衣收在仓库的衣箱里。"伊西德罗惊讶于女儿的任性举动，愤愤地说。几个月以后，奥菲莉亚得知，正是第二次世界大战使她免于进入精修学校。

航程一般需二十八天，但船只躲避水雷和双方战舰全速航行，仅用了二十二天。理论上，轮船悬挂中立国智利国旗，无安全之虞。但实际上，一个致命误会，轮船就会被德军或盟军击沉。巴拿马运河采取了非常安保措施，利用拖网和潜水员清除可能布于船闸的水雷。劳拉和伊西德罗·德尔索拉尔饱受煎熬，船上炎热，蚊虫肆虐，战争令人寝食难安、焦躁不已。但奥菲莉亚觉得，这次经历比有空调和巧克力盛宴的太平洋女王号有趣得多。

费利佩在瓦尔帕莱索迎接父母和妹妹。他自己驾驶一辆轿车，司机驾驶一辆租来的卡车用于搬运行李。他眼里一向无知娇气的妹妹令人刮目相看。奥菲莉亚长大了、严肃了，身体伸展，五官明晰。

启程时的娃娃脸女孩不见了,代之以丰采不凡的年轻女子。如果不是自己的妹妹,费利佩或许会说奥菲莉亚十分迷人。马蒂亚斯·埃萨吉雷也在码头,他驾车前来,拿着一束玫瑰,准备献给难驯的未婚妻。和费利佩一样,他见到奥菲莉亚也吃了一惊。向来可爱的奥菲莉亚如今美丽动人。马蒂亚斯顿时惶恐,生怕更聪明或更有钱的男人夺走奥菲莉亚。他决定先下手为强。他要立即宣布自己的第一份驻外工作。只要有共处的时机,他就献上曾祖母留下的钻石戒指。紧张的汗水湿透了衬衫,谁知道这个任性的女孩听到结婚和移居巴拉圭会做何反应。

两部轿车和一辆卡车组成的车队穿过人群,二十余名挥舞万字旗的青年抗议犹太人乘船抵达,大声辱骂接待他们的人。"真是可怜人,逃出了德国,到智利还要遭受这种对待。"奥菲莉亚感慨道。"不要理他们,警察会把他们赶走。"马蒂亚斯安慰她说。

返回圣地亚哥是四个小时曲折的土路。费利佩和父母同车,有充裕的时间告诉他们西班牙难民落地生根,不到一个月,大部分人已经安家并开始工作。许多智利家庭为移民敞开大门。家里房子大,宁愿空着五六个房间也不接纳移民,真令人羞愧。"我知道你招了几个共产党无神论者,你会后悔的。"伊西德罗警告儿子。费利佩解释说,他们绝非共产党或是无政府主义者,至于无神论,尚待观察。费利佩说起达尔莫一家多么得体有教养,还有他们的孩子,小家伙依恋胡安娜。伊西德罗和劳拉早知胡安娜·南古切奥叛变,每天去看马塞尔,监督三餐,带他到公园和列奥纳多晒太阳。胡安娜说,谁让马塞尔的妈到处乱跑,为了弹琴总不着家,孩子他爸又像住在酒馆似的。费利佩讶异,父母在海上竟然如此消息灵通。

12月,马蒂亚斯·埃萨吉雷赴巴拉圭,在一位对下专横、对上巴结的大使手下工作。作为下属的马蒂亚斯自然无法幸免。他独自上任,因为奥菲莉亚拒绝了戒指,她声称曾许诺父亲二十一岁前不婚。马蒂亚斯知道,如果奥菲莉亚执意结婚,谁也拦不住。但是,他选择等待。他也知道夜长梦多,奥菲莉亚不乏追求者,但未来的岳父母向他保证,奥菲莉亚会得到稳妥的照顾。"给姑娘一些时间,她太稚嫩。我会为你们祈祷,愿你们终成眷属,幸福生活。"堂娜劳拉答应他。马蒂亚斯书信不绝,试图自远方掳获奥菲莉亚的芳心。情书如潮水,邮政不正是为此而生的嘛。情意见诸纸面,比言语更动人。耐心至上。孩提时起,他就爱奥菲莉亚,他们是天作之合,他确信无疑。

圣诞前几天,伊西德罗·德尔索拉尔照例命人从乡下运来一头乳猪。一名屠夫在公馆偏院处理了它,避开劳拉、奥菲莉亚和小宝。胡安娜看着这只可怜的小动物变成烤肉、香肠、排骨、火腿和板油。她负责12月24日的晚宴,届时大家族齐聚。她还用购自意大利的石膏像在壁炉旁布置耶稣降生模型。一早,她把咖啡送到老爷的书房,站在他的面前。

"有事吗,胡安娜?"

"我觉得,我们得邀请小费利佩的共产党朋友。"

伊西德罗·德尔索拉尔将视线移开报纸,疑惑地看着她。

"看在小马塞尔的分儿上。"她说。

"谁?"

"您知道我说的是谁,老爷。那个娃娃,两个共产党的孩子。"

"共产党不过圣诞节,胡安娜。他们不信上帝,圣婴耶稣关他们屁事。"

胡安娜吞下惊呼,画了个十字。费利佩解释过一大堆共产党的蠢事,平等、阶级斗争云云。但是,她没有听说过,竟有人不信上帝和圣婴。她愣了一分钟才接过话茬。

"就算这样,老爷,但是孩子没有罪过。我认为,平安夜他们应该在这儿吃饭。我告诉了小费利佩,他同意,夫人和小奥菲莉亚也同意。"

于是,达尔莫一家与德尔索拉尔全家度过了在智利的第一个圣诞节。罗赛穿上在佩皮尼昂结婚时的礼服——领子饰有白花的深蓝长裙,头发用黑珠网和黑玉饰针盘在后颈。饰针是卡门得知罗赛怀有吉列姆的孩子时送给她的。"你是我的媳妇了,这种事不需要证件。"卡门说。维克多穿着费利佩的套装,略显宽大,裤腿偏短。达尔莫夫妇来到玛尔德普拉塔大街公馆,胡安娜一把抱过马塞尔,送他和列奥纳多一起玩。费利佩把达尔莫夫妇领入客厅正式引见。费利佩说过,智利社会犹如千层蛋糕,下降容易,上升无门,因为金钱买不来门第。特例是才华,以巴勃罗·聂鲁达为例;或美貌,有奥菲莉亚的外婆为证。她是普通英国商人之女,风采气度却如同女王。比斯卡拉家族的子孙甚至说她改善了家族血统。达尔莫一家若是智利人,绝不会受邀与德尔索拉尔家族同席。不过,作为新奇的外国客人,便在两可之间。如果一切顺利,达尔莫一家将会跻身中产阶级的诸多分层之一。费利佩提醒他们,到了父母家,保守、虔诚且狭隘的家人会视他们如马戏团的动物,但新鲜感一过便是智利式好客。此言不虚。谁也没有询问内战或流亡,一部分是因为无知——据费利佩说,这些人充其量只看《信使报》社会版,一部分也是善意,他们不愿烦扰客人。维克多突然重回青春时期的腼腆,他自以为早已克服。他站在法式装潢的客厅一角、两把路易十五风格的苔绿丝面扶手椅之间,不是沉默就是略答一两句。罗赛却轻松自得,不待邀请就主动演奏起欢快的曲目。几位多饮了几杯的宾客为她伴唱。

奥菲莉亚最为达尔莫夫妇所触动。她对达尔莫夫妇的了解仅限于胡安娜的描述,脑海中是一对阴森的苏联公职人员。马蒂亚斯倒是说过,温尼伯号发放签证一事让他对西班牙难民留下了好印象。年轻的罗赛散发着自信,毫无虚华和攀附的意思。她身边凑着几位一身黑衣、戴着珍珠项链的女士,这是智利贵太太的制服。罗赛对她们说,她原是牧羊女、面包师、裁缝,后来才以弹琴为生。她说得如此自然,竟然得到了赞叹,似乎种种经历是年少淘气。然后,罗赛坐到钢琴前,一举令众人倾倒。奥菲莉亚将愚昧无知、游手好闲的小姐生活与罗赛的比较,半是羡慕,半是羞愧。费利佩说过,罗赛只比她大两三岁,却已历经三重人生。她出身贫寒,经历了失败的战争,承受了流亡之苦,为母为妻,远渡重洋,来到异国他乡。她从头开始,无所畏惧。奥菲莉亚渴望自尊、坚强和勇敢,她想成为罗赛。罗赛似乎看穿了她的心思,走到她身边。两人在阳台抽烟、乘凉。罗赛觉得夏日的圣诞节难以理解。奥菲莉亚不由自主,向面前的陌生人吐露了梦想——她想去巴黎或布宜诺斯艾利斯从事绘画工作。这是一个疯狂的想法,因为她不幸生为女人,为家庭和社会所困。她自嘲苦笑,掩饰泪意。她说,最大的障碍是俯仰由人,她永远不可能凭艺术谋生。"如果你志在绘画,迟早会走上这条路,迟不如早。为什么非得是巴黎或布宜诺斯艾利斯?你需要的是自律,和弹琴是一样的道理,你明白吗?绘画难以为生,但必须一试。"罗赛说。

那晚,奥菲莉亚多次察觉维克多·达尔莫的火热目光追随着她。不过,他始终站在角落,没有靠近的意思,奥菲莉亚悄声请费利佩为她引荐。

"这是我的朋友维克多。巴塞罗那人,内战民兵。"

"其实是助理军医,我没有开过枪。"维克多解释道。

"民兵?"奥菲莉亚问道。她没有听过这个词。

"没有参加正规军的战士叫作民兵。"维克多说。

费利佩留奥菲莉亚与维克多两人聊天。奥菲莉亚试图攀谈,但既找不到共同话题,也鲜有回应。她询问酒馆的事,胡安娜曾提过,好不容易撬开维克多的嘴,维克多说自己准备完成在西班牙未竟的学业。最后,奥菲莉亚厌倦了一次次冷场,走开了。她再次发现维克多的目光如此露骨,让人不快。不过,她也在偷偷观察,对维克多的外表好奇:苦行的样貌,鹰钩鼻,突颧骨;双手青筋凸起,手指修长,身板瘦而硬。她想把维克多画下来,一幅黑白线条、灰色背景的肖像。大尺幅,手握钢枪,赤裸。想到这儿,奥菲莉亚红了脸。她没有画过裸体,对男体的些微了解来自欧洲的博物馆。博物馆的雕塑大多残缺,或用一片叶遮挡。最暴露的作品令人失望,例如米开朗琪罗的《大卫》:手掌巨大,那东西像儿童的。她没有见过马蒂亚斯赤裸,不过两人曾相当缠绵,不难猜出裤子里的货色。不过,眼见才为实。这个西班牙人为什么跛脚?或许是战场英勇负伤。她要问一问费利佩。

维克多对奥菲莉亚同样好奇。他认定两人属于不同世界,奥菲莉亚是另一类女孩,与过去遇到的女孩殊为不同。战争使一切扭曲变形,包括记忆。他或许见过类似奥菲莉亚的清新脱俗的姑娘。纯真的生命,如同空白书页,任其用优雅笔迹书写命运,不沾一点墨渍。但一个也记不起。维克多见惯年少沧桑、饱受贫穷和战乱之苦的女人,奥菲莉亚的美震慑了他的心。她貌似高挑,因为从修长的脖子到瘦窄的脚,一切都是纤长的。奥菲莉亚走到身边,维克多才发现她只及自己的下巴。她的长发有几缕木色,扎着黑色天鹅绒发箍。嘴巴微张,牙齿过多似的,涂着宝石红的口红。最显眼的是蓝色眼眸和拱形眉尾。眼距很宽,表情迷蒙,如同望着大海。维克多认为这是略有斜视的缘故。

晚宴后,家族老少,包括孩子和用人,到教区教堂做子夜弥撒。

德尔索拉尔家族很意外,传闻中的无神论者达尔莫夫妇居然与他们同行,罗赛甚至会用拉丁语做弥撒。他们不知道这是修女的真传。路上,费利佩拽住奥菲莉亚,等众人走后警告她:"再让我抓到你对达尔莫眉来眼去,我就告诉爸爸。听明白了吗?爸爸如果知道你盯上有妇之夫和穷光蛋移民,看他怎么收拾你。"奥菲莉亚佯装吃惊,似乎从无此念。费利佩没有警告维克多,他不想让朋友难堪,但他会千方百计阻止维克多再见到妹妹。两人情意绵绵,别人必定有所察觉。费利佩想得没有错。晚些时候,维克多向另一个房间陪马塞尔睡的罗赛道晚安时,罗赛提醒他不要草率妄为。

"那姑娘遥不可及,忘了她吧,维克多。你走不进她的世界,更别提她的家庭了。"

"这还算小事,还有比社会地位更大的障碍。"

"确实。对于那个狭隘的大家族,你不但穷,而且品行可疑。你也不是会讨好卖乖的人。"

"你忘了最重要的事——我有妻子和孩子。"

"我们可以离婚。"

"智利不能离婚。罗赛,费利佩说,智利永远不会有离婚制度。"

"那我们岂不是一辈子被绑在一起了!"罗赛失色惊叫。

"你可以说得委婉些。只要人在智利,我们在法律上就是已婚。等共和国重建吧,回到西班牙离婚就行了。"

"回西班牙可能是很久以后的事,维克多。回去之前,我希望马塞尔和智利人一样生活成长。"

"那就如你所愿。不过我们永远是加泰罗尼亚家庭,以加泰罗尼亚为荣。"

"佛朗哥禁止人们说加泰罗尼亚语。"罗赛说。

"正因如此。"

VII
1940—1941

> 我与你共眠
> 一整夜的同时
> 黑暗的大地旋转
> 载着生者与死者……
>
> ——巴勃罗·聂鲁达,《岛上的夜》
> 　　　　　　　　《船长的诗》

　　凭借在智利无往不利的关系网络,维克多·达尔莫进入大学继续学医。费利佩·德尔索拉尔将他介绍给萨尔瓦多·阿连德。阿连德是社会党创始人之一,还是总统亲信和卫生部长。他满腔热忱地关注西班牙共和国的诞生、军事政变、民主终结乃至佛朗哥建立独裁,似乎预见将来某一天自己会在相仿的政变中蒙难。阿连德听了维克多·达尔莫有关战争和流亡的片语,猜到了他的请求。他打了一通电话,医学院承认了维克多在西班牙修读的课程,允许他再读三年取得学位。学业紧张,维克多的实践不逊于老师,理论却知之甚少。接骨是一回事,依学名辨认骨骼是另一回事。维克多前往部长办公室道谢,不知如何报答。阿连德问他是否会下棋,邀请他在办公室的棋盘一决高下。阿连德输了,输得高兴。

"如果您想还人情,我打电话请您下棋时,请务必要来。"临别时他对维克多说。象棋成为两人友谊的基石,也注定了维克多·达尔莫的第二次流亡。

罗赛、维克多和孩子在费利佩家住了几个月后另找了一处住所。他们谢绝了难民安置委员会的援助,有人比他们更需要。费利佩想挽留,但夫妇俩觉得受了太多照顾,应当自食其力。达尔莫一家搬走,胡安娜·南古切奥受影响最大,她只能乘电车去看马塞尔。维克多和费利佩仍是朋友,但两人关系圈不同,诸事繁忙,难以深耕友谊。费利佩想请维克多加入怒汉俱乐部,为聚会添色,因为怒汉俱乐部知识热情消退,越来越浅薄浮华。但是,维克多和费利佩的朋友显然毫无共同点。维克多参加的唯一一场聚会上,有关离乡背井和西班牙战事的问题轰炸而来,他一个字一个字地作答。俱乐部成员很快厌倦了一问一答,不再理他。为避免维克多与奥菲莉亚打照面,费利佩不再邀请他去父母家。

维克多的夜班收入勉强糊口,但他学到了有趣的本领,认识了教区的邻居。他由此结识了乔尔迪·莫利内。乔尔迪是一个加泰罗尼亚鳏夫,二十年前移民智利,有一家鞋厂。他常到吧台喝酒,用加泰罗尼亚语谈天说地。一个长夜,乔尔迪抚着酒杯对维克多说,做鞋是苦差事,虽然很挣钱,但他至今独身一人。老了,该找点乐趣。乔尔迪提议两人合开一家加泰罗尼亚风格的酒馆。他有本钱,维克多有经验。维克多说自己的志向是当医生,不是酒馆老板。当晚,他把乔尔迪的歪主意告诉罗赛,罗赛却认为这是极好的想法。打工不如自己开店,即便不成功,也没多少损失,反正是那位鞋老板担风险。只要量入为出,让客人喝得痛快,就不会有问题。他们的参照是驽骍难得,巴塞罗那的老酒馆,维克多的父亲在那儿玩了一辈子骨牌,临走前几天也没有缺席。酒馆开在一间破旧的小铺,酒桶当桌,天花板挂着火腿和大蒜，店内一股陈酒味。不过，地段就在圣地亚哥市中心。罗赛加入当账房。她比两位合伙人精明，数学更好。罗赛把马塞尔带到酒馆，在吧台后围起圈栏，给孩子一个玩具，她在一边记账。最便宜的一杯啤酒也逃不过她的法眼。他们雇了一名女厨师，她擅长茄块烩香肠、蒜香鳀鱼和鱿鱼、番茄金枪鱼等等西班牙美食，因而吸引了一群忠实的移民饕客。酒馆定名温尼伯。

婚后十八个月，维克多与罗赛建立起亲密无间的兄妹和同志情谊。他们共享一切，唯独分床。她念着吉列姆，他不想自找麻烦。罗赛认定，爱情唯有一次，额度已尽。而对于维克多，依靠罗赛才能对抗往日的梦魇。罗赛是他至爱的朋友，越熟悉，爱越深。有时，他希望跨过那条看不见的界线，不经意地揽腰亲吻她。但这如同背叛，后果难堪。总有一天，他们要触碰这一话题，何时停止居丧，何时走出伤痛。那一天的早晚取决于罗赛，就像大小事务，都由她决定。他依然念念不忘奥菲莉亚·德尔索拉尔，如同寄望彩票中奖。无谓的痴想。他一见倾心，像少年一般心动。但佳人不再见，爱只能化作心底的传奇。恍惚的梦里，他一次又一次重放她面庞的每分每寸、她的举动、她的衣着和她的声音。奥菲莉亚是晃动的影，一摇就消散了。他远远地爱着她，像徘徊的游吟诗人。

维克多和罗赛一向信任扶持，这是流亡中相依为命、同舟共济的必需。他们约定，十八岁前的马塞尔是头等大事。维克多对马塞尔视如己出，几乎忘记他是侄子。罗赛却时时记着维克多对孩子的爱，她尽数回报在维克多的身上。两人的钱存入一个烟盒，供共同开支。罗赛掌管财政，把月收入分作四个信封，一周一个，严格量入为出。哪怕吃菜豆，哪怕三餐菜豆，也绝不透支。兵豆免谈，维克多在集中营吃够了。若有余钱，他们就带孩子去吃冰激凌。

两人性格相反，因而彼此相知。罗赛绝不沉湎于流亡者的哀怨，也不回首往事，或为故国蒙上理想的外衣。过去的总归过去。她牢牢把握现实，希望幻灭、深仇旧恨、怨天尤人与她无关。她于疲惫和绝望免疫，任何付出或牺牲都不过分，坚定像装甲，碾过重重障碍。她筹划清晰，绝不再为广播小说配乐，她受够了视情节而起伏、哀伤、多情、战斗、阴郁的老调。《阿依达进行曲》和《蓝色多瑙河》令她反胃。她的事业是值得毕生追求的真正音乐，其余一概免谈。为此，她需要等待。待酒馆盈利养家、维克多大学毕业，她就到音乐学院注册。她要沿着恩师的脚步，成为马塞尔·尤易斯·达尔莫一样的教师和作曲家。

丈夫则与她相反。维克多常常被惨痛的回忆和强烈的乡愁击溃，唯有罗赛知道这些至暗的时刻。维克多白天去学校上课，晚上到酒馆工作，似乎一切如常。但他暗自低回，恍惚如梦游。尽管他睡得很少，像马一样站着打盹，但劳累不至于此。他感到心力交瘁，困于责任的巨网。罗赛看到明亮前景，他却四顾灰暗。"我才二十七岁就老了。"他常说。如果罗赛听到这种话，她会气势汹汹地说："打起精神来。谁没有受过苦，你总是唉声叹气，不懂得珍惜。不知感恩的家伙。大洋彼岸战火纷飞，我们在这儿吃饱喝足、日子太平。我提醒你，来日方长，该死的元首健康得很。坏蛋命长。"然而，夜晚听到维克多梦中的哭喊，罗赛又是柔情的。她唤醒维克多，钻进他的被窝，像母亲般抱住他，任他宣泄。维克多的梦里是残肢、断躯、弹片和上枪的刺刀，是血泊和堆满尸骸的丛葬坑。

奥菲莉亚与维克多重逢是一年以后的事。那时，马蒂亚斯·埃萨吉雷在亚松森的黄金地段租下一栋豪宅。房子与他的属员身份以及公务人员的薪水实难匹配，大使认为他张扬，一有机会就挖苦讽刺。马蒂亚斯从智利运来家具和装饰品，母亲专程过来训练用人。

这不是一件易事,因为用人说瓜拉尼语①。孜孜不倦的情书和准岳母堂娜劳拉的弥撒祈祷终于起效,固执的未婚妻同意结婚。12月初,奥菲莉亚年满二十一岁,马蒂亚斯赴圣地亚哥正式定亲。双方近亲不下二百人在德尔索拉尔公馆花园庆祝。主婚人是比森特·乌尔维纳。他是堂娜劳拉的外甥,一位威严、有趣、精力丰沛的神父。上校军装或许比道袍更适合他。乌尔维纳不到四十岁,但在教会上层和高级社区的教民之中拥有非凡的影响力。有此一人是家族之幸。

婚期定于次年9月,大办婚礼的吉月。马蒂亚斯将祖传钻戒戴在奥菲莉亚的右手无名指,向潜在的敌人宣示她已名花有主。婚礼时,戒指换到另一只手,奥菲莉亚便完全属于他。他想告诉奥菲莉亚在巴拉圭的筹备详情,他要以女王规格迎娶妻子。但奥菲莉亚满不在乎地打断了他。"着急什么,马蒂亚斯。从现在到9月,什么事都有可能发生。"马蒂亚斯警惕地问什么事。她随口提到第二次世界大战可能波及智利、另一场地震、巴拉圭发生天灾云云。"反正都不耽误我们的事。"马蒂亚斯说。

奥菲莉亚享受这段等待、猜想的时光。她用绢纸和薰衣草枝整理箱中嫁衣,将罩布、床单和毛巾送往特蕾莎小姨的修道院,请她交织地绣上她和马蒂亚斯的姓名首字母。克利翁酒店下午茶的女伴纷纷向她道喜。她一遍遍试穿婚纱和婚后的衣服,还向姐姐们学习家务,以懒散不整出名的奥菲莉亚居然对家务驾轻就熟。婚礼还有九个月,但她已经在设法拖延婚期。走进无法回头的婚姻,和马蒂亚斯住在举目无亲的异国;远离家人,被土著瓜拉尼人围绕;以及生儿育女,像母亲和姐姐一样认命灰心,这一切令她恐惧。但是,不结婚只会更加悲哀,老姑娘意味着靠父亲和费利佩的接济度日,变成社会弃

---

① 瓜拉尼语,巴拉圭土著语言。

儿。靠工作自食其力和去巴黎蒙马特①的阁楼作画一样,都是痴人说梦。奥菲莉亚酝酿着一连串推迟婚礼的托词,不料上天已为她备好维克多·达尔莫。两人邂逅在订婚后两个月,婚礼前七个月,奥菲莉亚发现了小说式的爱情。这是忠实有余的马蒂亚斯从未激起的情意。

时值圣地亚哥干燥炎热的夏天,富人纷纷去海边和乡下度夏,维克多与奥菲莉亚在街头偶遇。两人一惊,愣了一会儿,似乎犯错被抓现行。漫长的一分钟过去,她先问好,噎在喉头的"你好"几乎没有声音,他却听出了积极的信号。一年来以为自作多情,原来她也在想自己。看她如此紧张慌乱,一目了然。她比记忆中的样子更美,目光澄澈,麦色皮肤,穿着开领裙,学生式圆帽飞出纠缠的线头。维克多缓了缓,干涩地寒暄起来。原来德尔索拉尔一家正在庄园和比尼亚德尔马的别墅度假,奥菲莉亚回圣地亚哥剪头发、看牙医。他几句话报告了罗赛、孩子、大学和酒馆的近况。话题很快告竭,两人沉默,在烈日下流着汗。两人都明白,此一别,就失去一次良机。她就要告辞,维克多抓住她的手臂,将她拉到附近的阴凉地——药店阳篷下,吞吞吐吐地邀奥菲莉亚共度下午。

"我得回比尼亚德尔马,司机在等我。"她犹犹豫豫地说。

"让他等一等。我们得谈谈。"

"我要结婚了,维克多。"

"什么时候?"

"和你有什么关系?你有家室。"

"我正要和你谈这件事。不是你想的那样,让我解释给你听。"

他把奥菲莉亚带到一家廉价饭店,虽说廉价,也已超过他的经济

---

① 蒙马特,巴黎一处高地,因众多艺术家雅集于此而成为艺术圣地。

能力。奥菲莉亚将近半夜才回到比尼亚德尔马,父母正准备向警方报失踪。奥菲莉亚买通了司机,说辞是路上爆胎。

自十五岁,女性的体态容貌成形,无论奥菲莉亚有意与否,自有一股魔力。她风情万千而不自知,只有迷恋者狂热狰狞,父亲介入,她才察觉。溺爱和监护下,千金小姐的日子没有波澜。这有利有弊,不必冒险的同时,也使她不谙世事人情。她的娇气下是天真至极的心。后来,她的外貌是一张通行证,几乎无往不利。人们第一眼看到的是美貌,有时唯一看到的也是美貌。她不必有想法,因为她的想法和意见总被人忽视。四百年来,自其貌不扬的征服者比斯卡拉以降,比斯卡拉家族不断以欧洲血统纯化家族基因,尽管费利佩·德尔索拉尔说,凡是智利人,肤色再白也有印第安血统,例外的只有新移民。家族中不乏佳丽,却唯有奥菲莉亚继承了英国裔外婆动人心魄的蓝色眼眸。劳拉·德尔索拉尔坚信美貌是魔鬼造物,意在使貌美之人与好色之徒灵魂堕落。因此,家中从不谈论外表。评头论足是低级趣味和虚荣轻浮。她的丈夫欣赏其他女人的美貌,但在自己女儿身上,这是一大麻烦。他必须倍加留意女儿的贞洁,尤其是对奥菲莉亚。奥菲莉亚接受了美貌与智慧相斥的家族理论,得此失彼,不可两全。这样一来,学业不佳、懒于练习绘画,乃至易入歧途、违背乌尔维纳神父规劝,全都说通了。她不自知的美貌是一种惩罚。乌尔维纳再三问她人生方向何在,问题在脑中盘旋,始终没有答案。结婚生子的归宿和栖身修道院同样压抑,但奥菲莉亚认定别无选择,只能稍加拖延。除此之外,所有人反复告诫她,应当对马蒂亚斯·埃萨吉雷心怀感恩,多么善良、高贵、英俊的丈夫。她的好运令人称羡。

马蒂亚斯自小对奥菲莉亚的爱始终未改。与他,奥菲莉亚发现并探索了情欲。严肃的天主教教育和马蒂亚斯天生的绅士风度使他们浅尝辄止,不过她偶尔尝试越界。说到底,隔靴搔痒直至力竭与一丝不挂行堕落事有什么区别?天谴大概是一样的。马蒂亚斯见她意志薄弱,便一肩挑起两人份的洁身重担。他以要求别的男人尊重自己妹妹的态度,要求自己尊重奥菲莉亚。他说服自己永不背叛德尔索拉尔一家的信任。肉欲仅能在繁衍生息的神圣结合中满足。即便在内心最隐秘处,马蒂亚斯也绝不承认,禁欲的主要原因与其说是尊重或罪愆,不如说是怕奥菲莉亚怀孕。奥菲莉亚从不和母亲或姐姐谈论情爱的话题。但她很清楚,不检点的行为,哪怕极为轻微,唯有婚姻才能抹去。忏悔圣事宽恕罪过,但社会不会宽恕,也不会忘记。"正派小姐的名声是白色的丝绸,经不起一点瑕疵。"修女们言之凿凿。与马蒂亚斯留下的瑕疵着实不少。

那个炎热的下午,与维克多·达尔莫去饭店时,奥菲莉亚明白,这与马蒂亚斯累人的小打小闹不同,马蒂亚斯只能让她困惑恼火。奥菲莉亚的果断自如连自己都吃惊。一进房间,她主动开始,无师自通,带着久经情场才有的大方。修女教她分步脱衣,首先穿上从头到脚的长袖罩袍,继而摸索着一件一件从下褪掉衣物。但面对达尔莫,矜持烟消云散。裙子、衬裙、胸罩、内裤直直掉落,她赤裸而高傲地跨过衣物,半是新鲜好奇,半是对谈性色变的马蒂亚斯的鄙夷。"他活该。"她想,自己沉醉于情爱。

维克多没有想到奥菲莉亚是处子之身。她娴熟自信,不像初次。况且,维克多从未想过这个问题。他的童贞早已丢在动荡不安、记忆模糊的青春里。他从另一个世界来,革命荡平了社会差异,废除了繁文缛节,砸碎了教会权威。在共和的西班牙,贞操是老古董,他曾短暂留情的女民兵和护士与他同样享受性的自由。维克多也没有想到,奥菲莉亚与他幽会是娇小姐心血来潮,冲动多于爱情。他爱她,便想当然地以为她也爱他。前因后果都是后话。他们累了,抱在一起,床单褶皱泛黄,有一片血迹。维克多告诉奥菲莉亚自己如何、为何与罗赛结婚,坦言一年多来,梦中无不是她。

"为什么不告诉我你是第一次?"维克多问。

"因为你会退缩。"她回答,像猫一样伸展腰肢。

"我应该更小心一些,奥菲莉亚,对不起。"

"没什么对不起。我很快乐,很舒服。但是我得走了,时间太晚了。"

"我们什么时候可以再见?"

"如果我能溜出家门,我就告诉你。我们三周后回圣地亚哥,到时见面就容易了。我们要非常非常小心,被人发现就完了。我不敢想爸爸会做出什么事。"

"我会找机会和他谈谈。"

"你疯了吗?你怎么会有这个想法!如果爸爸知道我和有家室有孩子的移民在一起,他会杀了我们的。费利佩已经警告我了。"

以看牙为由,奥菲莉亚设法再度回到圣地亚哥。几周分离,她惊讶地发现最初的好奇变成了痴迷。她一点一滴回放饭店的那个下午,迫切地需要与维克多再会,与他情爱交缠,与他无话不谈。她要袒露自己的秘密,探察他的过去。她要问他为什么跛脚,她要记住他的每一道伤痕,了解他的家人,了解他与罗赛的感情。这个男人是重重谜团,破译他是一项大工程。流亡、军事叛乱、丛葬坑、集中营是什么滋味,骡马辎重、战时口粮又是何物。维克多·达尔莫与马蒂亚斯·埃萨吉雷年纪相仿,但他那么苍老,外表坚硬如石,内里心扉紧闭,满载伤痕和苦痛的回忆。马蒂亚斯喜爱她火药般的性格和任情率性,维克多则不同。他不耐烦幼稚言行,希望她明智清醒。他不爱肤浅的东西。每当维克多提问,便以师长的专注倾听回答,不许她笑闹敷衍,顾左右而言他。奥菲莉亚大为诧异,硬着头皮面对维克多的严肃认真。

二度亲密后小憩,在爱侣怀中睁开双眼的一刻,奥菲莉亚认定自己找到了命里良人。她身边是自负、顽劣、软弱的公子哥,金钱和家族权势铺平他们的人生路。他们之中没有一人可与维克多相比。维克多感动地接受这番告白,因为他也将奥菲莉亚视为天定。但是,维克多没有被冲昏头脑,他知道这一番告白有共饮一瓶红酒和新鲜感的催化。此情此景,情爱自然倾泻,身冷心静时的话才作数。

只要维克多同意,奥菲莉亚必定毫不犹豫地解除与马蒂亚斯·埃萨吉雷的婚约。但维克多处处显露出身不由己。除了匆忙、禁忌的幽会,他什么也无法给予。她提议两人逃往巴西或古巴,住在棕榈树下,谁也不认识他们。在智利注定不见天日,但世界很大。"我要对罗赛和马塞尔负责,而且,你不知道贫穷和流亡是什么滋味。棕榈树下,你和我过不了一个礼拜。"维克多语气轻快地说。奥菲莉亚开始冷落马蒂亚斯的情书,希望他碰壁而退。马蒂亚斯却把奥菲莉亚的冷漠归因于新娘的忐忑不安。与此同时,奥菲莉亚在家人面前依然是乖巧待嫁的模样,表里不一令她自己吃惊。全家忙于筹备婚礼,毫无察觉。几个月里,她犹豫不决,和维克多一享再享偷来的欢愉。9月就要来临,她必须撕毁婚约,不管维克多是否同意。婚礼请柬已发,婚讯登于《信使报》。终于,她自作主张,径直前往外交部,请朋友将一个信封用外交邮袋发往巴拉圭。信封里是戒指和一封信,她告诉马蒂亚斯,她另有所爱。

收到奥菲莉亚的信封后,马蒂亚斯·埃萨吉雷立即乘军机,坐在机舱地板上飞到智利。正值世界大战,油料紧张,没有几趟航班。他骤雨狂风般降临玛尔德普拉塔公馆。时逢下午茶,他在纤巧的茶几和曲腿椅之间冲撞,向奥菲莉亚直逼而来。面前是一个陌生人,殷勤而善解人意的未婚夫不见了,剩下一个疯子。他摇晃着她质问,面目通红,汗与泪湿透了脸庞。号啕责问引来了家人,伊西德罗·德尔索拉尔这才知道眼皮底下的事。他好不容易把悲愤的马蒂亚斯请出家门,向他保证亲手解决此事。然而,所向披靡的威权撞上了咬死不放的固执。奥菲莉亚拒绝解释,拒绝交代情人姓名,更不悔改。她把嘴一闭,无可奉告。父亲的威胁、母亲的泪水和比森特·乌尔维纳神父有关天谴的言之凿凿,她置若罔闻。神父被匆匆请来,灵魂导师祭出上帝的惩罚,同样无济于事。见女儿不可理喻,父亲将其禁闭,胡安娜奉命监督。

胡安娜·南古切奥对奥菲莉亚严加看管,因为她喜爱马蒂亚斯·埃萨吉雷。这个年轻人是纯正的绅士,和用人问好,叫得出他们的名字。他又如此爱慕奥菲莉亚。还想怎么样。她忠实地履行老爷的命令,只是再尽责的看守也敌不过狡猾的恋人。维克多和奥菲莉亚千方百计总能在意想不到的时刻地点私会:歇业后的温尼伯酒馆、廉价宾馆、公园、电影院……往往有司机同谋。奥菲莉亚时间充裕,只需避开胡安娜的监视。但维克多每天精确到分钟,在学校和酒馆间奔波,难得从这儿或那儿挤出与她共度的一个小时。他完全忽视了家人。罗赛注意到维克多的变化,以一贯的直率质问:"你在谈恋爱,是不是?我不想知道是谁,但是你给我小心点。在这个国家我们是外人,自找麻烦会被驱逐出境。你明白吗?"罗赛的强硬令他不悦,但这完全合乎两人离奇的婚约。

11月,佩德罗·阿吉雷·塞尔达执政三年后因肺结核去世。穷人受益于他的改革,在史上最为盛大的葬礼上像送别父亲一般哭别总统。右翼政敌也承认他的正直无私,不得不认可他推动国家工业、医疗和教育的远见。但是,他们不会放任智利继续左转。社会主义适合远在天边的野蛮的苏联人,却绝对不适合脚下的土地。故总统的世俗民主精神是危险的先例,不能重演。"

费利佩·德尔索拉尔在葬礼上与达尔莫夫妇重逢。几个月不见,送葬游行后,他请他们共餐一叙。达尔莫夫妇的日子越来越好,马塞尔不满两岁已经咿呀着加泰罗尼亚语和西班牙语。费利佩谈起家人,小宝心脏不好,母亲准备带他去利马的圣罗莎圣堂朝圣,智利本土的圣人少得可怜。另外,妹妹奥菲莉亚的婚期推后。维克多神色自若,掩饰听到奥菲莉亚时的内心一震。不过,罗赛觉察到细微异状,谁是丈夫的情人就此明了。她其实不愿意知道,知道了就要面对。事实比她的设想更糟。

"我让你忘了她!维克多。"当晚两人共处时,她责备道。

"我做不到,罗赛。你记得自己对吉列姆的爱吗?你至今没有变。我对奥菲莉亚也是一样。"

"那她呢?"

"她和我一样。她知道我们见不了天日。她甘心接受。"

"你以为那丫头会永远做你的情人?她有优越的生活,除非她疯了,才会为你放弃所有。我再说一次,维克多,一旦事发,我们就得滚出智利。那一家子权势熏天。"

"没人会知道。"

"纸包不住火。"

奥菲莉亚的婚礼以新娘抱恙为由取消。马蒂亚斯·埃萨吉雷回巴拉圭就职。未经上级或外交部许可匆匆擅离职守,他因此得到一个无关痛痒的警告。大使拿他没有办法,马蒂亚斯显露出罕有的外交才能,狭隘平庸的大使只能在他的政治社交圈外徘徊。百无聊赖是奥菲莉亚的惩罚。二十一岁的姑娘无所事事,在胡安娜·南古切奥眼皮底下无聊至极。奥菲莉亚一再声明自己在法律上已经成年,但这是徒劳。她无处可去,也不能自食其力,对此她心知肚明。"你给我听好,奥菲莉亚,出了这扇门就别回来。"父亲如此威胁道。她设法博取费利佩或是姐姐们的同情。但为了家族名声,全家上下团结一心。最后还是心术不正的司机帮忙。社交生活就此断绝,既然声称抱恙,就不可能流连于聚会。仅有几次放风是和天主教妇女福利会救济穷人、和家人做弥撒、上绘画课。课上几乎没有社交圈的人。她大闹了一番,父亲才在绘画课的问题上让步。司机奉命在画室门口等候三四个小时。几个月过去,奥菲莉亚的画技停滞不前,可见缺乏天赋,家人所言不虚。殊不知,奥菲莉亚带着画布、画架和作品从大门进入艺术学院,穿过建筑,又从后门而出。维克多就在后门守候。约会并不频繁,因为他鲜有闲暇,难以兼及她的课时。

维克多总熬夜,带着梦游症患者的黑眼圈。几次酒店幽会,情人还没脱衣,他已经累得睡去。相反地,罗赛精力充沛,她正在适应这座城市,学习理解智利人。他们骨子里和西班牙人一样慷慨、爽直、夸张。她结交朋友,赢得钢琴家的名气,来往于电台、克利翁酒店、大教堂、俱乐部和私宅献艺。坊间流传,有一位得体优雅、过耳不忘的女钢琴家,只要哼两三小节,随即能用钢琴演奏成曲。晚会和隆重典礼,她是增光添色的座上宾。罗赛挣的钱远超维克多的温尼伯酒馆,却因此疏忽了母亲的角色。马塞尔不喊妈妈,喊她女士,四岁才改口。孩子在酒馆吧台后的圈栏学说话,第一个词是"白葡萄酒",加泰罗尼亚语。罗赛和维克多轮流用背包带着马塞尔,孩子太重了才作罢。伏在爸爸妈妈的背上亲密又温暖,马塞尔很踏实。他是一个安静少语的孩子,一个人玩,少有要求。他和母亲去电台,和父亲去酒馆,但大部分时间在一位养了三只猫的寡妇家,寡妇以看护小孩赚取微薄的报酬。

意外的是,尽管日子忙乱,两人各自奔波,维克多的心为另一个女人占据,两人却更加亲密。长久的友情化为根深蒂固的同盟,没有任何秘密、猜忌与冲突;同盟的基础是绝不伤害对方。如有意外,一定是误伤。他们相扶相依,眼下的困顿和往日的梦魇不再那么难挨。

罗赛在佩皮尼昂和贵格会朋友同住的几个月学会了缝纫。到了智利,她用第一笔积蓄买了一台胜家脚踏缝纫机。机器黑亮,烫金字体花纹,效率奇高。缝纫机节奏分明,宛若练习曲。做完一件长裙或儿童连衫裤,罗赛像听到掌声似的满足。她借鉴时装杂志的式样,衣着雅致。她为演出制作了一件银色长礼服,通过增减各色丝带,对袖长、领子、花色和饰针稍做调整,每场演出就能有所变化。她梳着古典发型,颈后一髻用发梳或发针固定。指甲和嘴唇涂红,此后一直未改,哪怕头发斑白、双唇失色。"你的太太很美。"有一次,奥菲莉亚对维克多这么说。他们在一场葬礼偶遇,罗赛用管风琴演奏哀乐,逝者亲属鱼贯而入,向遗孀孝子致哀。罗赛看见奥菲莉亚,停下手贴面问好。她在奥菲莉亚耳畔说,如有任何需要,她乐意帮忙。经此,奥菲莉亚确信维克多的说法,两人的确是兄妹之情。奥菲莉亚对罗赛外表的评论让维克多意外,因为想到罗赛,维克多的脑海中只有旧时西班牙那个瘦削质朴的姑娘、父母收留的无助女孩和吉列姆不起眼的未婚妻。无论罗赛如前,还是奥菲莉亚赞美的模样,他的深情不会变。纵然是与奥菲莉亚共赴棕榈天堂的无穷诱惑,也不足以使他与罗赛和孩子分开。

VIII

1941—1942

事已至此，
如果你不再一点一点地爱我，
我将不再一点一点地爱你。

如果突然
你忘记了我
不必找我，
那时我已忘记了你。

——巴勃罗·聂鲁达，《如果你忘了我》
《船长的诗》

奥菲莉亚被软禁之后，酒店幽会愈发稀疏短暂。没有奥菲莉亚的日子，维克多·达尔莫的时间宽裕起来，不时能与萨尔瓦多·阿连德下棋。他思念着奥菲莉亚，但不再时时渴望赴约，偷偷将她拥入怀中。他也不必彻夜学习，弥补约会耽误的课业。大学不点名的理论课，他能逃就逃，看书和笔记自学。他专心于实验、尸检和医院实践，掩饰丰富的经验，以免老师尴尬。他在酒馆上整个夜班，休息时间一边照看马塞尔一边学习。加泰罗尼亚鞋商乔尔迪·莫利内是个理想的合伙人,满足于温尼伯有限的盈利。拥有自己的一方天地,乔尔迪已很感恩。酒馆比孤独一人的家温暖。他与朋友谈天、畅饮雀巢咖啡和烈酒调制的甜酒咖啡,大啖家乡菜,演奏手风琴。维克多想教他下棋,但乔尔迪始终不懂下棋意义何在,棋子在棋盘上挪来挪去,赢了也没有动静。有时,他见维克多疲惫,便让他去睡一觉,高兴地代他工作。但他只能给顾客提供红酒、啤酒和白兰地。乔尔迪不懂调酒,认为这是娘娘腔的流行。他尊重罗赛,疼爱马塞尔,蹲在吧台后和孩子玩个不停。马塞尔是他命中无缘的孙子。一天,罗赛问乔尔迪在加泰罗尼亚是否还有家人。他说,自己三十年前离乡谋生,到东南亚当水手,在俄勒冈伐木,在阿根廷开火车、当建筑工人。总之,干了不少行当,最后才到智利开鞋厂。

"早年还有家人在那儿,但谁知道他们怎么样。打仗以后,老家的人分成两派,有人支持共和国,有人支持佛朗哥。一边是民兵共产党,另一边是神父修女。"

"你和他们还有联系吗?"

"有,几个亲戚。我有一个表兄,打仗时藏了起来,一直躲到战后。现在是镇长。他是法西斯,但是个好人。"

"哪天我得找你帮忙……"

"现在就说,罗赛。"

"大撤退的时候,我的婆婆,也就是维克多的妈妈,走失了。我们打探不到她的下落。在法国的集中营找过,边界两侧找过,全都没有消息。"

"这是常事。死了的、流亡的、背井离乡的有多少!多少人不见天日!监狱挤满了人,每晚随机枪决人犯。没有审判,就这么杀了。这就是佛朗哥所说的正义。我不想泼冷水,罗赛,但是你的婆婆可能不在了……"

"我知道。比起流亡,卡门更愿意一死了之。我们在去法国的路上走散,她一天晚上不告而别,没有踪迹可循。如果你在加泰罗尼亚有熟人,或许能问一问。"

"把她的情况告诉我,我来联系。但是不要抱太大希望,罗赛。打仗和飓风一样,刮到哪里,哪里遭殃。"

"我明白,堂乔尔迪。"

卡门不是罗赛唯一寻觅的人。罗赛在委内瑞拉大使馆有不定期却频繁的演出工作。大使馆绿树掩映,葱茏的花园里有一只孤单的孔雀踱步。大使巴伦丁·桑切斯爱享受,热衷美食佳酿,尤其热爱音乐。他出身音乐家、诗人和空想家的世家,多次亲赴欧洲抢救被人遗忘的乐谱。他的音乐厅陈列着非比寻常的乐器收藏,例如号称曾为莫扎特所有的大键琴,以及据说由猛犸象牙雕刻而成的史前长笛。罗赛对大键琴和长笛的真伪存疑,但缄口不提。她说的是感谢之词。巴伦丁·桑切斯借给她艺术史和音乐书籍,准许她用若干藏品演奏,她十分感谢。一晚,宾客散尽,罗赛略做停留,与东道主小酌,谈起她的奇思异想。受大使的藏品启发,她想组建一支早期古典乐队①。两人兴致盎然,她渴望指挥,他乐意赞助。告别前,罗赛大胆请他帮忙,找一个流亡期间失散的人。"他叫艾托·伊巴拉,去了委内瑞拉。他的亲戚在委内瑞拉从事建筑业。"罗赛说。两个月后,使馆秘书来电,提供了一家位于马拉开波、名为伊尼亚奇·伊巴拉世家的建筑材料公司的联系方式。罗赛写了好几封信,仿佛投漂流瓶入海。去信没有回音。

---

① 通常指巴洛克时期之前的欧洲古典乐,严格的早期古典乐以古代乐器和古代演奏方式呈现。

奥菲莉亚抱恙故而推迟与马蒂亚斯·埃萨吉雷的婚礼,这一数月来反复声明的托词于次年初宣告破产。胡安娜·南古切奥发现姑娘怀孕了。先是早晨呕吐,胡安娜的茴香生姜孜然茶全然不对症。后来她一算,九周没有洗到卫生布。一天,胡安娜又看见奥菲莉亚在厕所呕吐不止,她叉腰站到她面前。"告诉我,你和谁搞到一块儿,不要等到你爸亲自过问。"她直截了当地问。奥菲莉亚对自己的身体懵然无知,胡安娜质问的前一秒,她还以为是消化道病菌的缘故,丝毫没有想到维克多·达尔莫。她顿时醒悟,吓得说不出话。"那家伙是谁?"胡安娜又问。"死也不会告诉你。"缓过神的奥菲莉亚说。此后五十年,她只有这一句答话。

胡安娜试图自行处置。她以为祈祷和土方可以解决问题,家人不会起疑。她向圣犹达①——诸事可求的圣徒——奉献香烛,给奥菲莉亚喝芸香茶,把欧芹茎放进她的阴道。胡安娜知道芸香有毒,但宁可胃里烧个洞,也不能生一个野崽——她口中的私生子。一周过去,除了呕吐加剧、疲惫不堪,没有任何效果。胡安娜决定求助费利佩,费利佩是她最信任的人。她首要费利佩发誓,对任何人只字不提。然而,胡安娜全盘托出后,费利佩反过来说服了她。秘密太大,他们负荷不了。

费利佩见奥菲莉亚躺在床上,因芸香疼得蜷缩,恶心发烧。

"怎么会发生这种事?"他强作镇定地问。

"就这么发生了。"她说。

"我们家从没出过这样的事情。"

"那是你以为,费利佩。这样的事时时刻刻都在发生,男人不知情。这是女人的秘密。"

---

① 圣犹达,耶稣门徒,从事艰难困绝事业之人的主保。

"你和谁……"他犹豫地说,不知用什么措辞不显得冒犯。

"死也不会告诉你。"她说。

"你必须告诉我,妹妹。因为唯一的办法就是你和那人结婚。"

"不可能。他不住这儿。"

"什么叫他不住这儿?不管他在哪儿,我们一定会把他找出来。奥菲莉亚,如果他不娶你……"

"你想干什么?杀了他?"

"上帝啊,你在说什么。我会和他好好谈谈。如果不行,爸爸就会插手。"

"不要!不要告诉爸爸!"

"我们得做点什么。奥菲莉亚,这是藏不住的事。很快所有人都会知道,说的话会很难听。我会尽力帮你,我保证。"

最后,他们同意告诉母亲,让她先做父亲的工作,然后再看。听到这一丑事,劳拉·德尔索拉尔坚信,上帝正在索取代价。奥菲莉亚这出闹剧是一笔代价,列奥纳多孱弱的心脏是另一笔更昂贵的代价。列奥纳多出生时,医生曾说孩子脏器弱,活不久。小宝的生命无可救药地熄灭,母亲的希望只能系于祷告和圣徒显灵,她拒绝接受明摆的事实。劳拉觉得自己深陷泥潭,拖带家人。头痛袭来,后颈犹如遭到钝击,视野模糊,眼前一黑。怎么向伊西德罗启齿?如何说得委婉,减轻丈夫的反应,她一筹莫展。只有等,等待天主恩典自然而然地解决奥菲莉亚的麻烦——有身孕未必就能瓜熟蒂落。但费利佩说,拖得越久越棘手。他主动请缨,到书房告诉父亲这一晴天霹雳。劳拉和奥菲莉亚缩在屋里殷勤祷告,如同行将牺牲的殉道士。

一个多小时后,胡安娜传话让母女俩立刻到书房。伊西德罗·德尔索拉尔站在门边,劈头给了奥菲莉亚两个耳光。劳拉晚了一步,费利佩也来不及阻挡。

"哪个王八蛋玷污了我的女儿?告诉我!"父亲咆哮道。

"死也不会告诉你。"奥菲莉亚用袖子擦干鼻血说道。

"你不说我就打死你!"

"你打吧。我不会告诉任何人。"

"爸爸,请……"费利佩想插话。

"闭嘴!难道我没有命令把这个死丫头关起来吗?你在干什么,劳拉,怎么会出这种事?那个畜生在家里大摇大摆,你还在做弥撒。你们知道这是何等的耻辱、多大的丑闻吗?我们还有什么脸面见人!"他咆哮如雷。过了许久,费利佩才插上话。

"请您冷静,爸爸,我们一起想办法。我去打听打听……"

"打听?打听什么?"伊西德罗问。他松了一口气,窗户纸不是自己捅破的。

"打听堕胎的事。"奥菲莉亚冷冷地说。

"你有其他的办法吗?"伊西德罗质问。

劳拉·德尔索拉尔终于插上了话。她声音颤抖却坚决,堕胎绝不可行,是极大的罪孽。

"不管罪不罪,上帝解决不了这种事。只能靠自己。我们不得已,上帝会理解的。"

"我们和乌尔维纳神父谈一谈再做决定。"劳拉说道。

比森特·乌尔维纳当晚被召至德尔索拉尔公馆。只要神父在,他们就安心。他散发着睿智的光芒,长于解救迷途的灵魂,而且直通上帝。他喝了一杯波尔图葡萄酒,宣布进行个别谈话,从奥菲莉亚开始。奥菲莉亚已经肿了脸,一只眼睛不开。神父与她长谈近两个小时,奥菲莉亚仍不坦白情人的名字,甚至没有流下一滴眼泪。"不是马蒂亚斯,你们不要冤枉他。"她重复了二十次,像坏掉的留声机。

乌尔维纳惯于以恐惧催眠信徒,这个软硬不吃的丫头令他大为光火。与奥菲莉亚的父母和哥哥谈完,已过了半夜。神父甚至盘问起胡安娜。胡安娜无助于澄清真相,她知道秘密情人是谁。"是圣灵①啊,小神父。"她调侃地说。

堕胎建议被乌尔维纳全盘否决。在法律面前,这是犯罪;在上帝面前,这是可耻罪孽。上帝是生与死的唯一仲裁。还有其他办法,他们这几天再加以研究。首要的是严守秘密,不可让人知晓,哪怕是奥菲莉亚的两个姐姐和另外一个在加勒比观测飓风的哥哥。就像伊西德罗说的"坏事传千里",必须保全奥菲莉亚的名声和家族名誉。乌尔维纳对全家人一一提出忠告:伊西德罗要避免使用暴力,暴力误事,此时此刻谨慎为上;劳拉继续祷告,继续捐助教会慈善;奥菲莉亚应该悔改、忏悔,须知肉身脆弱,但主恩浩荡。他把费利佩带到一旁对他说,这场危机他是顶梁柱,请他去办公室相商。

乌尔维纳神父的方案很明白。奥菲莉亚在远离圣地亚哥、没有熟人的地方暂居几个月,孕相明显后迁居修道院。修女会悉心照顾她,让她顺利生产。奥菲莉亚急需灵魂指引,修道院正是好去处。"然后呢?"费利佩问。"然后婴儿会被好人家收养,我来负责联系。你需要做的是安抚父母和妹妹,并且打点一二。自然,多少有些花销。"费利佩许诺安抚家人、酬谢修女,并且请求乌尔维纳,产期将近时,协调另一教团的特蕾莎小姨来陪伴外甥女。

接下来几个月,在家族庄园里,堂娜劳拉无穷无尽地祈祷、发愿、自苦和行善;胡安娜·南古切奥总揽家事、照顾小宝。小宝倒退回尿布时期,需要一勺一勺地喂舂碎的蔬菜泥。胡安娜还负责看管奥菲莉亚,她称其为可怜的丫头。伊西德罗·德尔索拉尔仍在圣地亚哥

---

① 天主教教义有圣灵感孕无玷成胎一说。

的大宅，佯作全然忘记远方的糟心事。就让女人去处理，费利佩肯定采取了平息流言的措施。比起家事，他更担心政治，因为政局事关生意。右翼输掉了选举，新任激进党总统决心继续前任的改革。智利在第二次世界大战中的立场左右着伊西德罗的买卖：他的羊毛输往苏格拉，也经瑞典转往德国。右翼支持中立——何必冒选边站队的风险——但政府和民众站在盟军一边。如果这一立场付诸实践，他在德国的生意就泡汤了，伊西德罗耿耿于怀。

奥菲莉亚托司机为维克多·达尔莫送去一封信。那是软禁于乡下之前的事，后来司机就被扫地出门了。一贯鄙夷司机的胡安娜指控他与奥菲莉亚之事有关，证据不过是两人曾经交头接耳。"我早和您说过，老爷，您不当一回事。那家伙就是祸首，小奥菲莉亚大肚子都是他的错。"伊西德罗·德尔索拉尔热血冲上脑门，大脑欲裂。听说过少爷欺负女佣，这算不得什么，但是他的千金和一个印第安卷毛、满脸麻子的下人厮混，岂有此理。他恍惚看到女儿在车库上的房间，赤身躺在司机怀里。王八羔子，狗娘养的。他几乎晕厥。胡安娜解释说司机只是淫媒，伊西德罗这才松了一口气。他把司机叫到书房，厉声逼问肇事者的姓名。他扬言要把司机送进监狱，让警察用枪托和拳脚问话。见威逼无效，伊西德罗又诱之以利。然而，司机无从坦白，因为他从来没有见过维克多，他只能告诉老爷奥菲莉亚在艺术学院逗留的时间。伊西德罗顿悟，原来女儿一堂课也没有上过。前脚进学校，或步行或打车，后脚就进了情人的怀。这个死丫头原来没有那么傻。或者，淫欲使人精明。

奥菲莉亚信中的话本该亲口说，但寥寥几次打电话的时机，维克多家或温尼伯都无人应答。一到庄园她就与世隔绝，最近的电话在十五公里之外。信中说的是实情：情欲迷乱了她的理智，她现在明白他常说的，两人之间的阻碍不可逾越。她口吻冷淡地说，他们之间与其说是爱情,不如说是冲动,新鲜感使她盲目。她不能为了他断送名誉乃至一生。她准备和母亲旅游一段时间,然后,经过冷静考虑,她会回到马蒂亚斯身边。信末是一句永诀和不要找她的告诫。

维克多收到奥菲莉亚的来信后无可奈何。终于来了,他已有准备。他从未妄想这段感情会开花结果。正如罗赛最初说的,一株无根的植物,无论如何都会枯萎。阴暗中寸草不生,爱情的生长需要光与空间。维克多读了两次,把信交给罗赛。"总是你有理。"他说。罗赛扫了一眼,便读出弦外有音。奥菲莉亚死一般的冷漠难掩剧烈的悲愤。她大概猜到了缘由,不是与维克多未来无着,也不是小姐脾气莫测。她猜想,这姑娘被家人胁迫隐居,掩盖未婚先孕的丑闻。但罗赛没有把这一猜想告诉维克多。何必如此残忍,以无穷疑窦平添他的痛苦。罗赛同情惋惜软弱无知的奥菲莉亚。她是被少年爱欲裹挟的朱丽叶,但她遇到的不是少年罗密欧,只是一个沧桑的男子。

罗赛把信件放在厨房桌子上,牵过维克多的手,把他带到躺椅边。这是俭朴的屋子里唯一一把舒服的椅子。"躺下,我给你抓抓头。"维克多躺下,枕在罗赛的腿上,降伏于钢琴师指尖的温柔。只要有罗赛,他在这悲惨的世上就不孤单。既然她可以抚平旧痛,奥菲莉亚留下的心伤也会弥合。他多么想向罗赛诉说胸中苦楚,但言语无法形容他与奥菲莉亚的种种往事。她的私奔提议,她的山盟海誓。他说不出口,但罗赛再明白不过,她知道这种滋味。这时,马塞尔午觉醒了,哭喊起来。

罗赛的直觉没有错。得知怀孕后的几天,情爱化作暗恨,在奥菲莉亚心中烧灼。按照乌尔维纳神父的命令,她深思所作所为、检视内心。可是,她并不悔恨所谓罪过,她只恨自己愚蠢。她甚至没有问过维克多怎么避孕,她想当然地以为他懂得控制,加之两人不常相会,不会发生这种事。愚蠢得不可思议。维克多,枉他年纪长、经验多,对此不可饶恕的意外负有全责。她是受害者,两人的罪过,由她一人承担,岂有此理。奥菲莉亚忘记了自己为什么抱死这段注定无果的爱情,认准一个没有共同点的男人。和他睡觉总是环境糟糕,总是仓促不安,和与马蒂亚斯偷偷摸摸的隔靴搔痒一样令人扫兴。奥菲莉亚想,如果与马蒂亚斯有更多信任,有更多时间互相了解,或许事有变化,与维克多却永远不会有结果。她爱上了爱情的模样,爱上了浪漫的故事和战士的过去。"战士"曾是她对维克多的昵称。她演了一场注定悲剧收场的闹剧。她知道维克多爱她,爱得有限,却也是一颗伤痕累累的心倾其所有;但对她而言,这仅仅是一次冲动,一场幻梦和又一次任性。她焦虑、压抑、怏怏然,与维克多的点点滴滴,哪怕最幸福的时刻,也可怖得扭曲变形。一点一滴,毁了她的人生。他只赚不赔,她只赔不赚。如今,她倒霉,他恍若无事地继续生活。她恨他。她向维克多隐瞒怀孕的事情,因为她怕他争当父亲,让她不得安宁。不论什么决定都得由她做主,谁也无权置喙,遑论罪魁祸首。这一切,信中一字未提,但罗赛尽数猜到了。

怀胎三月,奥菲莉亚不再呕吐,一股前所未有的能量在体内流淌。给维克多去信,她为过去画上了句号。短短几周后,奥菲莉亚不再纠缠于回忆和揣测。她摆脱了旧情羁绊,强壮、健康、胃口像少年。她在乡间阔步远足,身后跟着几只小狗;她走进厨房,一炉接一炉地烤饼干和面包,送给庄园的孩子;她与列奥纳多一起涂鸦,巨大的色块比她常画的风景静物更有趣;她爱上了熨床单,洗衣工不解地看着她持着沉重的炭斗,数小时不停,汗水涔涔,乐在其中。"随她去,一阵子的事儿。"胡安娜说道。奥菲莉亚精神奕奕,这让堂娜劳拉讶异。她以为女儿会以泪洗面,织着婴儿的小衣。胡安娜提醒劳拉,她怀孕时也有几个月的亢奋,只不过后来肚子太重。

费利佩一周去一次庄园,处理账目开销,给胡安娜下指示。胡安娜代行女主人之职,因为夫人忙着酬对圣人。费利佩带来无人在意的城里新闻、奥菲莉亚的颜料和杂志,以及小宝的毛绒小熊和铃铛。小宝已经不会说话,又开始爬行。比森特·乌尔维纳也来过几次。胡安娜·南古切奥说他散发着神圣的气息,实则是久未清洗的长袍汗味和剃须液的味道。神父来检查情况,指引奥菲莉亚回归正途,敦促她全盘忏悔。奥菲莉亚像是聋子,心不在焉地听神父的睿智言论。她丝毫没有为人母的兴奋,肚子里仿佛是一个瘤。这样一来,领养就好办了,乌尔维纳想。

她们在乡下从夏末住到冬季。堂娜劳拉狂热的祝祷渐渐平息,她不敢祈求自然落胎的神迹。虽说立竿见影,但罪过甚大,与企盼丈夫去世无异。她只会在祷告中婉转地暗示上苍。大自然的平和、规律和安宁,漫长的白昼和安静的夜,温热起泡的鲜奶,硕大的果盘,土窑出炉的喷香面包,这一切比圣地亚哥的嘈杂更加适合劳拉内敛的脾性。如果由她决定,她会一辈子住在乡下。奥菲莉亚也在田园中松弛下来,对维克多·达尔莫的恨变成了朦胧的怨。他不是唯一的肇事者,她也有责任。她怀着某种眷恋,想起了马蒂亚斯·埃萨吉雷。

庄园宅邸是一座殖民地时期的建筑,一栋砖墙厚重、瓦顶、木梁和陶土地板的老屋。1939年地震,这一带其他房子都成了瓦砾,大宅屹立不倒,只有几面墙开裂和半个屋顶倒塌。地震后一片混乱,盗贼蜂起,乞丐上街讨生活,失业者众多。究其原因,人们说是三十年代的世界经济危机和硝石①危机。天然硝石被合成硝酸盐取代后,数千工人丢了饭碗,余波十年未平。在乡下,小偷夜里潜入人家,毒

---

① 硝石,一种工业原料。天然硝石曾为智利最重要的出口商品之一。

死看门狗,偷水果、偷母鸡,有时偷一头猪或一头驴,然后变卖。管家提着猎枪追赶。当然,奥菲莉亚无从得知这些。夏天的白昼很长,她在清凉的走廊休息或描绘田野风光,小宝已经不能和她一起在大画布上挥笔涂鸦。奥菲莉亚在小卡片上画下拉干草的公牛、乳牛场睡眼惺忪的乳牛、鸡舍、浣衣女工和葡萄收获的景象。德尔索拉尔红酒的品质不比知名品牌,产量有限,全数卖给伊西德罗的关系餐厅。自产红酒不挣钱,但伊西德罗靠它结交酒庄主。那是名门望族的团体。

奥菲莉亚怀孕六个月,秋天来了。太阳早早落山,长夜寒冷漆黑。乡下只有毛毯和炭炉,用蜡烛照明。数年后这片荒村才通电。天冷与奥菲莉亚无关,前几个月的亢奋变成了海狮式的慵懒,不仅身形——她重了十五公斤,腿肿得像火腿——心也如此。卡片不画了,马场散步、读书、纺织、刺绣一概停了。她不出五分钟就会睡着。胖就胖了,她破罐破摔,胡安娜·南古切奥不得不强迫她洗澡、理发。母亲提醒她,自己生了六个孩子,如果早年注意保养,青春美貌或许能留驻一二。"有什么意义,妈妈?我的人生已经毁了,大家都知道。我长什么模样,谁会在意?反正我是一个嫁不出去的胖女人。"她任凭乌尔维纳神父和家人摆布,对即将出世的孩子有什么打算,她不闻不问。她既已逆来顺受地躲在乡下,接受神父和社会的耻辱之说,便也逆来顺受地相信,孩子只能送人领养。她只有这一条出路。"如果我还年轻,就可以说孩子是我的,我们可以自己养。可是我五十二岁了,谁也不会相信。"母亲曾说。奥菲莉亚懒得不愿费神,想的只有睡和吃。然而,到了第七个月,肚子里不再是瘤子,她分明感觉到胎儿的孕育。之前,小生命如小鸟胆怯地扑棱翅膀,而如今,她摸着肚皮可以勾勒小小身体的轮廓,辨认哪里是脚,哪里是头。于是奥菲莉亚又拾起画笔,在画册上画起男孩女孩。模样像她,没有维克多·达尔莫的一点痕迹。

产婆每隔十五天来庄园看奥菲莉亚。她是乌尔维纳神父派来的,名叫奥琳达·那兰霍。神父说她精通妇女病,胜过任何医生。妇女病是当时妇产一科的叫法。她模样可靠,戴着银十字,身穿护士服,有一个器械包。她为奥菲莉亚量肚子、测血压。她热忱过度,好像奥菲莉亚命不久矣。奥菲莉亚从心底排斥这个女人,但装作客气,毕竟临盆还要靠她。由于奥菲莉亚从不记例假,也不记得幽会的时间,她不知道自己何时怀孕。奥琳达·那兰霍从肚子大小推算大致产期。她铁口直断奥菲莉亚是第一胎,比寻常又胖许多,生产有困难。但不必担心,她经验丰富,接生过的孩子多得记不清。她建议把奥菲莉亚送到圣地亚哥的修道院,那儿有条件齐全的诊室。如遇紧急情况,附近还有私人诊所。家人如此照办。费利佩驾车来接妹妹,却认不出面前的人。奥菲莉亚肥胖,脸上长斑,趿拉着鞋子,双脚肿大,身上裹着臭烘烘的斗篷。"女人命苦,费利佩。"她似乎在做解释。她的行李是两件野战帐篷似的孕妇装、一件厚重的男士马甲、颜料盒和一个精美的箱子。箱子里是母亲和胡安娜为孩子做的衣服。奥菲莉亚也做了几件,但全数做坏了。

在修道院一周后,奥菲莉亚·德尔索拉尔猛然从一场混梦中惊醒,冷汗淋漓,仿佛在灰暗中昏眠数月。她的小房间有一张铁床、一张马鬃床垫、两块粗劣的羊毛毯、一把椅子、一个衣箱和一张毛糙的桌子。她不需要其他东西,房间的简陋就像她的心境。窗户朝向修女的花园,花园中央是一座摩尔[①]式喷泉,园中有古树、异域花草和

---

① 泛指北非阿拉伯人,西班牙的阿拉伯艺术传统经由殖民扩张传播至美洲。

药用植物。狭长的石径穿园而过,几扇铁拱门在春日里会缀满攀缘的蔷薇。冬天迟来的晨光和窗边鸽子的啁啾唤醒了奥菲莉亚。她一时不知道自己在哪里,发生了什么,为什么她是庞然一座肉山,几乎喘不过气。愣神的几分钟,她细细回想梦境。她是从前那个轻盈、欢快的姑娘,在黑沙滩光脚跳着舞。迎着阳光,咸咸的风吹乱了她的头发。大海突然汹涌起来,海浪把一个长满鳞片的小女孩拍上沙滩,像人鱼的幼崽。奥菲莉亚在床上发呆,突然弥撒钟声响起。一小时后,一个小修女敲着三角铁宣布开饭。长久以来,她第一次没了胃口,一上午时断时续地睡着。

当天下午诵经时间,比森特·乌尔维纳神父来访,引起一片黑衣白幔的骚动。殷勤的修女争相亲吻神父的手,请他赐福。乌尔维纳正值壮年,意气风发,一身道袍像化装道具。"我的保护人怎么样?"修女奉上一杯浓巧克力,神父坐下和蔼地问道。修女请来奥菲莉亚,她两腿臃肿,一摇一晃像一艘船。乌尔维纳伸出手,供她行吻手礼,但奥菲莉亚握了一握。

"你觉得怎么样,孩子?"

"肚子里装一个球,还能怎么样?"她冷冷回答。

"我理解,孩子,但是你应当接纳你的烦恼。以你的处境,烦恼是正常的。把烦恼交给全能的主。《圣经》有言,男人必汗流满面才得糊口,女人生产儿女必多受苦楚。"

"据我所知,神父,您用不着汗流满面才得糊口。"

"罢了,罢了,你心志烦乱。"

"特蕾莎小姨什么时候来?您答应过为她准假,让她来陪我。"

"再说,孩子,再说吧。奥琳达·那兰霍说,孩子几周之内就会降生。祈求圣母的帮助,准备涤清罪孽。须知,临盆之际,许多女性将灵魂寄托于上帝。"

"来到这里之后,我每天忏悔、领圣体。"

"你全盘忏悔了吗?"

"您想知道我有没有交代孩子的父亲……我觉得没有必要,重要的是罪孽,不是和谁犯下罪孽。"

"罪分几等,你知道吗,奥菲莉亚?"

"不知道。"

"忏悔不净和没有忏悔是一样的。"

"您好奇得要命,是不是,神父?"奥菲莉亚笑着说。

"不得放肆!我作为神父的使命是指引你回归正途。我想你明白。"

"我明白,神父,我很感谢您。如果没有您的帮助,我不知会怎么样。"她的口气卑微得近乎讽刺。

"总之,孩子,不管怎么说,你是幸运的。我有好消息告诉你。经过一番周密考察,我可以向你透露,我找到了最合适的领养人。非常好的一户人家,勤劳、富裕。自然了,也是天主教徒。别的不能说,但是你放心,我会为你们母子做万全打算。"

"是女儿。"

"你怎么知道?"神父讶异地问。

"我梦到了。"

"梦不过是梦而已。"

"有的梦是预言。儿子也好,女儿也好,我是母亲,我要抚养她。领养的事算了,乌尔维纳神父。"

"上帝,你在说什么!"

奥菲莉亚心如磐石。神父说教威胁,她无动于衷;母亲和兄长费利佩相劝,修道院主母助阵,她只是静静地听。她觉得有些可笑,仿佛众人口中是法利赛人①的话语。不知是指责非难和恫吓威胁,或是每年夺走数十名老幼的冬季时疫所致,奥菲莉亚高烧病倒,说着人鱼之类的胡话。她形容憔悴,因为背疼和咳嗽无法进食就寝。费利佩请来的医生开了红酒基底的鸦片酊剂和几个蓝瓶子的药片。瓶子没有标识,只有序号。修女喂奥菲莉亚喝下园中草药制成的汤药,为她热敷亚麻籽敷剂。六天后,她的胸口烫伤,但病情好转。照顾奥菲莉亚两天两夜的小修女扶她起身,缓步走到修道院的小活动室。这是修女休息的场所。屋子暖意融融、光照丰沛,木制地板闪亮,还有几盆植物。房间中央是一尊怀抱耶稣的智利主保迦密圣母,圣母圣子头戴尊贵的镀金铜冠。奥菲莉亚在活动室的长椅上躺了一个早上。她盖着毯子,在鸦片与酒精的奇妙联合作用下,目光涣散地望着窗外模糊的天空,翘首向着天堂。三小时后,修女扶她起身时才见到座椅上的血斑和沿着大腿流下的血水。

乌尔维纳神父指示不请医生,请奥琳达·那兰霍来修道院。那兰霍摆出训练有素的架势,怜悯地唉声叹气。她判断奥菲莉亚随时要分娩,根据她的推算,早产两周。那兰霍命令修女让产妇躺好,两腿举高,用湿布冷敷肚子。"祈祷吧。几乎听不到心跳,胎儿很虚弱。"她说。修女自发尝试用肉桂茶和温热的芥籽牛奶止血。

产婆向乌尔维纳神父报告情况,神父要求劳拉·德尔索拉尔在修道院住下,陪伴女儿。这对你们两人都好,他说,有助于你们和解。劳拉告诉神父,母女之间没有不满。神父进而说,奥菲莉亚对全世界不满,对上帝不满。劳拉的小房间和女儿的相仿。她夙愿得偿,终于

---

① 法利赛人,犹太人宗派。耶稣称法利赛人表面公义,实则假善,"法利赛"后来成为伪善的代名词。

体验到宗教生活的万般宁静。劳拉迅速适应了修道院的寒风和严格的一日仪规。她天不亮即起床,到礼拜堂颂主等待日出。七点弥撒领圣体,午餐是汤、面包和奶酪,她和会众一同安静用餐,聆听一人诵读今日选篇。下午是个人默想和诵经的时间,傍晚有夕祷。晚餐同样安静,同样简单,只多一份鱼肉。劳拉身心舒畅,想到可以减重,哪怕饿得胃疼、没有甜食也变得愉悦。她爱宜人的花园和高阔的走廊,走在廊下,足音如响板;她爱蜡烛和礼拜堂的香气氤氲;她爱沉重木门的吱呀声,还有钟声、颂歌、长袍的摩挲和祷告的窸窣。主母免去劳拉的劳作,让她全心照料奥菲莉亚的身体和灵魂,因而她不必在菜园、绣房、厨房或洗衣房忙碌。她受乌尔维纳神父之托,劝说女儿接受领养。只有领养,生于淫欲的孩子才有正当身份,奥菲莉亚才有重新做人的机会。奥菲莉亚喝下又一杯红酒奇药后昏迷睡去,在马鬃床垫上如同木然的玩偶。小修女服侍她,母亲温柔地哄她入眠,不知念叨着什么。乌尔维纳神父前来关怀慰问,得知迷途的姑娘依然固执。他请劳拉·德尔索拉尔到花园散步,他撑着伞,细雨如露。谈了什么,两人日后闭口不提。

  分娩过程据说漫长而艰辛。甚至产后几天,奥菲莉亚一点也记不起来,似乎从未经历过。乙醚、吗啡和奥琳达·那兰霍的魔药使她昏迷了一周。她渐渐苏醒,茫然忘记了姓名。母亲不住地祈祷,以泪洗面,只能由比森特·乌尔维纳神父传达噩耗。药力刚过,奥菲莉亚刚刚有气力开口询问怎么回事、女儿在哪儿,神父就出现在床边。"你生下一个男婴,奥菲莉亚。"神父极为悲悯,"不过,上帝大智,出世几分钟后把他带走了。"神父说婴儿降生时脐带绕颈,所幸受了洗礼,天使携他入天堂,不会降入灵薄狱①。上帝使无辜的孩子免受人

---

① 灵薄狱,天堂与地狱的中间地带,未受洗的婴儿原罪未除,入灵薄狱。

世的痛苦和耻辱，主爱世人，给奥菲莉亚救赎的机会。"努力祈祷吧，孩子。克制你的傲慢，接受神的旨意。请求上帝宽恕，请求他帮助你在余生之中，有尊严而缄默地独自承受秘密。"乌尔维纳还想援引《圣经》，以理开示奥菲莉亚，但她放声号啕，如一匹失子的母狼。她剧烈挣扎，修女努力制住她，好不容易使她又喝下一杯鸦片红酒。就这样，一杯又一杯，奥菲莉亚半昏半醒长达两周。后来，就连修女也认为祈祷和药量足够，该是回到俗世的时候了。奥菲莉亚终于站起来，修女们发现，她像放了气的球，恢复了女性体态，不再是一艘齐柏林飞艇。

费利佩去修道院接妹妹和母亲，奥菲莉亚要求看一看孩子的坟墓。他们回到乡下，孩子长眠于临近村庄的小公墓。奥菲莉亚在墓前放了一束花，白色木十字架上只有夭折的日期，没有姓名。"怎么能让孩子孤零零在这儿？离家这么远，我们怎么来看他。"奥菲莉亚啜泣道。

回到玛尔德普拉塔大街之后，劳拉没有告诉丈夫这几个月的事。她知道费利佩一直向他汇报。她也知道，伊西德罗不想了解太多，家里女人的情爱俗事，他向来不关心。女儿到家，伊西德罗亲吻她的额头，恍如任何一个普通的早晨。此后二十八年，直到去世，他始终没有问过外孙如何。劳拉在宗教和甜食中寻求安慰，小宝的短暂生命已近尾声，母亲、胡安娜和全家为他悬心。于是，奥菲莉亚被撇到一边独自哀痛。

德尔索拉尔家族一心遮掩奥菲莉亚怀孕的丑事，却从未如愿。诸如此类的流言从来都是扑棱的飞鸟，于家族周遭盘旋作响。奥菲莉亚穿不上闺阁中的任何旧衣，疯狂地买衣裁衣稍减痛苦。痛哭总是夜半而至，有关孩子的记忆历历在目，她分明感到腹中淘气的踢动,感到乳头滴下乳汁。她重拾绘画课,这次认真以待;她重返社交,不为好奇的目光和背后的窃语所窘迫。马蒂亚斯·埃萨吉雷在巴拉圭听到风闻,不以为意,这不过是智利人说长道短、搬弄是非的又一例证。得知奥菲莉亚抱恙避居乡下后,他写过几次信,但没有答复。他发报向费利佩询问病情,"依旧如常。"费利佩复电。换作别人或许会起疑,但马蒂亚斯不会。他不是奥菲莉亚以为的呆傻,他只是少见的善良。年底,这位昔日的追求者请假一个月,暂别亚松森的溽热与旋风回到智利。12月的一个星期四,马蒂亚斯抵达圣地亚哥。星期五,他便站在了玛尔德普拉塔大街那座法式大宅的门口。胡安娜·南古切奥请他进门,惊讶程度不下于见到警察。她以为马蒂亚斯来责难小奥菲莉亚,但他别有所图,马蒂亚斯的口袋里揣着曾祖母的钻戒。胡安娜领他穿过阴暗的房间。夏日百叶窗紧闭,列奥纳多垂危,家中已是哀悼景象。从前的鲜花不见了,也没有庄园所产的桃子和蜜瓜的清香。换作平常,屋里必定果香四溢。没有收音机曲声悠扬,没有小狗欢吠迎客,只剩沉重的法式家具和金框古董画。

奥菲莉亚在山茶露台的阳篷下用画笔和中国墨作画,戴一顶草帽遮阳。马蒂亚斯驻足看着她,他和从前一样爱她,眼里看不见她的赘肉。奥菲莉亚站起来,退了一步,她有些迟疑,没有想到两人会再次见面。她第一次正视这个男人,十多年来,马蒂亚斯一直是唯唯诺诺、对她百般迁就的表兄,一直受她戏弄。这几个月,奥菲莉亚常想起他,失去马蒂亚斯是犯错的代价。马蒂亚斯的厌烦无聊如今是迷人的所在。他变了,更加成熟健壮,更加英俊。

胡安娜端上凉茶和牛奶焦糖蛋糕,留在杜鹃树后偷听两人谈话。以她的职责,应当耳目灵通。费利佩责备她总是竖耳偷听,胡安娜如此辩解:"小奥菲莉亚这是何苦?小马蒂亚斯心都碎了。他这么好,不该受这个罪。你知道吗,小费利佩,他什么都没问,小奥菲莉亚就一五一十全告诉了他,有头有尾。这叫什么事儿。"

马蒂亚斯静静听着,用手帕擦汗。奥菲莉亚的坦白、炎热的天气、园中蔷薇和茉莉的甜香令他呼吸困难。奥菲莉亚说完了,他好一会儿才缓神说道,他对奥菲莉亚的感情没有变,她依然是世上最美的女人,他的唯一挚爱。过去如此,到老也是如此。他想重现信中的款款深情,但没能说出口。

"奥菲莉亚,请嫁给我。"

"难道你没有听见我说的话吗?难道你不想知道孩子的父亲是谁吗?"

"这不重要。重要的是你是否还爱他。"

"那不是爱,马蒂亚斯,那是头脑发热。"

"那么,过去的事便无足轻重。我知道,你需要时间;我也知道,没有人能真正走出丧子之痛。不论你需要多久,我都会等你。"

马蒂亚斯从口袋里拿出黑色天鹅绒戒盒,轻轻放在茶盘上。

"如果我怀里抱着私生子,你还会说这些话吗?"

"当然会。"

"我说的大概不是什么新鲜事,马蒂亚斯,你一定听到了风言风语。坏名声会跟着我,走到哪儿跟到哪儿。这会毁了你的外交事业,甚至你的人生。"

"那是我的事。"

杜鹃树后的胡安娜·南古切奥看不到奥菲莉亚拿起天鹅绒戒盒的一幕。奥菲莉亚注视着掌中的戒盒,似乎在看一只埃及甲虫。胡安娜只知他们沉默,不敢把头探出枝叶。她觉得两人安静得过久,便从藏身处出来,做准备撤盘状。此时,她见到奥菲莉亚的无名指上戴着那枚戒指。

新人想低调成婚,但伊西德罗·德尔索拉尔认为,低调就等于承认事有蹊跷。而且,女儿的婚礼是绝好的机会,既能往来人情,又能给搬弄口舌的混蛋一记耳光。流言没有传入伊西德罗的耳朵,但三番五次,联合会的人似乎在私底下看笑话。婚礼筹备简单,一年前便万事俱备,床单和被垫早已绣好姓名。婚讯再次见诸《信使报》社会版;裁缝赶制嫁衣,式样相仿,尺寸大了许多。比森特·乌尔维纳神父证婚,他一露面,奥菲莉亚的声名便全然恢复。婚配圣事前,神父向新人作忠告,对新娘的过去闪烁其词。但是,奥菲莉亚不无得意地告诉神父,马蒂亚斯已经知情,她不必余生独守秘密。他们会一起承担。

去巴拉圭前,奥菲莉亚想再看一眼孩子的墓园,马蒂亚斯陪她回去。他们扶正白色的十字架,献花、祝祷。"以后,我们在天主教墓园有了自己的地方,就把孩子迁过去,让他在我们身边。一家人应该在一起。"马蒂亚斯说。

他们在布宜诺斯艾利斯蜜月一周,然后陆路前往亚松森。短短的几天足以让奥菲莉亚相信,嫁给马蒂亚斯是此生最好的决定。"我会爱他,他值得我付出真心。我会对他忠贞,让他幸福。"她在心底许下诺言。终于,这个执着坚忍犹如耕牛的男人抱着妻子跨过门槛,踏入了精致奢华的婚房。奥菲莉亚比他想的重,但他足够强壮。

第三章

归与根

IX

1948—1970

> 一切生灵
> 将有权
> 享有土地和生命，
> 这是明日的面包……
>
> ——巴勃罗·聂鲁达，《面包颂》
> 《元素颂》

1948年夏天，达尔莫家开启了一项延续十年之久的习惯。每逢2月，罗赛和马塞尔到海滩租屋度假，维克多留城工作，周末与他们团聚。维克多周围的大多智利丈夫都是如此，自诩从不休假，因为工作少不了他们。罗赛觉得这是大男子主义的又一表现。夏日海滩好似回到单身的自由，怎么能错过。维克多旷工一个月或许不好，但究其主要原因，却是海滩让他想起滨海阿热莱斯难民营的悲惨旧事，所以他再也不想踏上海滩。也是在那个2月，维克多找到了契机回报巴勃罗·聂鲁达救助难民的恩情。时任参议员的聂鲁达与总统交恶，因为总统罔顾共产党的帮助，与共产党为敌。聂鲁达不遗余力地抨击那个"政治小吃摊上的产品"。他斥之为叛徒、"卑鄙阴狠的吸血小鬼"。政府指控聂鲁达污蔑诽谤,他被剥夺参议员身份,受到警方通缉。

几名日后被斥为不法分子的共产党领导人到医院找维克多一谈。

"您也知道,政府对聂鲁达同志下了逮捕令。"他们说。

"我在报纸上看到了。难以置信。"

"我们必须掩护他的地下活动。我们预想问题会很快解决,如不然,就送他出国。"

"我能做什么?"维克多问。

"让他暂住您家,时间不长。我们需要不断换地方,躲避警察。"

"没问题,这是我的荣幸。"

"不必说您也知道,这不能告诉任何人。"

"我的妻子和孩子在度假。我一人在家,他住在我家很安全。"

"我们得提醒您,您可能因包庇罪惹上官司。"

"没关系。"维克多回答,并告诉他们住址。

就这样,巴勃罗·聂鲁达和妻子——阿根廷画家德里娅·德尔卡里尔在达尔莫家隐蔽两周。维克多把床借给聂鲁达夫妇,为他们带回酒馆的饭菜。为了避免引人注意,维克多把饭菜装在小盒里。吃着来自温尼伯的晚餐,聂鲁达不免感慨这一巧合。除了饭菜,维克多还须提供报刊、书籍和威士忌。唯有威士忌能让诗人安定。由于严控客人来访,维克多还常常同聂鲁达聊天,帮他振作精神。聂鲁达爱生活,爱交际。他不仅需要朋友,也需要意识形态之敌操练唇枪舌剑。达尔莫狭小的家中,聂鲁达举行着自娱的聚会,与维克多回忆1939年那个遥远的8月在波尔多登船的难民,还有日后从西班牙逃难而来的男男女女。维克多告诉聂鲁达,恰恰由于他违背上令,在熟练工之外招募艺术家和知识分子,无穷的才华、知识和文化充实了智利。不到十年,移民中涌现出科学家、音乐家、画家、作家和记者。有一位移民历史学家甚至发下从头重写智利全史的宏愿。

隐蔽不出让聂鲁达发疯。他不停绕着圈,像徘徊四壁的困兽。他甚至不能探出头看一看窗外的景象。妻子暂别艺术,专心陪伴他,却也难以让他安于幽居。这一时期,诗人蓄起胡须,义愤满腔地创作《漫歌》度日。为回报维克多的款待,他用独具一格的阴郁嗓音吟诵早期和未完的诗句。诗情感染了维克多,持续一生。

一晚,两名大衣黑帽的陌生人不期而至。即便入夜,夏日的热浪仍在翻滚。陌生人貌似侦探,但自称共产党的同志。他们不多解释,便将聂鲁达夫妇转移。夫妇俩只能将衣物和诗稿匆匆装箱。陌生人拒绝透露将聂鲁达转移到何处,却说可能再度借住。藏身的地方不好找,五百多名警察组成的特遣队正在搜寻聂鲁达的下落。维克多告诉他们,下周家人从海边回来,他家不再安全。维克多心底松了一口气,终于恢复安宁。这位客人似乎无处不在,挤占了家中的每一个角落。

再见聂鲁达是十三个月之后,维克多和两位朋友安排聂鲁达经由南部山区骑马逃往阿根廷。维克多没有认出聂鲁达,他留着大胡子,像一个山民。诗人辗转于朋友和同志的住所,前脚刚走,警察后脚就来。那一次偷渡边境如同诗歌,同样在维克多心中留下深刻烙印。他们在壮美的高寒林地骑行,穿过千年古木、山峦、河川。水充盈天地,越过古木汇成涓流,从天而降化作飞瀑,奔腾冲刷成就激湍。旅人渡河,心悬一线。多年后,聂鲁达如此回忆:"人人都在无垠的孤独中骑行,在绿与白的静默中前进……一切既是秘密奇谲的自然,也是严寒、冰雪和追迫的愈增威胁。"

维克多和聂鲁达在边界告别,高乔人备好换马,在另一侧等候聂鲁达继续赶路。"政府去,诗人留,堂巴勃罗。你会光荣而庄严地凯旋,请记住我说的话。"维克多说道,与他拥抱告别。

聂鲁达持危地马拉大作家米格尔·安赫尔·阿斯图里亚斯①的护照离开布宜诺斯艾利斯。两人有些相像,都是"长鼻子,脸大身粗"。到了巴黎,巴勃罗·毕加索以兄弟之谊欢迎聂鲁达,和平大会向他致敬。与此同时,智利政府向媒体宣称,此人是冒牌货,是巴勃罗·聂鲁达的替身。聂鲁达本人仍在智利,已被警方锁定。

马塞尔·达尔莫·布鲁格拉十岁生日当天收到了祖母卡门的信。这一封信辗转半个世界,终于抵达目的地。父母和他说过祖母的事,但没有一张照片佐证。西班牙老家的传说与马塞尔的世界如此遥远,和他收集的惊悚幻想小说一样天马行空。马塞尔那时拒绝说加泰罗尼亚语,和老乔尔迪·莫利内在温尼伯酒馆聊天是唯一例外。面对别人,他一律是刻意的智利口音和俚俗土话,为此没少挨母亲响亮的耳光。除此以外,马塞尔是个懂事的孩子。他自己应付课业、自己上下学、增减衣物,偶尔自己解决伙食,看牙医和理发甚至也自行安排。他是一个穿童装的大人。

一天放学,马塞尔从信箱取出报刊,拣出有关外星人和自然奇观的周刊,其余的放在门厅小几上。他习惯了家中无人。父母工作时间不定,他五岁就有钥匙,六岁独自坐电车和公交车。他瘦瘦高高、五官分明,黑眼睛透着专注,硬头发用胶勉强定型。除了探戈歌手的发型,他还模仿维克多·达尔莫的手势姿态和简短概括的言谈。他知道维克多不是生父,而是伯父。但这无关紧要,正如传说中那位深夜走下摩托车、失踪于难民潮的老祖母。罗赛拿着生日蛋糕先到家,

---

① 米格尔·安赫尔·阿斯图里亚斯(1899—1974),危地马拉小说家,1967年诺贝尔文学奖得主。

维克多紧随其后。他在医院值了三十小时的班,但没有忘记马塞尔三岁起便渴望的礼物。"这是专业显微镜,真家伙,用到结婚也没问题。"他玩笑着说,拥抱孩子。维克多比罗赛更乐于表露爱意,也更温和。马塞尔拗不过母亲,却有十几种招数对付父亲。

吃完饭分过蛋糕以后,孩子把信拿到厨房。"啊!费利佩·德尔索拉尔的信。几个月没见了。"维克多看到寄信人说道。这是一个印有德尔索拉尔律所行号的大信封。信封里有一张短笺,费利佩请他们近期一聚,并请他们原谅,耽误了转送附信,因为附信寄到了老宅,而他现居高尔夫俱乐部对面,附信几经辗转才到他手上。维克多突然大喊,吓了妻子和孩子一跳,他们从没有听过他大嗓门。"是母亲!她还活着!"维克多破了声。

马塞尔对这一消息并不在意。外星人来信才有意思。但是,父母一宣布旅行,他就改了主意。自那时起,一切都是为了与卡门重聚:不待回复的通信往来、空中交错的电报、调整罗赛的课程和音乐会以及维克多在医院的工作时间,日程清空。马塞尔逍遥自在,祖母死而复生,停学一年也不为过。一家人搭乘秘鲁航空,中转五座城市后抵达纽约。接着乘船去法国,乘火车从巴黎到图卢兹,最后坐巴士,沿着崎岖陡峭的山路,终于抵达安道尔。一家人没有坐过飞机,罗赛暴露了此生唯一的弱点——恐高。日常生活中,例如探出阳台时,她凭借一贯的坚韧和斗志掩饰恐惧。咬紧牙关、埋头前进是她的格言。但到了飞机上,克制与平衡失灵,丈夫与儿子搀扶着她,又是安慰,又是转移注意力。他们支撑着呕吐不止的罗赛,旅途是那么漫长。每到一站,她几乎被抱下飞机,一步也迈不开。安托法加斯塔①下一站是利马,这仅仅是漫漫长旅的第二站。维克多见罗赛如此辛

---

① 安托法加斯塔,智利北部城市。

苦,决定送她陆路返回,和马塞尔两人继续旅程。可是,罗赛以一贯的固执要求同行。"就算下地狱,我也要飞着去。不必再说了。"就这样,她怕得发抖,呕吐了一个又一个纸袋,终于抵达纽约。她在练习,她知道,如果古典乐队成形,日后势必要搭飞机。

卡门在安道尔汽车站等候家人。她直挺挺地坐在长椅上抽着烟,还是老样子。她一身黑衣,为死者、失踪者和西班牙服丧,头上是一顶夸张的圆帽,腿上有一个提包,提包里冒出一只小白狗的脑袋。相认容易,十年分别,三人都没有多少变化。罗赛也是老样子,只是找到了合适的风格。卡门见她衣着不俗、化着妆且自信满满,颇感胆怯。最后一眼是那个恐怖的夜晚,大肚子的罗赛疲惫不堪,在车斗里冷得颤抖。唯一激动流泪的人是维克多。两个女人贴面问候,似乎昨天才见过面,似乎战争和流亡只是风平浪静中的微末涟漪。"你应该就是马塞尔,我是你的奶奶。你饿了吧?"这便是祖母对孙子的问候。不等马塞尔回答,卡门从包里拿出甜面包。这是一个神奇的提包,小狗和面包同住。马塞尔入迷地端详奶奶褶皱纵横的面庞、尼古丁染黄的牙齿、像干稻草一样伸出圆帽的僵硬灰发,以及因关节炎蜷曲的手指。如果头上有天线,奶奶就是他念念不忘的火星人。

一部二十年车龄的出租车吭哧着带他们穿过群山环绕的城市。卡门说,安道尔是间谍和走私——那个年代有利可图的仅有行当——之都。她干的是走私,因为做间谍需要欧洲大国和美国的活跃人脉。二战结束已有四年多,毁于战火的城市正在从饥饿与废墟中复苏,但难民和无家可归的人潮仍在世上飘零。卡门说,安道尔战时即是间谍的窠巢,时值冷战仍是如此。此地曾是德国难民的逃亡之路,以犹太人和逃犯居多。他们有时被向导出卖,因随身财物或珠宝丧命或落入敌手。"许多牧民一夜暴富,每年冰消的时候都会出现尸体,手被绳索绑着。"出租车司机加入谈话。战后,德国军官和纳粹支持者也经安道尔伺机逃往南美,或是进入西班牙寻求佛朗哥的庇护。"走私就不值一提了,香烟、酒,其他小东西。完全没有危险。"卡门说。

他们来到一间农舍,卡门和一对农民夫妇同住,正是他们救了卡门。一家人坐在桌旁,围着一锅喷香的鹰嘴豆炖兔肉和两大壶红酒,互诉十年来的遭际。大撤退期间,祖母力不能支,加之无意流亡,离开罗赛和艾托·伊巴拉到寒夜中自生自灭。次日清晨,她僵硬饥饿地醒来,不料生命比她想的顽强。她躺在原地,一动不动,四周成群的难民艰难跋涉,人流渐渐稀疏。夜幕低垂的时候,她独自像一只蜗牛蜷曲在冰冻的土地上。记不得了,她说,记不得那是什么样的感觉。但她明白,死是难事,寻死是懦弱行径。丈夫死了,两个儿子或许也不在人世。但是,罗赛和她肚子里吉列姆的孩子还活着。卡门决定走下去,可她站不起来。过了一会儿,一只迷途的小狗靠近,一路嗅探跟随逃难的人潮。卡门让它蜷在身边取暖。正是这只小狗救了她。个把小时后,一对农民夫妇向掉队的难民卖粮而归,他们听到小狗哀号,误以为是婴儿。就这样,他们发现了卡门。卡门和夫妇俩一同生活,辛勤劳作,收成微薄。后来,这家的大儿子带他们迁居安道尔。战争期间,他们在西、法两国走私谋生,有什么贩什么,连大活人也走私过。

"这就是那只小狗吗?"马塞尔问。小狗伏在他的膝上。

"就是它。它大概十一岁,命还长着呢。它叫戈塞特。"

"这不是名字。戈塞特是加泰罗尼亚语的小狗。"

"这就行了,它不需要另起名。"祖母说道,一口接着一口地抽烟。

整整一年后,卡门才决心移民智利,和仅剩的亲人团聚。她对智利这个地图南端、长虫似的国家一无所知。她又是查书，又是四处打听智利朋友，准备细问一番。不过，彼时的安道尔没有智利人的踪影。与老夫妇多年的友情令她犹豫，小狗有了年纪，带它跨越半个地球令她胆怯。她怕自己不喜欢智利。"乔尔迪老伙计说，智利和加泰罗尼亚一样。"马塞尔在信中安慰祖母。

既已决定，卡门告别朋友，深吸一口气抛却担忧，准备享受历险。七周时间，她陆路转海路，带着小狗不疾不徐地从容旅行，欣赏异域的风景与语言，品尝美食，将各地风俗与加泰罗尼亚相比较。一天又一天，卡门远离熟悉的过去，深入另一片天地。她当过老师，学过也教过各国风土，如今亲身体验，才发现世界不同于书本和相片。世界更复杂、更多彩，并没有那么可怕。她与小狗谈论旅行印象，在一本学生练习簿上记录见闻、写下回忆。这是未雨绸缪，以防日后脑子糊涂。她将一切美化，她懂得生活的模样在于如何讲述，因而无须记录庸常。长旅最后一段是太平洋航行，与孩子们1939年的航线相同。儿子寄钱让她买一等舱，儿子说，苦日子过惯了，该是享福的时候了。但卡门喜欢旅行舱，这里更自在，战争和走私生涯使她低调谨慎。不过到了船上，她主动与陌生人攀谈。她发现人们爱说话，两三个问题就能成为朋友，就能增长见闻。人人都有故事，都想讲故事。

老病缠身的戈塞特在一程又一程的旅途中重返青春。临近智利海岸，戈塞特焕然一新，多了机警，少了臭气。维克多、罗赛和马塞尔在瓦尔帕莱索港迎接老祖母和戈塞特。他们旁边还有一位大腹便便的话痨绅士，他如此自我介绍："乔尔迪·莫利内为您效劳，女士。"他用加泰罗尼亚语继续说，智利是一个美丽的国家，他很乐意带她领略智利风情。"您知道吗，我们年纪相仿，我也丧偶单身。"乔尔迪的话透着挑逗。开往圣地亚哥的火车上，卡门听说乔尔迪俨然是马塞尔的叔爷爷。孙子是酒馆的忠实客人，几乎每天去酒馆写作业，免得在家孤单。维克多已经不去温尼伯上夜班,他现在是天赐圣若望医院的心脏科医生。罗赛也不常去酒馆,但仍旧远程监督账目。酒馆现有一位退休会计,他在酒馆记账,陪伴、食物和酒就是他的报酬。

卡门是通过伊丽莎白·艾登本兹找到家人的。伊丽莎白住在维也纳,全身心致力于妇女儿童事业。战时,维也纳城曾经遭到轰炸,战后不久伊丽莎白来到这里,只见饥民在垃圾中翻找食物,几百名无家可归的孩子如同鼠蚁,在昔日富丽的帝都化作的废墟瓦砾中求生。1940年在法国南部时,伊丽莎白实现计划,将埃勒讷一座旧屋建成了模范产院,帮助孕妇平安生产。产院最初照顾集中营的西班牙妇女,后来犹太人、吉卜赛人和其他躲避纳粹灾祸的妇女也住进产院。埃勒讷产院由红十字会庇护,理应保持中立,不得接收政治逃犯。但伊丽莎白不顾纳粹虎视眈眈,无视这一规定。1944年,盖世太保查封了产院。在此之前,她已救助了六百余名儿童。

卡门在安道尔偶然结识了一位受惠于埃勒讷产院的幸运母亲。她告诉卡门,多亏了伊丽莎白,孩子才能平安长大。卡门将这位护士与家人在法国的联系人挂上了钩。他们穿越边境后,本该由伊丽莎白居中联系。卡门致信红十字会,一个办公室到另一个办公室,一个国家到另一个国家,一封封信件克服层层官僚,发往欧洲的东西南北。她终于查到伊丽莎白在维也纳的地址。伊丽莎白回信说,她的两个儿子当中,至少维克多还在人世,并且和罗赛结了婚。罗赛生了一个男孩,名叫马塞尔,三人住在智利。伊丽莎白没有他们的联系方式,但罗赛曾给收留她的人家写过一封信。寻找贵格会的朋友费了一番工夫。他们现居伦敦,翻遍阁楼才在罗赛来信的信封上找到珍贵的地址:圣地亚哥费利佩·德尔索拉尔家。就这样,时隔多年,伊丽莎白·艾登本兹终于帮助达尔莫一家重逢。

六十年代中期，罗赛受朋友巴伦丁·桑切斯之邀造访加拉加斯。这位驻委内瑞拉前大使已经退休，转而沉醉于音乐。温尼伯号靠岸的二十五年来，罗赛和多数西班牙难民一样，比土生土长的智利人更像智利人。他们不仅成为智利公民，许多移民进而实现了巴勃罗·聂鲁达的初衷，撼动了僵滞的社会。没有人记得，他们的到来曾掀起反对；没有人能够否认，聂鲁达招募的人才为智利做出了卓越贡献。罗赛和巴伦丁·桑切斯筹备多年，经过无数通信和奔波，组建了南美洲第一支早期古典乐队。乐队由石油商赞助——委内瑞拉地下涌出的石油是不竭的财富。巴伦丁走遍欧洲，寻访古董乐器，考掘散佚曲谱；罗赛在圣地亚哥就任音乐学院副院长，严格选拔乐手。应征者众多，来自各国，憧憬参与这一乌托邦乐队。创立这样一支乐队，智利条件有限，文化领域另有优先考虑。罗赛几次倡议宣传又逢地震或政权更迭，只得作罢。委内瑞拉则不同，只需必要的势力与人脉，一切梦想都能成真。巴伦丁·桑切斯精于此道。独裁政权更迭，从军事政变到民主建政，他是波澜不惊的少数政客之一，时任调解派政府领导人是他的密友。委内瑞拉正在面临古巴革命引燃的游击战争，类似势力在美洲并起，唯有智利除外。智利革命雏形初现，但坐论大于斗争。革命无损委内瑞拉的繁荣，也没有浇熄委内瑞拉人对音乐的热情，古典音乐也不例外。巴伦丁常到智利，他在圣地亚哥有公寓，兴起时便来小住。罗赛也常去加拉加斯，两人为乐队事宜同赴欧洲。借助镇静药、致幻剂和杜松子酒，罗赛学会了坐飞机。

维克多·达尔莫并不担心两人的友谊，妻子的这位友人是公开的同性恋者。真正让他担心的是罗赛似乎另有情人。每次从委内瑞拉返回，罗赛都神采飞扬，不是新衣就是香水，或是一件低调的首饰。有一次，罗赛戴着一条细链金心挂坠。以她斯巴达式的俭朴，绝不会买这种东西。最确凿的证据是罗赛重燃的爱火，小别重逢后，她总想一试别处习得的新姿势,似乎试图补偿。吃醋显得荒谬无理,因为两人的婚姻没有约束。与其说是婚姻,维克多认为更像同志关系。母亲说得不错:妒忌比虱子痒。罗赛乐于人妻的身份,维克多迷恋奥菲莉亚·德尔索拉尔的时候,她从拮据的月度预算中挤出钱,擅自买了一对婚戒。她要求维克多戴上戒指,离婚再摘。遵照两人最初立下的坦诚原则,罗赛若有情人,应该主动报告。但罗赛觉得,有时善意回避胜过无用的大实话。维克多猜想,既然她平时就语带保留,有了情人自然更是如此。两人结合固然是权宜,但相伴二十六年,彼此相爱,不同于印度式包办婚姻的甘心认命。马塞尔已满十八岁,本应解除约定的夫妇却更加坚定亲密与厮守的心意。两人愿意一拖再拖,便永不分离。

岁月变迁,夫妇的喜好与毛病渐渐相近,性格依然不同。两人少有争执,从不吵架。他们本质投契,共处与独处一样自在;他们熟识至深,做爱是得心应手的共欢舞蹈。他们从不例行公事,她会厌倦,他很清楚。床上赤裸的罗赛与舞台上优雅简素的钢琴家、音乐学院的严肃教师判若两人。他们共度人生起落,终于驶入成熟的、没有金钱情感之虞的平静港湾。家中只有他们两人,卡门在戈塞特离世后搬到了乔尔迪·莫利内家。乔尔迪老迈,耳聋眼瞎,头脑却很清楚。马塞尔和两个朋友同住公寓。他学的是矿业工程,受雇于政府,从事铜业。他全然没有继承母亲和祖父马塞尔·尤易斯·达尔莫的音乐才华,也没有生父的好斗性格或维克多的医学志向。八十一岁的卡门仍在学校教书,祖母的教育热忱也没有遗传给孙子。"你太怪了,马塞尔!你搞什么鬼,为什么喜欢捣鼓石头?"卡门听说马塞尔选择的专业,惊讶地问。"因为石头不说话,不回答。"孙子说。

与奥菲莉亚·德尔索拉尔的挫败恋情曾在维克多·达尔莫心底

埋下隐隐怨愤，持续数年。维克多将其视为报应：明知身不由己，有妻有子，却不管不顾求爱于处子之身的少女。时隔多年，灼热的旧情渐渐冷却，沉入记忆的灰色地带销蚀磨损。他以为吸取了教训，但事情究竟一直扑朔迷离。维克多埋头工作，多年只有那一场情爱的插曲。偶尔与护士的一时风流不能作数，寥寥几次，通常发生在医院的两日值班中。此类插曲不会生枝节，偶一为之，几小时便抛在脑后。对罗赛坚实的爱才是他存在的锚碇。

1942年，维克多收到奥菲莉亚的告别信还不死心，幻想挽回，哪怕撕扯伤口。罗赛估计，唯有猛药方能治痴情。一晚，她不请自来，钻进维克多的床。多年前，罗赛对吉列姆也是如此。正是那一次毕生最美的主动出击，她怀上了马塞尔。罗赛以为出其不意，却发现维克多在等她。她披散头发，半裸着站在门边，他只是挪一挪身子，为她让出地方，以丈夫的自然揽她入怀。那一晚，他们生涩而陶醉地熟悉对方。他们知道，彼此等候已久。温尼伯号的救生艇上，他们矜持私语，其他伴侣在外等待爱的班次，情愫当时便已种下。奥菲莉亚或吉列姆没有闯入二人世界。吉列姆的鬼魂曾经如影随形，但到了智利后，他自得其乐，渐渐退入两人隐秘的心房，不再烦扰。那晚以后，他们同床共眠。

维克多的自尊心不容许他暗中监视罗赛或当面质问。他清楚，自己不是因为胃痛反复才疑神疑鬼的。他判断是胃溃疡，但不去诊治，只是大量服用镁剂。他对罗赛的感情全然不同于对奥菲莉亚的痴狂，烦恼一年后才确认自己妒火中烧。为转移注意力，他埋头治病、研究。他必须紧跟医学前沿，科学突飞猛进，人类心脏移植已经不是空想。两年前，密西西比的医生将黑猩猩的心脏植入濒死之人的体内，虽然患者仅存活了九十分钟，但经此实验，医学已与神迹比肩。维克多·达尔莫和万千医学工作者一样，渴望用人类捐献者的心脏复制这一奇迹。手握拉撒路的心脏像是上辈子的事。那一刻起,这一神奇的器官就令他着迷。

一心一意工作学习之外,他郁郁寡欢。"你怎么傻愣愣的,儿子。"在乔尔迪·莫利内家中共餐的一个星期天,卡门说道。那是加泰罗尼亚语的世界,但如果马塞尔在场,卡门就说西班牙语。二十七岁的孙子依旧拒绝使用家族语言。"奶奶说得对,爸爸,你一愣一愣的,出什么事了?"马塞尔问。"我想你妈妈。"维克多脱口而出。他终于觉醒。罗赛又在委内瑞拉举办系列音乐会,维克多觉得场次愈发频繁。他回想自己的话——他终于说出自己需要她,他从未完全察觉自己多么地爱罗赛。夫妇说话直截了当,却因莫名的羞怯从未言语示爱。感情何须宣之于口,行动表现就够了。两人在一起即是因为相爱,何必纠缠简单的事实。

几天后,维克多正在酝酿向罗赛正式表白,献上耽误多年的钻石婚戒。罗赛突然回到圣地亚哥,维克多的计划无限推迟。她青春焕发,照例满面春风,引得丈夫疑窦丛生。她穿着惹眼的短裙,花纹是桌布似的红黑格子,完全不符合一贯内敛的作风。"你的年纪穿成这样,不嫌太短吗?"维克多精心准备的俏皮话欲言又止,只冒出一句诘问。"我四十八岁不假,但我觉得自己和二十岁一样。"她愉快地回答。

那是罗赛第一次追逐时尚。此前她风格如一,极少变化。维克多看见罗赛飞扬的态度,决定维持现状,以免打开天窗后得到一个痛心决绝的答案。

时隔多年,维克多·达尔莫早已忘怀,这才得知罗赛的情人是老友艾托·伊巴拉。这段快活而零星的私情持续了七年,之所以零星,是因为两人相会只趁罗赛在委内瑞拉,其他时候从不联系。恋情始于古典音乐会首演,那是加拉加斯一时的文化盛事,艾托在报刊上看到罗赛·布鲁格拉的名字。他想,如果是大撤退中怀着身孕穿越比利牛斯的罗赛,也太过巧合。就为这万一,他买了票。音乐会在中央大学大礼堂上演,礼堂装饰考尔德①的浮板,有世界一流的音响。宽阔的舞台上,罗赛指挥乐手演奏古董乐器,有的乐器还是第一次见。相形之下,她的身影那么小,艾托拿着望远镜仔细观察,只能辨认出颈后的发髻和罗赛年轻时的一样。罗赛转身接受掌声,艾托立刻认出她来。不过,当他来到化妆室,罗赛却迟疑许久。年轻精瘦、风风火火、风趣诙谐的救命恩人依稀难辨,如今的艾托是一名富商。他举止从容,多了几斤赘肉,头发稀疏而胡子茂密,目光依旧闪亮。艾托娶了一位迷人的选美皇后,有四个孩子和若干孙辈,并挣下了一笔家业。他怀揣十五美元来到委内瑞拉投靠亲戚,靠修汽车的一技之长为生。后来,艾托开了修车铺,不久便在几座城市设下分店。接着,他一步跨入古董车收藏界。委内瑞拉是艾托这样有雄心、有远见的创业者的天堂。"在这儿,商机和芒果一样,从树上噌噌往下掉。"他对罗赛说。

那是情爱浓烈、自在纵情的七年。他们常常整日在酒店房间里,像少年一般作乐,恣意欢笑,旁边是一瓶莱茵干白、几块面包干酪。两人心智投契,情欲源源不竭。这是此生唯一的体验,从前没有,以后也不会有。他们将爱情置于生命中缄闭秘密的领地,不触及各自的美满婚姻。艾托爱娇妻、尊重她,罗赛对维克多也是一样。最初,乍然坠入爱河,他们几乎昏了头脑,凭借仅剩的理智将热烈的迷情严藏地下。他们不会允许人生逆转、亲人受伤。就这样,他们度过了天赐的七年,如果不是艾托突发脑梗无法行动,由妻子照顾,这段情会

---

① 亚历山大·考尔德(1898—1976),美国雕塑家,委内瑞拉中央大学大礼堂的"浮云"系列雕塑是其代表作之一。

至今不断。维克多对这些一无所知,直至罗赛和盘托出。

维克多·达尔莫不时见到巴勃罗·聂鲁达,或是集会上远远一见,或是在萨尔瓦多·阿连德参议员家中下棋时偶遇。诗人也曾邀请他参加黑岛①别墅聚会。别墅形如搁浅的海轮,建筑奇异,矗立在海岬,面朝大海。这是灵感与挥笔之地。"智利的海,汹涌的海,驳船等候,白与黑的浪花砌塔,久富耐心的沿岸渔民,浑然、激烈、无垠的海。"他与第三任妻子马蒂尔德住在这里,屋内满是怪异收藏,有跳蚤市场落灰的瓶子,也有失事轮船的船首饰。别墅的客人有世界各地前来问候邀约的名流,有本国政治人物、知识分子和记者,但更多的是私人朋友,其中不乏温尼伯号的难民乘客。聂鲁达蜚声国际,作品译遍各种语言,就连死敌也不能否认其诗歌的魔力。他爱美好生活,最大所求是不断写诗、为朋友下厨和一方清净。但即便是在乱石嶙峋的黑岛,他也无法清净。各种人来敲门,提醒他是劳苦大众之声。这是聂鲁达的自我定义。一日,同志们请聂鲁达代表共产党参加总统选举。左翼最理想的候选人萨尔瓦多·阿连德三次参选铩羽而归,人们说他注定失败。于是,诗人放下稿纸和绿色墨水钢笔,走出家门,走遍全国;他乘坐汽车、巴士和火车,走到人民中,诵读他的诗篇。工人、农民、渔民、铁道工人、矿工、学生、手工业者为他喝彩、呐喊。竞选之旅既为聂鲁达的战斗诗篇注入新的气魄,也让他明白自己不是从政的材料。他随即退出选举,支持萨尔瓦多·阿连德。阿连德逆势而上,成功领导左翼政党联盟人民团结力量。大选中,聂鲁达是他的坚实后盾。

现在换作阿连德乘火车从北至南,鼓动民众。每到一地,人们聚

---

① 黑岛,瓦尔帕莱索大区滨海小镇,因岩石色深,聂鲁达称之为"黑岛"。

集在车站,聆听他热情洋溢的演说。阿连德深入风沙盐碱侵蚀的乡村和雨水连绵的阴郁村庄。维克多·达尔莫多次陪他参加活动,名为医生,实为棋友。下棋是阿连德的唯一消遣,平时他也喜欢看牛仔电影放松心情,但列车上条件不备。阿连德精力充沛、坚毅、少眠,谁也跟不上他的步调。随扈轮班值勤,维克多承担了深夜的几个小时,疲惫的阿连德需要借一局棋沉淀自身和外界喧哗的噪声。有时,两人鏖战到清晨,有时留待下次。阿连德睡得很少,但总是这儿十分钟,那儿十分钟,哪里都能打盹,醒来便精神抖擞,像冲了个澡。他走起路来昂首挺胸,随时准备应战;一开口,嗓音似电影演员,雄辩如流,手势简洁;阿连德思维敏捷,信念坚定不可撼动。长年政坛历练,他熟悉智利,就像熟悉自家小院。阿连德从未放弃和平革命的信念,他相信这是智利式的社会主义道路。有的支持者受古巴革命启发,认为和平手段不可能实现真正的革命、摆脱美帝国主义,革命只有武装斗争一途。但在阿连德看来,革命绰绰见容于智利坚实的民主,他维护民主宪法。直到最后,阿连德仍然相信,革命者要做的是揭露、解释、倡导、号召让劳工站起来,攥住自己的命运。至于对手的力量,他再了解不过。作为公众人物,阿连德有些端着架子,政敌抨击他傲慢。可是私下的他爽直、爱开玩笑。他是一诺千金的人,不懂什么是背信弃约。他正是败在这一点。

　　西班牙内战爆发时,维克多·达尔莫还很年轻。他在共和国阵营战斗、工作,因之流亡,不加质疑地接受其意识形态。到了智利,他遵守温尼伯号难民不问政治的规矩,没有加入党派。但是,与萨尔瓦多·阿连德的友谊渐渐塑造了他的思想,正如内战塑造了他的情感。政坛上的阿连德,维克多敬佩之至;私下的阿连德,他则有所保留。社会党领导人的形象与阿连德的资产阶级习惯、讲究的衣着、高雅的生活相抵牾。阿连德喜欢收藏,藏品中既有他国政府的礼物,也有众多拉美艺术家的馈赠:绘画、雕塑、手稿、前哥伦布时期的器物。在他生命的最后一天,藏品被抢夺一空。阿连德禁不起恭维,喜欢美女。人群中,他一眼就能侦测到目标,凭借魅力和地位吸引她们。维克多看不惯阿连德的毛病,私下与罗赛抱怨。"你在吹毛求疵!维克多,阿连德不是甘地。"罗赛反驳。他们都投了阿连德的票,但并不认为他真能胜选,阿连德自己也没有把握。9月大选中,阿连德得票最多,没有绝对多数的情况下,议会应在得票最高的二人之间选出总统。世界的目光聚焦智利,这个地图上的狭长国度正在挑战旧秩序。

阿连德的乌托邦式民主社会主义革命的支持者们不待议会决定,就涌上街头,庆祝企盼已久的胜利。全家出动,扶老携幼,穿着节日盛装,兴高采烈地高唱。没有一处骚乱,人们似有默契地遵守秩序。维克多、罗赛和马塞尔加入人群,挥舞旗帜,唱着《团结的人民永不败》①。卡门没有来,她说自己八十五岁了,经不起为政治这种无常的东西大喜大悲。事实上,卡门已很少出门,专心在家照顾乔尔迪·莫利内。乔尔迪老病缠身,不愿出门。他一直精神矍铄,直到酒馆被拆。曾是城市一大地标的温尼伯酒馆没了,旧城推倒,建了高楼。乔尔迪说,下次地震,这些大楼一个也逃不了。反观卡门,她仍然健康活跃,只是身形萎缩,像秃了羽毛的鸟,只剩一副骨架皮囊。她头发所剩无多,嘴里永远衔着一支烟。卡门不知疲倦、雷厉风行,看似不动声色,实则感伤多情。她包揽家务,悉心照料乔尔迪,如同照顾无助的幼儿。两人通过电视观看胜选集会,以红酒和塞拉诺火腿②庆祝。电视里,人们高举标语和火炬,欢腾憧憬。"这种场面西

---

① 《团结的人民永不败》,智利作曲家塞尔希奥·奥尔特加(1938—2003)创作于二十世纪七十年代的革命歌曲。1973年军事政变后,流亡海外的智利乐队将其传遍世界。

② 塞拉诺火腿,西班牙名产,白猪制成的生食火腿。

班牙也有过,乔尔迪。1936年你不在那儿,我告诉你,场面一模一样。但愿智利不要走西班牙的老路。"这是卡门唯一的评论。

午夜已过,街头人群散去,达尔莫一家偶遇费利佩·德尔索拉尔。骆毛外套、黄麂皮帽的只能是他。好友和旧时一样相拥,维克多浑身是汗,喊哑了嗓子;费利佩风度翩翩,散发薰衣草香,透着二十余年养成的优雅冷淡。他到伦敦做衣服,一年总要去几次,英式的冷静迟缓很合他的性子。费利佩的身边是胡安娜·南古切奥。达尔莫夫妇立刻认出胡安娜,她没有变化,和早年坐电车探望马塞尔的时候一模一样。

"可别告诉我你投了阿连德的票!"罗赛惊呼,拥抱费利佩和胡安娜。

"你在想什么,罗赛。我投了基督教民主党。虽说我既不信民主,也不信基督,但我不能便宜了父亲,投他的候选人。我是支持君主制的。"

"君主制?天啊!你不是全族的老古董里唯一的进步派吗?"维克多故作惊讶地调侃。

"那是年少无知。智利需要的是国王,男女都行。你看英国,哪儿都比我们文明。"费利佩轻蔑地说,嘬着随身携带、只充样子并不点烟的烟斗。

"那你上街干什么?"

"了解民意。胡安娜第一次投票。女性获得投票权才二十年,到她这里居然投了右翼。我一再说她属于劳动阶级,可怎么说也没用。"

"我和你爸投的一样,小费利佩。什么劳苦大众站起来,堂伊西德罗说了,这早就见识过了。"

"什么时候?"罗赛问。

"他说的是佩德罗·阿吉雷·塞尔达政府。"费利佩说。

"正是因为那位总统,我们才到了智利。胡安娜,是他接受了温尼伯号的难民,你记得吗?"维克多问。

"我估计快八十了,可是脑子好使得很,年轻人。"

费利佩说,家人在玛尔德普拉塔大街的公馆严阵以待,等着马克思党的暴民入侵富人区。他们大肆渲染的恐怖最终唬住了自己。伊西德罗·德尔索拉尔坚信保守派胜选,甚至备下晚宴,准备与朋友和教友同庆。厨子和侍应生还在公馆,寄望天主显灵,扭转败局,送上备好的香槟和生蚝。全家只有胡安娜一人想上街一看究竟,不是因为政治,而是好奇。

"父亲已经宣布搬家,他说搬到布宜诺斯艾利斯,等这个狗屁国家恢复理智再搬回来。但是母亲不搬,她不愿意小宝在公墓孤零零的。"费利佩说。

"奥菲莉亚怎么样?"罗赛知道维克多不敢提,替他问道。

"大选的狂热与她无关。马蒂亚斯当了驻厄瓜多尔商务代办,他是职业外交官,新政府不会把他扫地出门。奥菲莉亚正好有机会在画家瓜亚萨明①的工作室学习。野性表现主义,大笔触。家里觉得她的画是胡闹,不过我存了几幅。"

"他们的孩子呢?"

"在美国留学。智利天翻地覆同样和他们无关。"

"你留下不走?"

"暂时不走。我想看看社会主义实验是什么样子。"

"我真心地希望革命成功。"罗赛说。

---

① 奥斯瓦尔多·瓜亚萨明(1919—1999),厄瓜多尔画家、雕塑家。

"你觉得右翼和美国会放任不管吗？记住我的话，国家大难临头了。"费利佩说。

热烈的集会安然结束。次日，恐慌的人们跑到银行取钱买票，准备赶在苏联入侵之前逃离智利，不料却看见清洁工照常打扫马路，景象与普通周六无异。穷人没有要把富人送上绞刑架的意思。这样看来，不必着急逃亡。有人揣测，赢下选举是一回事，当上总统是另一回事。议会还有两个月时间，尚可翻盘。气氛剑拔弩张，阻截阿连德的计划已经启动。其后数周，美国支持的阴谋行径愈演愈烈，因维护宪法被视为眼中钉的陆军司令遇害。谋杀案适得其反，不仅没有煽动军队哗变，反而激起民愤，更加坚定了大多数人的法治信念。此等暴行在智利闻所未闻，只见诸某些香蕉共和国①，就是报纸上所谓以枪子儿解决分歧的国家。议会任命萨尔瓦多·阿连德为总统，他成为智利第一位民主选举产生的信仰马克思主义的国家领导人。和平革命似乎不再荒唐无稽。

大选和权力移交厮杀争夺的几个星期，维克多没有机会和阿连德下棋。未来的总统正在经历秘密磋商、闭门会谈、各党角力分权，以及反对派无休止的攻讦。阿连德四处控诉美国政府的干涉。尼克松和基辛格决意破坏智利社会主义实验，扑灭可能引燃拉丁美洲和欧洲的火苗。收买和恫吓无效，他们又开始拉拢军人。阿连德并不低估内外敌情，却无缘由地坚信人民会捍卫自己的政府。有人说，他有掌控局势、扭转逆境的手腕。但是，未来狂风恶浪的三年，除了手腕，他需要的恐怕是魔法和时运。一年后棋局重开，新任总统在复杂的处境中姑且站住了脚跟。

---

① 一般指拉丁美洲经济依附、政治腐败的国家。拉美多国种植出口单一产品（如香蕉），经济命脉被跨国垄断巨头掌控，帝国主义以贸易、金融乃至军事手段肆意插手其国内政治、扶植代理人政权，屡见不鲜。

X
1970—1973

> 夜晚中我自问
> 智利怎么办？
> 我不幸的晦暗的祖国怎么办？
> ——巴勃罗·聂鲁达，《无眠》
> 　　　　　　　《黑岛纪事》

维克多和罗赛的日子回到从前。两人各自忙碌，他在医院，她在上课、音乐会和旅行。急风暴雨震撼着智利。大选前两年，一名神医圣手在瓦尔帕莱索的医院将人类心脏植入一名二十四岁的女性体内。这一神迹在南非已有先例，但依然不失为对自然法则的挑战。维克多·达尔莫关注这一病例的每一个细节，在日历上一天一天地刻画这名女性病患存活的一百三十三天。他又梦见了拉撒路——内战末期他在北站站台从死神手中抢下的那个小兵。拉撒路用托盘盛装静止心脏的梦魇如今变成了光明的梦境。他胸膛敞开，心脏健康强壮地搏动，放出金光，如同耶稣圣心。

一天，费利佩·德尔索拉尔因胸口刺痛到医院找维克多看病。费利佩从未踏足公立医院，只在私人诊所就医。好友的鼎鼎大名吸引他走出富人区，闯入属于另一个阶级的灰色街区。"你什么时候能找一个像样的地方,开一间自己的诊所?你别给我说教,说什么健康是所有人的权利,不是少数人的特权。我早领教过了。"费利佩这就算打了招呼。他不习惯取号、坐在金属椅上等候。维克多为他做了检查,笑着说他的心脏健康,刺痛是负疚或焦虑引起的。费利佩穿衣时对维克多说,半数智利人都因政局负疚或焦虑,但他认为,社会主义革命雷声大雨点小,政府会在党派内斗和权力密谋中瘫痪。

"如果失败,费利佩,也不只因为你说的原因,更是政敌阴谋和华盛顿的干涉。"维克多反驳道。

"我和你打赌,不会有根本的变革!"

"你错了。变革已经开始,阿连德筹划了四十年,正在全速推动。"

"筹划是一回事,执政是另一回事。看着吧,那一帮人会造成政治动荡、社会动乱、经济崩溃。他们缺少经验和准备,争论不休,永远不能形成一致。"费利佩说。

"反对派倒是目标一致,是不是?不惜代价推翻政府。他们或许会得逞,谁让他们有钱有势、没脸没皮。"维克多恼怒地说。

阿连德竞选时宣布了政治主张:铜业国有、企业和银行收归国营、征收土地。改革席卷全国。最初几个月收效良好,但货币超发导致物价飞涨,一天以内面包涨价多少,谁也算不清。正如费利佩·德尔索拉尔预料的,政府各党内斗,工人企业运营惨淡,产量骤降,反对派破坏导致物资匮乏。达尔莫一家里,卡门怨气最大。

"出门买东西简直是受罪,维克多,什么都没有。做饭我不擅长,家里都是乔尔迪做饭。但是你也知道,他成了胆小爱哭的小老头,门也不敢出。现在轮到我出门排队,政府定价的鸡瘦瘦巴巴的。我出门了,留他一人在家几个小时。我不在,他害怕。来了世界尽头,居然又要排队买烟!"

"您抽得太凶了,妈,不要浪费时间买烟。"

"我没有浪费时间,我雇人排队。"

"什么人?"

"看得出来,你都在黑市买东西,儿子。闲着的年轻人或者退休的老人,给他们钱,雇他们排队占位。"

"阿连德解释过物资匮乏的原因,您在电视上大概也看到了。"

"何止电视,还有广播,听了不下上百次。什么人民破天荒地手有余钱,企业主负隅顽抗,为了散布不满情绪不惜破产云云……你还记得那时候的西班牙吗?"

"记得,妈,我记得很清楚。我有熟人,可以弄到一些东西。"

"什么东西?"

"卫生纸之类的。有一个病人不时送我几卷。"

"呵!卫生纸贵得像金子,维克多。"

"都这么说。"

"听着,儿子,你能弄到炼乳和油吗?擦屁股我可以用报纸。再帮我弄点儿烟。"

消失的不仅是食品,还有机器零件、汽车轮胎、建筑水泥、尿布、婴儿奶粉等必需品。相反地,酱油、刺山柑和指甲油到处都是。汽油配给制实行后,满街是穿梭于人群的自行车新手。尽管如此,人民憧憬振奋不改。他们终于有了自己的政府,人人平等,互为同志,总统也不例外。缺衣少食、定量配给和生计无着不是新鲜事,普通人本就捉襟见肘,遑论穷人。维克多·哈拉①的革命歌曲唱遍智利,全家最

---

① 维克多·哈拉(1932—1973),智利音乐家、戏剧导演。青年时期起从事戏剧工作并进行民谣的收集创作,阿连德上台后出任文化大使。1973年军事政变中,叛军闯入大学将其逮捕并进行残酷虐待,开四十余枪后弃尸街头。

不关心政治的马塞尔也耳熟能详。街墙上满是壁画和标语，广场上演戏剧，图书价比冰激凌，家家户户都能拥有自己的藏书。

军营寂静无声，即便有密谋也不为人知。天主教会名义上不干涉政治，但有的神父不愧为宗教裁判，自讲坛煽动怒火怨毒；也有神父和修女站在政府一边，不是因为意识形态相同，而是因为政府心系贫民。右翼媒体用大标题疾呼："智利人，凝聚你们的仇恨！"恐惧暴怒的资产阶级一再刺激军方，煽动叛变："胆小鬼、娘儿们，拿起武器！"

"智利也要走上西班牙的老路了。"卡门不停念叨。

"阿连德说，手足相残的战争不会在智利发生，政府和人民不会答应。"维克多试图宽慰母亲。

"你的这位朋友太轻信别人。智利社会撕裂了，双方势不两立，儿子。朋友交恶，家庭破碎，意见不合开口就吵。我和几个老朋友已经不来往了，免得吵架。"

"你说得太夸张了，妈。"

然而，维克多自己也感到了暴力的威胁。一天晚上，马塞尔骑车从维克多·哈拉的音乐会回家，路上停车时看到几个年轻人踩着梯子在墙上画鸽子和步枪。突然不知从哪儿出现两辆汽车，走下几个持枪带棍的男人。不出几分钟，几个画家倒在了地上。没等马塞尔回神，凶手上车飞快消失了，过程中汽车甚至没有熄火。一队警察接到居民报案后迅速赶到，救护车把重伤者送往医院。马塞尔被带到警察局取证。凌晨三点，维克多到警察局接人，因为马塞尔失魂落魄，不敢骑车回家。

鼓吹武装斗争的左翼运动顺势而起，他们厌倦了等待革命和平胜利。与此同时，反对民主协商的法西斯运动随之兴起。"要打就打。"双方都这么说。卡门为了暂避黏人的乔尔迪，享受几个小时的清净，时而参加声援政府的大游行，时而加入同样人山人海的反对派游行。她出门穿运动鞋，带一颗柠檬和一块浸泡醋的手帕应付催泪弹。回家时，她常被警察维持秩序用的高压水枪冲得浑身湿透，"天下大乱，"她说，"一点儿火星就爆炸。"

政府没有征收伊西德罗·德尔索拉尔的庄园，但农民自发强占了去。一时得逞而已，规矩和道德迟早会回来，伊西德罗愤愤地表示。他全力抢救羊毛的出口生意，因为泥煤正在侵蚀草地、祸害羊群。伊西德罗雇了几名认识山路和捷径的南方老把式，把绵羊迁到阿根廷的巴塔哥尼亚地区，其他牧场主也把牛群往那里赶。除此之外，伊西德罗真的把家搬到了布宜诺斯艾利斯。举家搬迁，包括出嫁的女儿、女婿、孙辈和保姆，只剩胡安娜·南古切奥一人留守玛尔德普拉塔大街。劳拉是被强行带走的，用上了安定和甜食。家人向劳拉保证，她不在的时候，费利佩会负责列奥纳多的坟墓前鲜花不断。费利佩留下，在事务所独自工作，另外两名律师去蒙得维的亚开办分号。

那时，费利佩不时到位于纽尼奥阿老城的达尔莫家做客。老城区已经见不到他这样的上流阶层。两瓶红酒，话匣一开，他便放松下来。和惯常的朋友相处，他已少有自在；寥寥几位左翼熟人也话不投机。他的英国式迂缓和模糊的政治立场显得不伦不类。至于怒汉俱乐部，早已解散多年。费利佩从逃离智利的人家手中低价购入古董和艺术品，房子很快堆满。趁着住宅半卖半送的行情，他开始物色更宽敞的房子。年轻时，他曾批评父母的大宅过于奢华。想到这里，他不禁自嘲发笑。罗赛问他，如果真的出国，家里一堆玩意儿怎么办。费利佩说封存仓库即可，反正迟早要回来。智利不是俄国，也不是古巴，沸沸扬扬的智利式革命不过是昙花一现。费利佩的语气如此坚定，维克多不由得怀疑他知晓什么大阴谋。为防万一，他绝口不提自己与总统是棋友。费利佩在晚餐的红酒之外又喝了威士忌,舌头一软,大肆咒骂着人生和世界。青年时代的理想主义与慷慨残存无几,他变得愤世嫉俗。他承认社会主义是最公正的制度,但实践上往往倒向警察国家和独裁。看看古巴,不同政见者不是逃往迈阿密就是进监狱。贵族天性使然,他痛恨以平等为名的尊卑混乱、革命的陈词滥调、教条的口号、粗俗的举止、蓬乱的胡子、丑陋的手工艺风格——火烧木家具、黄麻地毯、草鞋、斗篷、种子串成的项链、钩针编织短裙——简而言之,铺天盖地的文化灾难。"我不明白,好端端的为什么要穿成乞丐。"他说。所谓大众文化更不必提,毫无文化可言,不过是低劣的苏联现实主义的智利翻版。矿工高举拳头的壁画、切·格瓦拉的肖像、自写自唱的歌手单调的说教。"马普切人的号角和克丘亚人的笛子居然成了流行!"话是这么说,可到了右翼朋友那里,费利佩同样大发议论,怒骂顽固阴险的老爷们沉湎于过去,面对人民的呼声又聋又瞎,为了保住特权不惜牺牲民主和国家。一帮叛徒。谁也受不了费利佩,朋友渐渐孤立他。单身的孤独重压下,他身上添了许多毛病。

维克多曾为公共健康改善而欣慰,例如每名儿童每天喝一杯奶改善营养不良,又如兴建医院。可是现在,他面临着抗生素、麻醉剂、针头、注射器、基本药品乃至医护人员短缺。许多医生离开智利,逃离反对派渲染的苏维埃恐怖专制。此外,医疗业者协会宣布罢工,多数同侪遵照执行。他继续工作,上双份班。他站着就睡着,疲惫深入灵魂,内战时的体验再度袭来。其他职业协会和企业家资方团体同样宣布停摆。卡车业者一罢工,狭长的智利便运输瘫痪。北方的鱼、南方的蔬果就地腐烂,圣地亚哥必需品告急。阿连德谴责美国资助卡车业者干涉内政,右翼阴谋破坏。学生加入骚乱,以大学教室为堡垒。音乐学院入口被人用沙袋封锁,罗赛于是与学生相约森林公园①,露天讲授理论,下雨便撑伞授课。她照旧点名打分,遗憾无法搬来三角钢琴。人们习惯了武装警察、抗议标语、煽动性的大幅海报、媒体耸动的威胁恫吓以及混乱的对骂。社会真的撕裂了。不过,就矿业全盘国有化这一问题,意见是一致的。

"早该国有化了。"马塞尔·达尔莫对祖母说,"铜是智利的生计所在,是经济支柱。"

"既然铜属于智利,为什么一定要国有化?"

"因为一直是美国公司操控铜业,奶奶。政府直接征收,补偿都免了,他们过度盈利,加上逃税,欠国家几十亿美元。"

"这下美国人该不高兴了。听好了,马塞尔,要出乱子了。"卡门评论道。

"美国人撤出矿业以后,智利工程师和地质学家的缺口很大,我会很吃香的,奶奶。"

"太好了,你会挣得更多吗?"

"不知道。为什么这么问?"

"挣钱结婚啊,马塞尔。一家就我们四个孤魂野鬼,你不抓紧结婚,我就见不着重孙。你三十一岁了,该定心了。"

"我的心很定。"

"也没见你身边有女人,太奇怪了。你是没谈过恋爱,还是那种?……好吧,你知道我说的是什么。"

"奶奶你在胡说什么!"

"一定是你太爱骑车,压到睾丸造成阳痿不育。"

"嚯。"

"我在理发店的杂志上看到的。你长得又不难看,马塞尔。要

---

① 森林公园,圣地亚哥市内公园,因状似森林得名,是圣地亚哥一大艺术圣地。

是剃掉胡子和长头发,你和多明金①一模一样。"

"谁?"

"那个斗牛的。别犯傻了,醒一醒,不要和隐居修士似的。"

卡门没有料到国有化的结果之一是铜业集团资助孙子赴美学习。她不禁要想,孙子这一走能否再见面。马塞尔远赴科罗拉多学习地质,所在城市位于落基山脉山麓,建成于淘金热时期。他把根据身形定制的自行车拆卸带走,还带上了维克多·哈拉的唱片。马塞尔离开时,骚乱尚未演变为吞噬国家的暴力。"我会给你写信的。"这是卡门在机场送别孙子时说的最后一句话。

马塞尔拒绝加泰罗尼亚语有多么倔强,学习英语就有多么钻研。仅仅数周,他就适应了科罗拉多的生活。来时还是金色的初秋,几周后已经在铲雪了。他结交了几位自行车发烧友,加入他们的训练,筹备横穿美国,从太平洋沿岸到大西洋沿岸。另外,马塞尔还加入了登山团体。维克多无法探望儿子,动乱、游行、停摆、罢工以及超量工作使他无暇抽身。罗赛去过几次,回家向家人汇报,儿子在科罗拉多说的英语或许比平生所说的西班牙语都要多。儿子剃了胡子,留着小辫。卡门说得没错,他像多明金。远离家人、不受智利动荡冲突波及,他在大学的知识静潭中专注于破译石头的秘密,第一次体验到心灵的安然自得。在这儿,他不是难民的孩子,没有人听说过西班牙内战,能在地图上找到智利的人屈指可数,更别提加泰罗尼亚了。在遥远的他乡,用另一门语言,他交了许多朋友。几个月后,他与初恋的女孩住进一间小公寓。她是牙买加人,学文学,为报纸撰稿。罗赛第二次来访时与女孩见了一面。回到智利后,罗赛说,女孩不仅漂亮,

---

① 路易斯·米格尔·多明金(1926—1996),西班牙传奇斗牛士,出身世家,年少成名,二十世纪五十年代达到鼎盛,因花边新闻成为街谈巷议的人物。

而且开朗健谈,与马塞尔正好相反。"放心吧,堂娜卡门,您的孙子开窍了。牙买加姑娘正在教他跳加勒比舞蹈。如果您看到他像个非洲人似的,伴着鼓声和沙锤扭来扭去,您一定不敢相信。"

正如卡门担忧的,她没能再抱一抱孙子,没能认识牙买加女孩或孙子的其他女朋友,也没有见到延续达尔莫家族血脉的曾孙。八十七岁生日当天,她在梦中离世。家人备下生日聚会,在院里搭了阳篷和长桌,却没能派上用场。前一晚就寝时,卡门照旧因抽烟犯咳嗽,但很健康,对生日满心期待。乔尔迪·莫利内醒来时,晨光从百叶窗的缝隙渗入,他赖床没动,等待烤面包的香气通知他起床、穿鞋、吃早饭。过了好几分钟,他才察觉卡门在身旁。卡门一动不动,冰冷得像一块石头。乔尔迪抓住她的手,愣了一会儿,默默地流下眼泪。多么大的背叛,她怎么能先走一步,留下他一人。

罗赛发现卡门去世已是下午一点左右。她带着蛋糕和一车气球,准备在厨师和帮手到达前布置餐桌。家中寂静阴沉,百叶窗紧闭,空气似乎凝固。罗赛觉得很奇怪,她在客厅叫婆婆和乔尔迪,到厨房找他们,最后小心翼翼地走进卧室。回过神后,她抓起电话,先拨维克多医院的号码,再拨马塞尔在布宜诺斯艾利斯酒店的号码。马塞尔正与一帮同学在阿根廷。罗赛告诉他们,卡门去世了,乔尔迪不见了。

卡门说过多次,如果死在智利,她想葬在西班牙,与丈夫和吉列姆做伴;如果死在西班牙,她想葬在智利,与维克多一家做伴。为什么?为了添乱。她笑着说。可是,这不只是一句玩笑,更是卡门的忧愁,爱分两地、骨肉别离、生死无法团圆的忧愁。马塞尔次日飞到圣地亚哥,在祖母与乔尔迪·莫利内共同生活了十九年的屋子守灵。宗教仪式一概免除,卡门上次踏入教堂早在少女时期,早在爱上马塞尔·尤易斯·达尔莫之前。不过,两名住在附近的玛利诺传教会的神父不请自来,卡门与他们换过香烟。神父有从纽约寄来的香烟,卡门有乔尔迪从黑市弄来的塞拉诺火腿和拉曼恰奶酪①。神父用吉他即兴弹唱,他们知道卡门喜欢这样的告别式。歌声中唯一无法自抑的人是马塞尔,卡门是他的奶奶,更是他的忘年之交。马塞尔喝了两杯皮斯科②,坐下淌着眼泪。还有那么多话来不及说,那么多爱羞于表达;他曾拒绝加泰罗尼亚语,他曾嘲笑她糟糕的厨艺,她的来信也没有一一回复。他是这位特立独行、爱发号施令的祖母心头最亲近的人。马塞尔去科罗拉多以后,卡门每天给他写信,直到去世前一天。日后,不论马塞尔走到哪里,总是带着一个捆绳的鞋盒,盒子里是奶奶的三百五十九封信。维克多坐到马塞尔身边,默然地伤怀。小小的家失去了支撑的柱梁,当天深夜回到房间,他向罗赛悄悄倾诉。"支撑小家的一直是你,维克多。"罗赛告诉他。来守灵的还有邻居、卡门工作多年的学校的老同事和学生、她在温尼伯与乔尔迪认识的朋友,以及维克多和罗赛的友人。晚上八点,警察封锁了路口,摩托车为三辆蓝色菲亚特汽车开道。总统坐在其中一辆车里,专程来向棋友致哀。维克多买下一块墓地安葬母亲,也为家人和乔尔迪备下。如果以后将父亲从西班牙迁葬,也需做好准备。维克多知道,从此刻起,他便完全归属智利了。"故乡就是先人长眠之地。"卡门说过。

与此同时,警方搜寻着乔尔迪·莫利内。老头没有亲人,朋友就是卡门的朋友。谁也没有见过他。家人判断乔尔迪走失,因为他有些痴呆,但他走不远。他们在社区商店的橱窗上张贴照片,家门不落

---

① 指西班牙拉曼恰地区出产的羊奶酪。
② 皮斯科,以葡萄为原料的蒸馏酒,是秘鲁和智利的特产。

锁，等他回家进门。罗赛猜想乔尔迪是穿睡衣拖鞋离家的，因为他的衣服鞋子悉数留在衣橱中，可她不敢确定。那年夏天，罗赛的猜想不幸得到验证。马波乔河水位下降，乔尔迪的遗体出现在灌木丛中，睡衣成了几条破布。警方一个月后才最终确认死者身份，将遗体交给达尔莫夫妇与卡门合葬。

尽管社会问题层出不穷，物价飞涨，报纸一片末日论调，但政府握有人民的支持。议会选举中，执政党得票意外增加。显然，经济危机和煽动仇视不足以推翻阿连德。

"右翼正在武装备战，大夫。"为维克多送卫生纸的患者告诉他，"我们工厂的几间仓库被人用金属门闩和大锁封死，谁也进不去。"

"这证明不了什么。"

"几个同事轮流日夜看守，防止有人搞破坏。您知道吗？他们看见有人从卡车上卸箱子，因为不是寻常货，就调查了一番。他们确定箱子装满武器。要血流成河了，大夫，那些闹革命的年轻人也有武器。"

当晚，维克多将此事告知阿连德，他们正在继续几天前未分胜负的棋局。阿连德住在政府购置的总统官邸。这是一栋西班牙风格的房子，拱窗、瓦顶，进门是国徽图案的镶嵌砖，两棵高高的棕榈树从马路上就能看见。守卫认识维克多，他深夜前来也是常事。两人在客厅下棋，客厅除了书籍和艺术品，总有一张棋盘就位。阿连德平静地听着，维克多所说他早有耳闻。除了那一家工厂，还有多家情况类似，只是依法不便闯入搜查。"不必担心，维克多，只要军人忠于政府，就没什么可怕的。我信任总司令，他是正直的人。"他还说，鼓吹古巴式革命的极左叫嚣分子同样危险。狂热的左翼与右翼同样有害于政府。

年底,国家体育场举行群众集会,致敬巴勃罗·聂鲁达。九个月后,同样的国家体育场却沦为关押犯人和刑讯虐待之所。那是聂鲁达的最后一场公开活动,几周前,他从年迈的瑞典国王手中接过了诺贝尔文学奖。聂鲁达辞去驻法大使之职,退居钟爱的黑岛怪屋。他病了,但仍在小小的书桌边写个不停,窗前汹涌的大海掀起浪花。之后的几个月里,维克多多次探望聂鲁达,他既是朋友,偶尔也充当医生。聂鲁达穿着土著斗篷,戴着贝雷帽,和颜悦色,嘴里吃个不停。他的待客之道是烤石首鱼、智利红酒以及畅谈人生。他不再是爱开玩笑的老顽童,不再乔装打扮逗趣或书写幸福生活的颂歌。邀约、奖项和景仰之词从世界各地纷至,聂鲁达的心却是沉重的。他为智利忧心。他在撰写回忆录,西班牙内战和温尼伯号占了不少篇幅。想起或遇害或失踪的西班牙朋友们,他悲从中来。"我不想比佛朗哥早死。"聂鲁达说。维克多肯定地说,他会长寿,病情缓和并已得到控制。可是问题在于佛朗哥,维克多自己也怀疑坏蛋命长——元首已以铁拳掌权三十三年。维克多有关西班牙的回忆日渐模糊。每年12月31日夜半,他总是举杯庆祝新年,祈愿来年重返故乡。但这么做只是习惯。维克多没有幻想,也没有期待。生他养他的西班牙,他所熟悉的、为之战斗的西班牙大概已成往事。这些年铺天盖地的军装和教士袍把故乡变作了异乡。

和聂鲁达一样,维克多也为智利担忧。两年不断的军事政变流言鼓噪起来。总统仍然相信军队,但也明白军内分裂。初春,反对派暴力升级,极端暴行前所未见,军方不满大大加剧。总司令号令不行,辞去了职务。他向总统解释,为保全军纪,只能由他引咎辞职。这一举动无济于事。几天后,凌晨五时,人们担忧的军事政变终于爆发。几小时内,天翻地覆,智利彻底改变了模样。

维克多一早前往医院,不料马路被坦克封锁。一队又一队的绿皮卡车输送士兵,直升机在低空轰鸣,如同不祥的鸟群。士兵荷枪实弹,面部迷彩像科曼切人①,用枪托野蛮催赶稀稀落落的行人。他立即反应过来,回家给在加拉加斯的罗赛和在科罗拉多的马塞尔打电话。母子俩都想乘飞机马上返回,但维克多劝告他们暂待风暴平息。总统和另外几名熟识的官员音讯全无。消息中断,电视台和广播电台落入叛军之手,唯一播送的电台证实了维克多的猜想。美国大使馆炮制的沉默计划精准有效,审查制度随即施行。维克多决定坚守岗位,他将换洗衣物和牙刷装包,开着老雪铁龙在小路穿行。电池收音机刺耳的刺刺声中传出总统的声音,阿连德谴责军队叛乱,制造法西斯政变。他呼吁人们保持冷静、坚守岗位,既不要妄动也不要放弃。他反复声明,他将忠于职守,捍卫合法政府。"站在历史的关口,我将以生命报答人民的忠诚。"不住的眼泪令维克多无法前行,他只好停下车。战机从头上呼啸而过,几声巨响紧随而至。远处浓烟升起,他不敢相信,军机正在轰炸总统府。

　　四位将军组成的军政府左右了智利的命运。他们一身戎装,在国旗、国徽和隆隆军乐中,通过电视宣布法令、发表演说,一天数次。新闻媒体尽数被军政府操控。萨尔瓦多·阿连德据说在总统府的火海中自杀,但维克多怀疑,阿连德与许多同志一样,死于军方之手。维克多明白,智利陷入了绝境,再也无法回头。内阁成员遭囚禁,议会宣布无限期休会;党禁实行,言论自由和公民权利悬置,新秩序正在降临。军中犹豫不前者一律逮捕,许多军人遭枪决。不过,军方一向以团结强悍示人,内部肃清日后才为人知。前任总司令为躲避昔日战友毒手逃往阿根廷,却于一年后死于汽车炸弹,与夫人一起粉身

---

① 科曼切人,北美土著。

碎骨。奥古斯托·皮诺切特将军执掌军政府,迅速集大权于一身。镇压运动以雷霆之势席卷各地。军方扬言搜遍每一个角落,掘地三尺也要揪出马克思主义分子,不计代价清除共产毒瘤。富人区的资产阶级终于举杯,畅饮三年前备下的香槟,工人却笼罩于恐怖之中。维克多九天没有回家,一是七十二小时宵禁不得上街,二是医院忙不过来。中枪弹的伤员源源不绝,停尸间挤满未加辨认的尸体。他在餐厅随便吃一点儿,坐着打盹,用一块海绵洗遍全身,只有一套换洗衣服。为了打国际长途,一等就是几个小时。他告诫罗赛,无论如何不要回国,等他的消息,并让罗赛转达马塞尔。大学闭校,学生稍有抵抗即遭实弹镇压,新闻等院系的墙壁浸透了鲜血。音乐学院什么情形、学生如何,维克多不得而知。医生罢工随即停止,同行高兴地回到岗位。清洗已经开始,病人被特工从床上拖走。一名上校接管了医院,配备冲锋枪的士兵把守出入口、走廊、大厅甚至手术室。几名左翼医生被捕,其余的或逃或藏,再也没有出现。维克多却带着莫名的淡定从容继续工作。

当维克多终于回家洗澡换衣服,眼前是一座陌生、整洁、涂白的城市。短短几天,革命壁画、仇恨的标语、垃圾、大胡子的男人和裤装的女人消失不见。商店橱窗陈列着此前黑市才有的商品,但价格涨了,顾客稀少。武装的士兵和警察四处巡逻,街角停着坦克。封闭卡车飞驰而过,像咆哮的狼群。城市一派兵营式的秩序井然和恐惧下的虚假和平。进家门时,老邻居探头张望,维克多向她问好,她没有回应,反而立刻关上了窗户。这本该使维克多警惕,但他只是耸了耸肩,以为可怜的女邻居也是因为时局惴惴不安。家里还是政变当天匆匆离开时的模样:凌乱的床、地上的衣服、脏盘脏碗和厨房发霉的食物。他无力收拾,倒在床上,睡了十四个小时。

也是那几天,聂鲁达去世了。军事政变对忧心忡忡的聂鲁达不啻沉重一击,他支持不住,病情急转而下。聂鲁达被救护车送往圣地亚哥的诊所后,军队闯入他在黑岛的家,翻乱诗稿,踹烂他收藏的瓶子、贝壳和海螺,搜索着武器和游击队员。维克多到诊所探望,警卫又是搜身,又是录指纹、拍照。最后,守门士兵不许他入内。维克多了解聂鲁达的病况,月前尚且容光焕发,骤然离世令人愕然。维克多不是唯一起疑的人,不久便有传言,聂鲁达是中毒而死。入院前三天,诗人写下最后几页回忆。社会对立、民主沦亡,友人萨尔瓦多·阿连德被秘密草草下葬,唯有遗孀送别,他深深地失望痛心:"……那光荣的就义者被智利军队的机枪扫射、撕碎。又一次,他们背叛了智利。"他写道。此言不虚,军人早有颠覆合法政府的劣迹,健忘的集体记忆却遗忘了背叛。聂鲁达的葬礼是对政变者的第一场反抗,军政府不敢横加阻拦,全因世界的目光聚焦于智利。维克多为一位重病患手术,无法离开医院。几天后,他从送卫生纸的病人口中得知了葬礼细节。

"人不多,大夫。您记得国家体育场致敬聂鲁达的大场面吗?不能比,墓地最多二百人。"

"下葬的新闻刚刚见报,太晚了。没有几个人知道聂鲁达去世或下葬。"

"大家都怕。"

"他的朋友和支持者不是躲藏就是被捕。告诉我,葬礼什么样子?"维克多问。

"我走在前面,吓得不轻。墓园一路都是持枪士兵。棺材上覆盖着鲜花。我们默默走着,突然有人大喊'巴勃罗·聂鲁达同志!',所有人齐声回应'永垂不朽!'。"

"士兵什么反应?"

"没有反应。所以一个胆大的又喊'总统同志！'，大家又是齐声高呼'永垂不朽！'，那一幕很感人，大夫。我们还喊着团结的人民永不败。士兵没有怎么样，只是有几个家伙对送葬队伍拍照，天知道他们想干什么。"

维克多怀疑一切，周遭充斥着瞒骗、谎言与粉饰，铺天盖地是伟大的祖国、英勇的军队和传统道德至上的荒谬宣传。"同志"一词消失，谁也不敢再提。人们偷偷议论集中营的暴行，未审先判草菅人命，数千人被捕、失踪、逃亡或流放，甚至用狗凌辱女性。维克多不解，施酷刑者和告密者从何而来，就像凭空出现。短短几个小时，他们浮出水面，摩拳擦掌组织有序，似乎备战多年。事实上，法西斯的祸根一直潜藏地下，虎视眈眈。不可一世的右翼赢了，寄望于革命的人民败了。维克多听说，伊西德罗·德尔索拉尔政变几天之后举家搬回智利。这些人席卷重来，准备收复特权、把持经济。不过，国家大权被军政府掌控，几位将军声称，马克思主义带来的乱象一日不平，一日不交权放手。独裁何时结束，只有掌权者知道。

告发维克多·达尔莫的是那个女邻居。正是这位女邻居，两年前请求维克多动用与总统的私交，安排儿子从警；也是这位女邻居，由维克多亲手操刀，植入一对心脏瓣膜；她曾与罗赛换糖换米，也曾为卡门致哀守灵。维克多在医院被捕。三个男人既没有着制服，也没有表明身份，径直来到手术室，客气地等待手术结束。"跟我们走一趟，大夫，例行公事。"他们语气强硬。走到马路上，他们把维克多推进一辆黑色汽车，铐上双手，蒙上眼睛。第一拳落在他的肚子上。

维克多·达尔莫两天之后才知道自己置身何处。问讯结束后，他被拖到屋外，摘下眼罩和手铐。他大口呼吸着纯净的空气，几分钟后才适应正午刺眼的光线，站稳身子。这里是国家体育场。一个稚嫩的新兵递给他一块毛毯,轻轻拉着他的胳膊,缓步走向看台。维克多走得吃力,因拷打和电刑浑身疼痛,焦渴如溺水。时间模糊了,他记不清究竟发生了什么。他遭受酷刑虐待一周之久,抑或几个小时。他们问了什么?阿连德、象棋、Z方案。什么是Z方案?不知道。囚室还有别人,有风机轰鸣和令人毛骨悚然的尖叫,还有枪声。"他们在杀人,在杀人。"维克多喃喃地说。

维克多坐在看台上,他曾在此观看足球赛、参加文艺活动。致敬巴勃罗·聂鲁达的盛会还历历在目。囚犯有数千人之多,军士严密看守。押解维克多的新兵一走,一个人走过来,把他带到座位,递上一壶水。"别怕,同志,最可怕的已经结束了。"他看着维克多喝完一壶水,帮他躺下,卷起毯子枕在他的脑后。"休息吧,时候还长。"他说。他是一名冶金工人,政变次日被捕,在体育场已经关押了几周。傍晚,炎热退去,维克多坐起身,冶金工人告诉他这里的情况。

"不要出头,老实安静地待着。他们随便找一个理由,就能用枪托砸死你。这帮人是禽兽。"

"如此深的仇恨,如此的暴行……我不明白……"维克多低声说。他口干舌燥,话语哽在喉头。

"谁都会变成野兽,只要手上一把枪、上头一个命令。"另一个人靠近说。

"我不会,同志。"冶金工人反驳道,"我看见那些兵痞砍断了维克多·哈拉的手。'唱啊,畜生!'他们朝他喊。他们用棍棒打,最后用枪扫射。"

"最重要的是让外面的人知道你关在这儿。"另一人说道,"万一突然失踪,家人才能顺藤摸瓜。失踪的人太多了,下落不明。你结婚了吗?"

"是的。"维克多说。

"把你妻子的地址或电话告诉我,我的女儿可以传递消息。她和许多犯人家属每天在体育场外等消息。"

维克多没有告诉他,他怕那是安插在人群中刺探情报的线人。

天赐圣若望医院的一名护士目睹维克多被捕,几经辗转拨通了罗赛在委内瑞拉的电话。罗赛通知马塞尔,让他留在原地。不管在哪儿,都比在智利有用。她自己则立刻返回智利。罗赛买了机票,登机前见了巴伦丁·桑切斯一面。"一旦有你丈夫的消息,我们马上营救。"巴伦丁向她保证。他交给罗赛一封致委内瑞拉驻智利大使的信,大使是巴伦丁外交官生涯的同事。大使馆里,数百名难民正在等待流亡所需的通行许可。委内瑞拉大使馆是庇护逃亡者的少数使馆之一,最初去加拉加斯的不过数百人,很快便成千上万。

罗赛 10 月底抵达智利,11 月才得知丈夫被押往国家体育场。委内瑞拉大使前往调查,对方却说维克多从未关押于此。彼时,军方正在疏散人犯,送往全国各地的集中营。罗赛寻觅数月,求助国内外的友人,叩遍各类机关的大门,查询教堂的失踪人员名册。到处不见维克多的名字。他人间蒸发了。

维克多·达尔莫和其他政治犯一起,被卡车队历经一昼夜运往北方的硝石营。营地废弃了几十年,新近被改造为监狱。二百余人关押在昔日硝石工人居住的简易房中,周围是通电的刺网、高大的岗楼和携枪的军士。一辆坦克在四周巡逻,空中不时掠过空军的战机。监狱长是一名警官,身材肥胖,讲话如咆哮,在紧绷的制服下汗流浃背。他盛气凌人、心胸狭隘,用扩音器扬言,无论是既遂犯还是未遂犯,一律严惩不贷。监狱长命令刚刚下车的犯人脱光衣服,曝晒于沙漠的烈日下,几个小时不给食物和水,他逐个辱骂脚踢。一开始便是肆意虐待,意在摧毁囚犯的心志,下级随之仿效。维克多·达尔莫以为,经过滨海阿热莱斯几个月,他比别人更善忍耐。可那是多年前,他还年轻。现在他已年近六旬,身陷囹圄前,他甚至无暇留意自己的年纪。到了北方,在硝石地灼热的白昼和严酷的夜晚中,他疲惫难支。逃是不可能的,四周是无垠的沙漠,只有绵延数千公里的旱地、黄沙、砾石和风。维克多觉得自己老了。

XI
1974—1983

现在我要告诉你：
我的土地将是你的，
我要征服土地，
不只为了你，
而是为了所有人，
为了我所有的人民。

——巴勃罗·聂鲁达,《途中的信》
《船长的诗》

在集中营的十一个月，维克多·达尔莫不仅没有心衰力竭，躯体和精神反而更加强健。他一向瘦削，到了集中营更是筋肉嶙峋。皮肤被烈日、盐与沙灼伤，形如刀削。他是一尊贾科梅蒂①的浑铁雕塑。他承受着残酷的军事训练，烈日下长跑、夜晚冰上罚站，还有殴打、惩戒和无意义的苦役，无时无刻不处于凌辱与饥饿中。但是，这一切没有将他摧毁。他自知任人宰割，不再奢望掌控命运。既已身

---

① 阿尔贝托·贾科梅蒂(1901—1966)，瑞士雕塑家、画家，颀长、嶙峋、粗粝是其雕塑作品的特色。

陷图圄,既然敌人有恃无恐,他只能控制自己的喜悲。又一次,他像一株欧洲白桦,风暴中弯曲而不折。多少年前他也是同样的感受。面对狱警的暴虐和愚蠢,他固守于回忆和沉默,笃定罗赛正在四处找他。她一定会找到。他很少说话,狱友叫他"哑巴"。他想念马塞尔,三十岁前一直沉默寡言、不愿开口的马塞尔。维克多也不愿开口,有什么可说的。狱友悄悄为彼此打气,低声不让看守听见,而他无限地思念罗赛,回想两人共度的一切,回想他对罗赛至深的爱。为了保持思维活跃,他一遍又一遍回顾脑海中的经典棋局,以及与总统的若干鏖战。他一度想用硝石地疏松的石头雕刻棋子,找人下棋。不过,狱警看守蛮横,这绝不可能。这些人同样出身劳动大众和贫穷家庭,多数曾经拥护社会主义革命。可是,他们奉命时却如此粗暴,似乎与囚犯有私仇大恨。

每周,囚犯或转移或处决,遗体在沙漠中被炸毁。即便如此,新增的人仍然大大多于减少的人。维克多估算,集中营里有不下一千五百人——来自全国各地,年龄行业不同,同样遭受迫害。他们是伟大祖国之敌。其中一些囚犯,例如维克多,不属于任何政党,也不曾担任公职,只因遭人报复或错捕。

春天已至,囚犯怕夏天来临,到那时,炎热白昼下的集中营就犹如炼狱。不过,维克多·达尔莫的处境却在夏天意外转折。起因是监狱长心脏病发。他正在激昂地作早间训话,犯人们穿着内裤,赤脚在天井列队。监狱长突然跪倒,长舒一口气后瘫在地上,近旁的狱警不及搀扶。谁也不敢动,谁也不敢发出声音。在维克多眼中,这是慢镜头的一幕,一片沉默,犹如另一个时空和一段梦魇。两名狱警试图搀起监狱长,有人跑去找医务员。他不假思索,梦游似的向前穿过队伍。人们注视着地上,没有察觉。狱警注意到维克多时,大声喝令他站住、趴下,但维克多已走到队伍前方。"他是医生!"一名囚犯喊。

维克多跑上前,迅速来到昏迷的监狱长身旁。他蹲下察看,狱警不但没有阻止,反倒退后一步。维克多确认监狱长呼吸骤停,示意身旁的狱警松开他的衣服,他为其人工呼吸,用力按压胸部。维克多知道医务室有一台手动除颤仪,用于复苏受刑昏厥的囚犯。不过几分钟的工夫,医务员赶来,身后的助手带着氧气罐和除颤仪。医务员协助维克多进行心脏复苏。"直升机!把他立即送医!"心脏一跳动,维克多立刻指示。监狱长被送往医务室,在集中营一角随时待命的直升机赶到,其间,维克多施救不停。最近的医院有三十五分钟路程。监狱方命令维克多陪同病人,给了他一件衬衫、一条裤子和一双军靴。

那是一家乡下医院,虽然小,但设备齐全。若是平时,医院尚有条件急救,可眼下只有两名医生。他们久闻维克多·达尔莫医生的大名,尊敬地迎接他。讽刺的是,他们告诉维克多,外科主任和心脏科医生都已入狱。维克多没有工夫过问他们被关押在哪里,显然不在他所在的集中营。手术室是他坚守数十年的岗位,正如他常常对学生说的,心脏没有神秘之处,神秘是主观赋予的。他迅速下达指令、盥洗、准备病人,在一名医生的协助下,着手已操刀数百次的手术。双手的记忆完好无损,熟练自如。

维克多整晚守护病人,兴奋多于疲惫。医院里没有武装监视,人们遵从他,仰慕他,为他送来牛排佐土豆泥、一杯红酒和餐后冰激凌。几个小时里,他不是一个号码,而又是达尔莫医生了。他已经快忘记了入狱前的生活。到了上午,病人仍旧危重,但病情稳定。军方的一名心脏科医生从圣地亚哥乘飞机赶到,维克多被送回集中营,他乘隙请求协助手术的医生联系罗赛。这是冒险之举,那位医生应是右翼。但是,在几个小时的并肩工作里,他们显然互有敬意。维克多确信,罗赛已返回智利,在寻找他的下落。换作是他,也会这样做。

继任监狱长与前任一样粗暴,好在维克多只忍受了五天。一天早上，点名转移囚犯时，狱警喊到他的名字。这是囚犯一天中最害怕的事，他们会被送往刑讯地、更险恶的监狱，甚至是葬身之处。三小时站立等待后，囚犯被押上卡车。维克多正准备和众人上车，点名的狱警拦下他。"你留下，畜生。"维克多又等了一个小时。他被带到办公室，监狱长说他走了大运，交给他一页文件。维克多有条件获释。"要我说，你自己滚出大门得了，婊子养的共产党。我居然还得把你送回医院。"他说。

罗赛和委内瑞拉大使馆的官员在医院等他。维克多紧紧抱住妻子，漫长无着的几个月，他思念着她，带着从未明言的深情。"唉，罗赛，我是多么爱你，多么想你。"他将鼻子埋进她的头发，轻轻说道。两人都哭了。

有条件获释意为每天到警察局拘留所签字报到，耗时长短取决于执勤警官的心情。两次签字报到后，维克多决定到委内瑞拉大使馆避难。获释几天后他才明白，牢狱之灾是挥之不去的污点，他不能回医院工作，朋友们躲着他，他有随时被捕的危险。与维克多的谨慎惶恐相反，独裁的支持者气势汹汹，正在清算反攻。面对暗地里的暴行，人们敢怒不敢言，再也没有抗议声。工人遭镇压，被剥夺权利，肆意开除。再低的薪水也要感恩戴德，因为门口总有失业工人排队等待。这是企业主的乐土。官方的说法是国家有序整洁、乱象已平，走上了繁荣之路。维克多却想着遭受酷刑的人、死去的人、狱中结识的一个个面孔以及失踪的人。人们变了。三十五年前张开万千臂膀接纳他的智利，他爱之如故乡的智利，如今难以辨认。

次日，维克多对罗赛说，他无法在独裁下生活。"在西班牙做不到，在这儿也做不到。这把年纪，我无法活在恐惧当中，罗赛。问题是，和留在智利忍辱负重相比，二度流亡同样可怕。"罗赛说，流亡只是权宜之计。军政府很快就会垮台,人人都说智利有坚实的民主传统。那时,他们就能回家。然而,这番说辞站不住脚,佛朗哥掌权三十余年,皮诺切特大可效仿。维克多彻夜难眠,反复地思量。黑暗中,他躺在床上,静听马路的声响,罗赛蜷在身旁。凌晨三时,他察觉一辆汽车停在家门口。只有一种解释,警察又来抓人了。宵禁期间,只有军队与特工可以驾车。他不想逃,也不想躲。他静静躺着,冷汗湿透了衣服,胸中如擂鼓。罗赛探出窗帘,看见又一辆黑色汽车停在第一辆车旁边。"快穿衣服,维克多。"她命令道。不过,罗赛看见几个男人从容下车,既没有跑,也没有叫喊持枪。他们抽了一会儿烟,轻松地聊天,最后散去。维克多和罗赛抱着、颤抖着,在窗边等到天明。凌晨五点宵禁解除。

罗赛请委内瑞拉大使派使馆牌照车辆来接维克多。那时,避难于大使馆的人们多数已前往收容国,安保有所放松。维克多藏在后备厢混入了使馆。一个月后,他收到通行许可,两名委内瑞拉官员将他护送到飞机舱门,罗赛在此等候。维克多一身整洁,剃了胡子,心情平静。还有一名流亡者同机,就座后才去掉手铐。他身上很脏,头发蓬乱,不停地颤抖。维克多看着他,飞行一会儿之后,走到他身旁,好不容易与他攀谈,让他相信自己不是特工。这个男人的门牙没了,几根手指也折了。

"我能为您做什么吗,同志?我是医生。"维克多说。

"他们要让飞机返航,他们要把我送回⋯⋯"他大哭起来。

"放心吧。我们飞了快一个小时,不会再回圣地亚哥了,我向您保证。飞机直达加拉加斯,到那儿就安全了,有人会帮助您。我给您弄点儿水,您需要喝水。"

"最好弄点吃的。"他央求道。

罗赛和古典乐团常驻委内瑞拉,开音乐会、交朋友,在这个交往法则与智利迥异的社会如鱼得水。巴伦丁·桑切斯将罗赛介绍给值得结识的人,为她敞开文化界的大门。与艾托·伊巴拉的感情已结束多年,但他们还是朋友,罗赛不时去探望他。脑梗后的艾托不能自理,说话困难,但敏锐的思维和拓展商机的嗅觉无损。生意现由大儿子照看。艾托的家位于古鲁莫新区高处,将加拉加斯城尽收眼底。他种了兰花,饲养珍禽,收集手工打造的名车。私家花园草木葱茏,几栋房子里住着两个成家的儿子和孙辈,周围是监狱式的高墙,有一名武装警卫执勤。据艾托说,妻子从来没有怀疑他与罗赛,妻子固然犹豫过,毕竟那些年他留下了许多痕迹。但艾托料想,身为选美皇后的妻子默认丈夫多情,男人都是这样,这是男性雄风的佐证,于是睁一只眼闭一只眼。她是堂堂正正的妻子、孩子的母亲和唯一的依靠。瘫痪后的艾托属于妻子一人。她更加爱丈夫,因为他不再忙碌于生意场,展现出昔日无暇流露的迷人魅力。两人相濡以沫到老,有儿孙做伴。"你看到了,罗赛。所谓坏事前脚来,好事后脚到,我坐在轮椅上,比起健康的时候反而是更称职的丈夫、父亲和爷爷。你可能不相信,但是我很幸福。"罗赛探望艾托时,艾托说道。为免搅扰他的安宁,罗赛没有提起昔日拥吻与白葡萄酒的午后于她是多么珍贵。

两人曾约定,绝不向另一半吐露过去的感情——何必伤害他们,但罗赛没有守约。维克多从集中营获释到使馆避难的日子,他们重新陷入爱河,犹如初识。多么美妙的发现。他们深深思念彼此,重逢之时焕然一新,仿佛回到温尼伯号的救生艇上佯装亲密的年代。那时,年轻感伤的两个人相互取暖,喃喃私语,矜持地触碰。罗赛爱上的是一个高大粗犷的陌生人,五官像深色的原木雕刻,眼神温柔,带有新熨衣物的气息。维克多的傻气让她惊讶发笑,他似乎熟记她的身体地图,让她如此欢愉。他将她揽在怀中,她安然入梦,醒来时依然靠在他的肩头。他常说出令人意外的衷言,仿佛磨难毁去了他的心防,使他善感多情。维克多的爱褪去了禁忌色彩。三十五年来,罗赛固然是妻子,但近日重逢,她不再负有过去的重担,卸下了吉列姆遗孀和马塞尔母亲的角色,焕发着青春鲜明的样貌。五十多岁的罗赛不减风情、热烈满怀,身藏无穷活力且毫无畏惧。她和维克多一样痛恨独裁,却不惧怕。维克多回想,除了坐飞机,罗赛没有怕过什么,即便在内战末期也是如此。面对流亡,罗赛没有抱怨,没有却步;如今,她依然坚忍地面朝未来。罗赛何以刀枪不入?他何以如此幸运,拥有她这许多年?他为什么那么冥顽,深情迟到至今?维克多没有想到,人到老年还可以如少年热恋,情欲炽烈如火。他深情地看着罗赛,她成熟的外表下是全然的少女,带着加泰罗尼亚山中牧羊女的天真和厉害劲儿。他要保护她、照顾她,虽然他知道,苦难中,罗赛比自己坚强。凡此种种,维克多在重逢的短短几天乃至余生对罗赛反复诉说。也是在倾吐和回忆的那几个夜晚,他们分享往事、困苦和秘密,罗赛第一次谈及艾托·伊巴拉。知道实情后,维克多胸中剧痛,一时不能呼吸。情爱的冒险早已告终,即便罗赛如此申明,于他只是聊胜于无的安慰。他总是疑心,每一次旅行,罗赛与一个或多个情人相会。可是,这一段情持久而真挚,他回溯既往的妒忌几乎毁掉此刻的幸福。罗赛没有任其发展,她以斩钉截铁的理性向他阐明,她未曾损维克多丝毫用于艾托。她对维克多的爱没有减少,因为两人的感情永远占据独立的心房,与生命中的其他无涉。"以前我们是好友、知己、盟友和夫妻,但不是现在的爱人。如果当时我便告诉你,你不会这么难过,因为无所谓背叛。说到底,你也曾对我不忠。"维克多一惊,因为他的小偷小摸微不足道,早已忘记,原来她心知肚明。他勉强接受罗赛的说法,却久久不能释怀。后来,维克多明白了沉湎过去之徒劳。"过去的就过去了。"母亲常说。

委内瑞拉庇护了维克多,也以同样的广阔胸襟庇护了世界各地成千上万的移民。新近的是逃离独裁的智利难民,逃离肮脏战争①的阿根廷和乌拉圭难民,以及为贫穷所困、偷渡边境的哥伦比亚人。南美大陆被暴虐的政权和军政府笼罩,委内瑞拉是仅存的民主国家之一。源源不竭的石油、各类矿物、富饶的自然环境和得天独厚的地理位置使其跻身全世界最富裕的国家之列。资源如此丰沛,无须拼命劳作,想要来此定居的人拥有广阔空间和无限机遇。日子快活,人们流连于大宴小会,无拘无束,平等精神深入人心。随便寻一个由头,便是音乐、舞蹈和美酒。财富流淌,人人纸醉金迷。"你不要被表象迷惑。穷人很多,尤其在外省。政府忘记了穷人,暴力因此滋生,这个国家迟早要为此疏忽付出代价。"巴伦丁·桑切斯对罗赛说。维克多从简朴谨慎、战战兢兢、遭受压迫的智利而来,一派恣意欢腾令他震惊。他觉得委内瑞拉人浮华,玩世不恭,过分奢靡炫耀,沉迷于短暂易逝的快乐。他抱怨着这把年纪难再适应,自己折腾不起。但是,罗赛反驳说,他人到六十,做爱还像小伙,适应美妙的委内瑞拉不费吹灰之力。"放轻松,维克多,牢骚没有用。苦难是天定的,折磨是自找的。"维克多医生声名远播,多名求学智利的外科医生曾是他的学生。许多流亡人士骤然告别过去从零开始,以开出租车或端盘子谋生,维克多不必如此。他认证了执业资格,不久便在加拉加斯历史最悠久的医院重操手术刀。他生活无缺,寄寓他乡的心情却无从排遣,心心念念何时能够返回智利。罗赛的乐队和音乐会蒸蒸日上,马塞尔也是一帆风顺。他在科罗拉多修完博士,在委内瑞拉石油公司工作。母子俩随遇而安,却也盼着回家。

---

① 指专制政权采取恐怖手段迫害不同政见者、大规模践踏人权的行动,二十世纪七十至八十年代的阿根廷军事独裁是肮脏战争的范例。

维克多盼望返回智利的同时，1975年11月20日，佛朗哥垂死多日后亡故。多年来，维克多第一次想要重返西班牙。"到头来，元首也会死。"这是马塞尔唯一的评论，他对祖祖辈辈生活的国家没有一丝好奇。他是彻头彻尾的智利人。罗赛会陪伴维克多，再短暂的分别，她也不免担忧。命运无常，一别或许就难再见。宇宙的自然法则是熵，一切归于无序、毁灭、消失。人会消失，且看大撤退中多少人失踪；情感会褪色，遗忘的薄雾弥散在生命中。坚守如一需要英雄的意志。"难民总是往坏处想。"罗赛说。"爱人才会如此。"维克多纠正道。他们在电视上观看佛朗哥的葬礼。一队长枪骑兵护送灵柩，从马德里到烈士谷①。人群向元首致敬，女人跪地啜泣。教会极尽哀荣，主教身着大弥撒全装；政客与知名人士通身重丧，只有智利独裁者与众不同，身穿皇帝的大披风。继而是绵延无尽的阅兵队伍。喧哗散尽，留下佛朗哥之后西班牙将往何处去的悬疑。罗赛劝维克多一年后再回国。他们远远地关注着西班牙在一位君主②的带领下，从专制走向自由。国王出乎人们的预料，他不仅不是佛朗哥政权的傀儡，更是坚定地带领国家和平通往民主，绕开强硬的右翼设下的重重阻碍。右翼拒斥任何变革，元首不在，他们生怕特权不保。广大的西班牙人要求加快势在必行的改革，赶上欧洲和二十世纪的脚步。

次年11月，维克多·达尔莫和罗赛·达尔莫自大撤退之后，再度踏上祖国的土地。他们在马德里稍做停留。马德里不改昔日的帝都风采，维克多带罗赛看战火摧毁后重建的街区和建筑、大学城至今

---

① 烈士谷，佛朗哥时期修建的陵园教堂建筑群，葬有内战双方的阵亡将士，因劳役政治犯和独裁烙印而饱受争议。2019年10月，佛朗哥的遗骸从烈士谷迁出。
② 指胡安·卡洛斯一世（1938— ），佛朗哥扶植培养的储君，1975年佛朗哥死后即位，2014年退位，在西班牙走出专制、巩固民主的历史进程中发挥了关键作用。

可见的弹孔;他们去埃布罗河,传闻中吉列姆的牺牲地。他们想凭吊那一场死伤无数、堪称内战中最血腥的战役,却没有找到任何遗迹。到了巴塞罗那,他们在拉瓦尔区寻找达尔莫老宅。街道改了名字,认路费了一番工夫。房子还在,老旧得摇摇欲坠。从外面看,似乎没有人住。他们敲门等待许久,又按了几声电铃,一个描着黑眼影、穿着肮脏印度裙的姑娘开了门。她身上有一股大麻和广藿香的气味,一时不解面前这对陌生夫妻有何贵干,因为她正在遨游天外。姑娘请两人进屋。老宅刚被一群年轻人组成的公社占领,佛朗哥时代所不容许的嬉皮士文化姗姗来迟。夫妇俩巡视几个房间,心里不是滋味。墙脱了皮,涂着乱糟糟的画。地上有人抽烟、睡觉;垃圾乱扔,厕所和厨房令人作呕;窗门在铰链上飘摇,屋里是刺鼻难闻的污秽、密闭和大麻味道。"看吧,维克多,往事不可追。"两人走出老宅时,罗赛说。

他们不认识达尔莫家的老宅,也不认识西班牙。佛朗哥统治的四十年留下了深深的烙印,见诸人际与文化的方方面面。共和国最后的堡垒加泰罗尼亚遭到战胜者最严厉的清算和最残酷的压迫。两人惊讶于佛朗哥贻害之深。失业和通货膨胀、既有的和未有的改革引发民怨。保守派大权在握,社会党一团乱局。有人主张加泰罗尼亚脱离西班牙,也有人要求强化统一。许多战争流亡者陆续回国,大多人到暮年,心灰意冷。西班牙没有他们的容身地,没有人记得他们。维克多回到驽骍难得,酒馆还在街角,还是那个名字。他喝了一杯啤酒,纪念父亲和牌友,也就是在葬礼上唱歌的几个老头。驽骍难得重新装修了,少了天花板悬挂的火腿和陈酒味,代之以亚克力桌子和通风扇。老板告诉维克多,佛朗哥死后,西班牙一团糟,混乱不堪,到处是罢工、抗议、游行、婊子、同性恋和共产党。家庭和祖国的精神丢了,人们忘了上帝。国王是个蠢货,元首任命他为继承人真是大错特错。

达尔莫夫妇在格拉西亚大街租下一个小公寓,度过漫长的六个月。所谓逆流亡,即返回阔别的祖国,与1939年偷渡边境逃往法国同样艰难。两人熬了六个月,才承认自己成了外乡人。他是因为心气高,她是太坚韧。他们都没有找到工作,一是这个年纪很难找工作,二是没有人脉,谁也不认识。好在爱情抵挡了沮丧,他们如同新婚蜜月,不像无所事事的异乡老客。上午在城里闲逛,下午在电影院一场接一场看电影,他们努力地延长蜜月的新鲜感。直到一个乏味的周日,一个与其他日子同样乏味的日子,他们终于放弃。夫妇俩在佩特里乔街①的一家小店喝着浓稠的巧克力,吃着手指饼干,罗赛脱口而出的一句话决定了后续多年的际遇:"我受够了在这儿当外国人,我们回智利吧,我们属于那里。"维克多一声长叹化作白气,他俯身亲吻罗赛的嘴唇:"能回就回,罗赛,我保证。现在暂且回委内瑞拉吧。"

数年后,维克多返回智利的诺言才得以兑现。他们在委内瑞拉安家,马塞尔也在,他们有工作、有朋友。智利侨民与日俱增,除了政治流亡者,还有商海淘金的人。在他们居住的洛帕罗格兰德区,智利口音比委内瑞拉口音更寻常。大多数移民与本地人少有来往,他们舔舐着旧伤,惦记着智利的讯息。智利没有变革的迹象,振奋人心的消息口耳相传,却每每落空。独裁政权坚如磐石。罗赛鼓励维克多融入社会,走出家门是健康老去的诀窍。人要活在眼前,享受这个美丽国度的馈赠,安居乐业心存感恩,何苦纠缠于过去。暂且放下回国的执着,或许很久以后才能实现,不能因此牺牲当下。维克多不再依靠乡愁与期盼度日,他开始学习享受生活,过得好不是错。这与大方慷慨组成了他在委内瑞拉的最大收获。六旬的维克多变化之大,一

---

① 佩特里乔街,巴塞罗那老城的风情小街,有许多巧克力馆和特色商铺。

辈子未有。这有赖于常新的爱情,有赖于罗赛不倦地磨平他的棱角、为他打气,以及加勒比的自由不羁。纵情奔放的民风消解了他的严肃,即便不是一辈子,也有多年。他学着跳萨尔萨,弹四弦琴①。

也是那时候,维克多·达尔莫与奥菲莉亚·德尔索拉尔重逢。那些年来,维克多断断续续听闻她的消息,但两人没有再见面。他们分属截然不同的世界,奥菲莉亚常随丈夫辗转国外。维克多也刻意避着她,恐怕年少情断的余烬灼热,碰伤生活的安稳或与罗赛的感情。他始终不解奥菲莉亚为什么骤然将其从生命中斩断,除了一封短信,再无解释。信中任性的孩子语气和逃课到廉价酒店与他寻欢的女人判若两人。最初,哀叹与暗自诅咒之外,维克多憎恶奥菲莉亚。他将一切归咎于上等人的毛病:麻木、自私、傲慢、自以为是。后来,厌恶渐渐退去,沉淀下美好的回忆。奥菲莉亚是他一生所遇最美丽的女人,她无预兆的笑,她的娇媚。他极少思念奥菲莉亚,也鲜有冲动探查她的近况。在智利时,独裁以前,他偶有一星半点的消息,通常是从费利佩·德尔索拉尔口中得知。他和费利佩的会面寥寥无几,两人勉强维持着建立在维克多的感激之上的友情。维克多也在报纸上见过几张不甚好看的照片。不是艺术版,而是社会版。奥菲莉亚的作品在智利不为人知。"唉,和其他本土艺术家一样,女性的情况更糟糕。"罗赛说。有一次旅行回来,罗赛从迈阿密带回一本杂志,奥菲莉亚的画作在中央四页全彩印。维克多端详着报道的两张配图。她的眼睛没变,其他部位却不一样。或许拍得不真。

罗赛得知加拉加斯艺术协会将要举办奥菲莉亚·德尔索拉尔的

---

① 萨尔萨是加勒比地区的民间舞蹈,节奏欢快;四弦琴是委内瑞拉、哥伦比亚等国的特色乐器,形似吉他。

近作展。"你注意到了吗？她用的是婚前的姓。"罗赛说。维克多告诉她，奥菲莉亚一直用婚前姓，这在智利女性中很普遍，况且马蒂亚斯·埃萨吉雷已经去世多年。既然在丈夫生前没有冠夫姓，孀居更不必如此。"好吧，我们去看开幕式。"罗赛说。

维克多的第一反应是拒绝，但好奇占了上风。展出的画不多，却陈列了三个展厅，因为每一幅画都是房门的尺寸。奥菲莉亚没有摆脱瓜亚萨明的影响，她曾在这位厄瓜多尔大画家门下学习多年。她的作品与瓜亚萨明风格相仿，粗笔触、深色线条、抽象的人像，却全然没有瓜亚萨明的人道意蕴，没有对残酷与剥削的控诉，没有时代历史政治斗争的丝毫踪迹。奥菲莉亚的画是感官的形象，有的很露骨，例如胳膊扭曲剧烈拥抱的情人、深陷欲望或痛苦的女性。维克多疑惑地看着，这不符合他对画家本人的印象。

他想起青春初放的奥菲莉亚，那个被宠坏的女孩，纯真任情的样子曾让他着迷。那时的她画着水彩风景和花束。至于后来，他只知道奥菲莉亚嫁给外交官，从太太成了遗孀。她是传统的女人，安分于自己的命运。然而，这些画作却显露出热烈的性情、偾张的情欲，似乎他在廉价酒店浅尝的欲火始终藏在她的内里，唯一的宣泄阀即是画笔与颜料。

最后一幅画单独陈列在一面墙上，维克多为之一震。画中是一个赤裸的男人，手握步枪，只有白、黑和灰三色。维克多注视了几分钟，不知为何心神震荡。他上前看墙上的标题：《民兵，1973》。"这幅不卖。"身边传来一个声音。是奥菲莉亚。她与记忆中或寥寥几张照片上不同。她老了，黯淡了。

"这幅画是这一系列的首作，是一个阶段的结束。所以不卖。"

"那是智利军事政变的年头。"维克多说。

"和智利完全无关。那一年我解放了，成为画家。"

奥菲莉亚没有看维克多，只是就画作谈论着。回身继续交谈时，她依然没有认出维克多。两人分手已四十余年，且奥菲莉亚处于劣势：这些年，她没有见过维克多的一张照片。维克多伸出手，自我介绍。奥菲莉亚迟疑了几秒，才与记忆对上号。她惊叫一声，如此自然，维克多相信奥菲莉亚确实没有认出他。他心中伤痛的旧情于她没有留下痕迹。维克多请奥菲莉亚到咖啡馆一叙，并找来罗赛。两个女人并坐，他不免察觉时间之差别待遇。他本以为，美丽、率性、富裕和精致的奥菲莉亚更易抵御岁月，不料她看上去比罗赛年长。奥菲莉亚灰发枯燥，双手沧桑，因长期创作而驼背。她身着砖红的亚麻宽松长袍掩饰赘肉，背着危地马拉彩布大包，脚上是方济各式凉鞋①。她依然是美丽的，一双蓝眼睛在晒黑的、皱纹丛生的脸上如二十岁时明亮。而在另一边，毫不作态、从不以美著称的罗赛染黑白发，涂了口红。她钢琴家的双手善加保养，注意仪态，控制体重，黑裤与白衬衫一向简单优雅。她热切地向奥菲莉亚问好，抱歉无法多陪，她需要赶往音乐会彩排。维克多与罗赛交换询问的眼神，知道她故意留两人共处，一阵慌张。

奥菲莉亚和维克多坐在艺术协会庭院的一张桌边，四周是现代雕塑和热带植物。他们互陈四十年来的大事，对旧情避而不谈。维克多不敢触及这个话题，毋论讨一个迟来的说法，那是自取其辱。奥菲莉亚也不会给什么说法，因为她此生唯一的男人是马蒂亚斯·埃萨吉雷。和他们的非凡爱情相比，与维克多的短暂冒险是年少淘气。如果不是乡下墓园的小墓碑，她早已淡忘。她不会言及夭折的孩子，那是她与丈夫两人的秘密。她默默地担着罪过，遵循比森特·乌尔

---

① 源于方济各会修士的皮制凉鞋。

维纳神父的忠告。

两人长谈许久,仿佛是好友。奥菲莉亚告诉维克多,她有两个孩子,与马蒂亚斯·埃萨吉雷度过了三十三年的幸福生活。马蒂亚斯的爱始终如一,自追求开始,不曾改变。马蒂亚斯深爱她,独爱她,孩子们甚至觉得自己多余。

"他没有多少变化,平和、慷慨、忠贞不渝,他的好历久弥坚。我尽力支持他的事业,外交很复杂。我们两三年换一个国家,所以总是搬家、告别朋友、在别处开始新生活。孩子们也不容易。最糟糕的是社交,我不是惯于出入酒会和饭局的人。"

"那能作画吗?"

"我试过,但很难兼顾。总有更重要、更紧迫的事。孩子们上大学以后,我告诉马蒂亚斯,于母亲和妻子之职,我退休了,我要全心投入绘画。他觉得合理,就不再管我,不再要求我陪同出席活动。那是我最不喜欢的事。"

"啊,真是难得的男人。"

"可惜你不认识他。"

"我见过他一面。1939年在温尼伯号上,是他为我的入境许可盖章的。我一直没有忘记他。你的马蒂亚斯是一个正直的人,奥菲莉亚。"

"他鼓励我所做的一切。为了欣赏我的画,完全不懂艺术的马蒂亚斯去上艺术课。他资助我的第一场画展。六年前,该死的心脏病夺走了他。自他走后,每晚我总会掉眼泪。"奥菲莉亚坦言。她一时悲从中来,维克多有些局促。

摆脱种种束缚之后,奥菲莉亚在圣地亚哥二百公里外的庄园当起了农妇,种果树,饲养长耳矮羊当作宠物出售,不停地画画。除了去巴西和阿根廷看儿子和女儿、举办画展,或是每月探望一次母亲,她寸步不出画室。

"我的父亲去世了,你知道了吧?"

"我知道,报纸上登了。我们这儿的智利报纸常常迟到,但总归会到。他是皮诺切特政府的要人。"

"那是一开始的事。父亲1975年去世,他去世以后,母亲迎来了新生。父亲是一个暴君。"

堂娜劳拉祷告和慈善去得少了,牌局去得多了。她还常与一群神秘的老女人灵修,与彼岸的灵魂沟通,与她疼爱的小宝列奥纳多相连。比森特·乌尔维纳神父对这一有损德尔索拉尔家族纯洁的新罪不知情,堂娜劳拉在忏悔中刻意避而不谈。她知道,通灵逝者是天主教坚决谴责的歪门邪道。

奥菲莉亚提起神父时语带讽刺。年过八旬的乌尔维纳位列主教,振振有词地维护独裁行径,辩称独裁捍卫西方基督文明,抗衡邪恶的马克思主义。反观红衣主教,他成立专门教区庇护遭迫害者,统计失踪人口。红衣主教见乌尔维纳如此狂热,竟然支持酷刑虐待和草菅人命,不得不命其谨言慎行。乌尔维纳主教救赎灵魂孜孜不倦,尤其是富人区的信众。他仍是德尔索拉尔家的顾问,伊西德罗这个大家长去世后,他的权威更盛。堂娜劳拉、女儿、女婿、孙辈、曾孙辈,事无大小,都要仰仗他的智慧。

"我逃出了他的掌控,我讨厌他。他是邪恶的人。幸好我常在国外。费利佩也逃了,他是全家最聪明的,在英国住了半辈子。"

"费利佩怎么样?"

"阿连德那三年,费利佩留在智利,断定政府迟早垮台。事实也是如此。军政府的军营式专制赶跑了他,他料想独裁漫漫无期。你也知道,费利佩喜欢英国的一切。他厌恶智利伪善和愚昧的风气。他偶尔回来看母亲,处理家中财务,他无奈接了父亲的班。"

"你不是还有一个哥哥吗？研究台风和飓风的那个。"

"他在夏威夷定居，只有父亲去世分遗产的时候回来过。你记得家里的女佣胡安娜吗？她很疼爱你的儿子马塞尔。胡安娜还是老样子，谁也不知道她多大年纪，连她自己也说不清。她还是管家，还在照顾母亲。母亲九十多岁了，脑子很不清楚。我们家老年痴呆的太多了。好了，我们家的情况你都知道了，现在该你说了。"

维克多用五分钟总结了近况，随口一提坐牢的经历，并不着墨。往事令人不快，奥菲莉亚大概也不愿多听。奥菲莉亚猜到一二，但没有细问。她只说马蒂亚斯是保守派，社会主义三年，他履行外交官之职尽心竭力，反倒是军政府臭名昭著，令他羞愧。奥菲莉亚还说自己对政治从不关心，艺术是她的全部。她在智利日子平静，与草木动物为伴，不闻窗外事。不论独裁与否，她的生活总是那样。

两人告别，许诺保持联系，但他们知道这只是客套。维克多如释重负，只要活得够久，生命中的一个个圆终将闭合。奥菲莉亚·德尔索拉尔这个圆在艺术协会咖啡馆利落收尾，不留灰烬。至于余火，多年前已经熄灭。盖棺论定，他既不喜欢她的人格，也不喜欢她的画，唯一可念之处是那双湛蓝动人的眼睛。罗赛在家等他，略有不安。不过，看维克多一眼，她便笑了。丈夫年轻了好几岁。维克多传达了德尔索拉尔一家的近况，结语是奥菲莉亚身上有一股开败的栀子气味。事后回想，他对奥菲莉亚的幻灭必是罗赛的圈套。罗赛故意带他去画展，留下他与旧爱共处。罗赛太冒险了。如果他不是失望，而是与奥菲莉亚再度坠入爱河又当如何。显然，罗赛并不担心。"我们之间的问题是她吃定了我，而我总是怕她和别人跑了。"维克多心想。

XII
1983—1991

我现在住在一个如此温柔的国度
像葡萄秋日的果皮……

——巴勃罗·聂鲁达,《国》
《无果的地理》

智利政府近期开列名单,一千八百名流亡者获准返国的新闻登在周日的《环球报》上。达尔莫夫妇也只有周日这天通读报纸。罗赛前往智利领事馆,名单贴在窗上,她找到了维克多·达尔莫的名字。她陷入了两难。等了九年,真的要回智利了,她却高兴不起来。回国就是抛下所有,甚至是马塞尔,回到不堪忍受的压迫下。她自问,如果一切如故,回国有什么意义。可是,当晚与维克多讨论时,维克多说,如果现在不回智利,永远也不会回。"我们从头开始过多少次,罗赛,再一次也无妨。我已经六十九岁,我想死在智利。"聂鲁达的诗句在他的脑海中回响:"我怎能如此远离/过去和现在的所爱?"马塞尔同意回国。他自告奋勇先行探路,不出一周便到了圣地亚哥。马塞尔在电话里告诉他们,国家表面上繁荣发展,但轻挠表皮,便露出了伤痕。贫富悬殊,四分之三的财富掌握于二十个家族手中。中产阶级赊账度日,贫困者极多,富裕者极少。一边是穷苦百姓,一边是玻璃幕墙摩天高楼和高墙大宅；一边是福利和保障，一边是失业和压迫。几年前基于资本绝对自由、劳工权利缺失的经济奇迹化为泡影。马塞尔说，时局将有变化，人们不再那么害怕，反政府群众抗议抬头。他相信，独裁政权难以支撑自身重负，就要倾覆。是时候回国了。马塞尔还说，他一回智利，大学毕业后曾经供职的铜业集团就伸出了橄榄枝。没有人询问他的政治立场，他们看重的是他在美国的博士学位和工作经验。"我要留在这儿，爸妈，我是智利人。"这句话让维克多与罗赛打定了主意。和马塞尔一样，不论如何变迁，他们属于智利。并且，他们绝不会与儿子分离。不到三个月，达尔莫夫妇处置家当，和朋友同事道别。巴伦丁·桑切斯提议罗赛盛大凯旋，昂首挺胸，因为她和丈夫不同，既不在黑名单里，也不受安全部门的监控。她将携古典乐队全员而归，在公园、教堂和文化馆举办免费的系列音乐会。罗赛问，如此盛大的音乐会由谁资助。巴伦丁说权当委内瑞拉人民送给智利人民的礼物。委内瑞拉文化活动预算充足，智利独裁政权必不敢阻挠，否则就会引起国际风波。音乐会顺利举办。

　　维克多的回归比罗赛艰难许多。他抛下加拉加斯医院的职务和稳定收入，回到动荡的智利，遭受对待流亡者的异样眼光。左翼怪他们不在国内对抗独裁，脱逃外国；右翼称他们是马克思主义者和恐怖主义者，驱逐他们必有缘故。

　　维克多回到供职近三十年的天赐圣若望医院，护士和医生们用拥抱乃至泪水欢迎他。独裁伊始的大清洗中，数百名思想进步的医生遭到开除、逮捕或杀害，如今的同事是当初的幸存者，他们都记得维克多。院长是一名军官，他亲自向维克多致意，请他到办公室一谈。

　　"我听说您救活了奥索里奥监狱长。就您当时的处境，这是值得褒奖的义举。"他说。

"您指的是我当时是集中营的犯人？我是医生，治病救人是我的工作，和处境无关。监狱长怎么样？"

"退休多年了。身体健康。"

"我在这家医院工作了多年，我希望可以复工。"维克多说。

"我理解，但是您年事已高……"

"我还不到七十。两周前，我还在领导加拉加斯巴尔加斯医院的心脏科。"

"我抱歉地告知您，以您政治犯和流亡者的前科，公立医院不能雇用您。法律上，在颁布新规之前，您处于停职状态。"

"也就是说，我不能在智利工作？"

"我深表遗憾，但这不是我的决定。我建议您到私人诊所工作。"院长说，两人用力地握手告别。

军政府主张公共服务交由私人之手。医疗不是权利，而是买卖的消费品。军人当政期间，从电力到航空业，但凡可私有化的领域一律私有化。私人诊所激增，设施条件极佳，专为富人服务。维克多流亡多年，但名气丝毫未减，随即在圣地亚哥最出名的诊所找到了工作，收入远超公立医院。一次，费利佩·德尔索拉尔回智利时，到诊所拜访维克多。他们不是至交好友，也没有什么共同之处，但这无碍于阔别多年之后的真情相拥。

"我知道你回来了，维克多。我很高兴。这个国家需要你这样的精英。"

"你也回来了？"维克多问。

"这里不需要我。我在伦敦生活，看不出来吗？"

"看得出来，你像个英国绅士。"

"我不时得回来处理家事。全家上下，除了曾经养育我的胡安娜·南古切奥，一个也合不来。不过，亲人没得选。"

他们坐在花园长凳上,面前是一座喷泉,水柱犹如鲸鱼隆隆的鼻息。两人谈起家中近况。奥菲莉亚幽居乡下,画作无人问津;劳拉·德尔索拉尔罹患痴呆,整日坐在轮椅上;费利佩的另外两个妹妹则变成了俗不可耐的贵妇人。

"我的妹夫们这些年发了财,父亲过去看不起他们,总说两个妹妹嫁给了西装革履的白痴。如果他现在见到女婿,恐怕得收回这番话。"费利佩说。

"智利成了钻营生财的天堂。"维克多说。

"只要体制和法律允许,挣钱没什么错。你呢,维克多,你怎么样?"

"我在努力地习惯、理解这里发生的一切。智利变得面目全非。"

"你必须承认智利变好了。军人起义挽救了国家,结束了阿连德的乱局和马克思主义独裁。"

"为了阻止莫须有的左翼独裁,右翼是实实在在的独裁,费利佩。"

"小心一点儿,维克多,收起这些意见。不合时宜。你不能否认我们的日子好过多了,国家发展了。"

"靠的是高昂的社会代价。你住在国外,知道国内从不报道的暴行。"

"你别来老掉牙的人权那一套,听得我耳朵都生茧了。"费利佩打断他,"不过是几个野蛮的兵痞干的出格事儿,由此指责军政府和皮诺切特总统有失公允。社会稳定,经济无可指摘,这是最重要的。智利以前到处是懒汉,现在人人都得工作,都得拼搏。自由市场体制促进竞争、激发财富。"

"这不是自由市场,因为劳动力受压迫,基本权利缺失。你觉得这种制度在民主国家可行吗?"

"智利是保护下的集权民主。"

"你变了很多,费利佩。"

"为什么这样说?"

"我记得你是一个开明、反传统、有些愤世嫉俗的人。总是批判,反对所有事、所有人,爱挖苦,有才华。"

"某些方面我还是这样,维克多。但是,人上了年纪,需要站稳立场。我一向支持君主制。"费利佩笑了,"不管怎么样,朋友,当心你的言论。"

"我会当心,费利佩,但在朋友面前我不会隐藏自己。"

为了排遣医疗商品化带来的压抑烦闷,维克多在圣地亚哥贫民区的简陋诊所志愿行医。半个世纪以来,来自农村和硝石矿的人们涌入城市,贫民窟出现后不断扩张。维克多服务的地区密密匝匝住着大约六千人。在这儿,他目睹了压迫、不公和穷苦人的勇气。他的病患住在纸板和木板搭的简易屋内,脚下就是夯土。不通水、不通电,没有厕所。夏季扬尘,冬季泥水横流,四处是垃圾、野狗、老鼠和蚊蝇。人们大多无业,出卖血汗勉强糊口,他们在垃圾中捡塑料、玻璃和纸张换钱,白天干苦力、贩毒、偷窃。政府计划根除贫民窟现象,却迟迟没有行动,只知砌起高墙,粉饰有损市容的惨状。

"最触目惊心的是贫民窟的女人。"维克多对罗赛说,"她们像是铁打的,含辛茹苦,比男人更顽强。除了自己的孩子,她们还要收留和照顾亲戚朋友的孩子。男人酗酒、暴力、一走了之,她们咬紧牙关承受着。"

"有救济吗,多多少少?"

"有教会的救济,主要是福音派、慈善团体和志愿者。我最担心的是那儿的孩子,罗赛。他们像野草一样生长,饿着肚子睡觉,上学时断时续。长大以后只能成帮结伙、嗑药、混迹街头,没有别的路。"

"我明白你的想法,维克多,你在那儿工作最快意。"罗赛说。

罗赛说得没错。维克多和几名理想主义的护士医生在贫民区工作三天后,重焕年轻时的蓬勃朝气。他满载悲伤的故事郁结而归,疲惫不堪,却迫不及待想重返诊所。生命重获内战期间的明确意义,他在世上的角色毋庸置疑。

"你应该亲眼看看他们相助度日的景象,罗赛。一口大锅,各人有什么就放什么,用露天火炉烧煮,尽量让人人吃上热菜,不过时常不够。"

"现在我知道你的工资哪儿去了,维克多。"

"不仅需要食物,诊所必需品也紧缺。"

维克多对罗赛说,那里的人很守秩序,生怕警察荷枪实弹夷平贫民窟。他们高不可攀的梦想不过是一方屋檐和一块落脚地。起初,有人飘零至此,顽强抵抗一次次清场。所谓"占地"最早是几个人偷偷潜入。随后,越来越多人汇成悄无声息而络绎不绝的人流。他们带着仅有的家当,车拉肩扛,拖着充当屋顶的破烂,背着纸板和毯子,孩子和狗跟在身后。待到政府发觉,数以千计的贫民已经落地生根,准备捍卫家园。所谓捍卫,不过是自杀式拼命,军警用坦克围剿时,开枪扫射毫无顾忌。

"发起抗议或继续占地的人下落不明,再次出现就是一具尸体,横在贫民区入口。这是杀一儆百。歌手维克多·哈拉身中四十多弹,残躯也被丢在贫民窟。这是他们告诉我的。"

在诊所,维克多看急诊,烫伤、骨折、斗殴刀伤、酒瓶伤和家庭暴力伤。总之,没什么疑难大病。但是,有维克多坐诊,居民们很踏实。他把重症送往附近的医院,如果没有救护车,便自己开车。有人提醒维克多小心偷盗,开车来不妥,偷贼会把汽车大卸八块,卖给杂货店。不过,贫民区的一位领头,一位女斗士模样的年轻祖母警告各家各户,尤其是不干好事的年轻人,谁敢碰医生的车,就吃不了兜着走。这一句便足矣,维克多没有遇过麻烦。家庭开支如今有赖积蓄和罗赛的收入,维克多在私人诊所的工资尽数用于购置医疗用品。罗赛见丈夫热情高涨,决定加入。她请巴伦丁·桑切斯出资购买器械,巴伦丁寄给她一张不菲的支票,又从委内瑞拉运来一车货品。罗赛和维克多一起去贫民区,丈夫看病,妻子教音乐。罗赛发现,这比鱼水之欢更让人亲密,但她没有说出口。罗赛为巴伦丁·桑切斯寄去简报和照片。"一年后,我们就会有一支儿童合唱团和一支青年乐队。到时你一定要来亲眼看看。目前,我们还需要一套好的灌录设备和露天表演使用的音响。"她对巴伦丁说。罗赛知道,朋友会设法筹措更多资金。

维克多向往奥菲莉亚·德尔索拉尔的田园生活,说服了罗赛搬到郊外。圣地亚哥交通拥挤,生活忙乱使人烦躁,并且清晨常有雾霾。夫妇俩找到了心仪的房子:一栋乡间小屋,木石结构,屋顶的茅草匠心独运,将屋子融入荒芜的田园。三十年前房子建成时,道路还是峭壁之间骡马跋涉的崎岖小道。但首都扩张,直逼山麓,待达尔莫夫妇买下,这片土地和农园已经纳入城市。这里没有公共交通,也没有邮政。他们在大自然的静谧中入眠,在百鸟合鸣中醒来。周一至周五,他们清晨五点起床出门工作,天黑才到家,但在家总能养精蓄锐。家中白天无人,头两年遭窃十一次。都是不值一提更不必报警的小偷小摸,花园的浇水管、母鸡、厨房的锅碗、电池收音机、闹钟等等不值钱的玩意儿。三台电视机相继失窃后,他们决定不看电视,反正,盯着屏幕并无多大乐趣。他们甚至考虑敞开大门,省得小偷砸窗入室。马塞尔从犬类收容所领养了两条爱叫却十分温驯的大狗,外加一条爱咬人的小狗。偷窃问题就此解决。

在维克多看来,马塞尔生活和工作往来于"特权阶层"。这一说法或许失之偏颇,但与贫民窟的住户参照,又并非虚言。马塞尔不喜欢这个词,他的朋友不能被笼统称为"特权阶层"。不过,何必与父母做口舌之争。"你们真是老古董,爸妈,还活在七十年代。与时俱进吧。"马塞尔一天一通电话,周日探望二老,参加维克多执意推行的烤肉聚会。儿子的女伴每次都不一样,却总是同一款:瘦竹竿、长直发、营养不良的样子,十有八九吃素,与他的初恋——那个热情的牙买加姑娘——有天壤之别。父亲看不出本周的女伴与之前有何不同,名字还没有记住,下一任姑娘又来了,还是大同小异。马塞尔一到家,就对父亲耳语,不要谈论流亡,也不要提及贫民窟的诊所,因为他刚刚认识这个女孩,不确定她的政治倾向,或她是否有政治倾向。"看一眼就知道,马塞尔,这姑娘活在温室里。不懂历史,也不懂现在。你们这代人缺少理想主义。"维克多回嘴。父子俩常常在储藏室低声争执起来,罗赛只好努力周旋客人。过一会儿,父子讲和,马塞尔烤着血淋淋的牛排,维克多为直发女孩煮菠菜。有时,邻居梅切和丈夫拉米罗也来聚会,送来自家菜园的一篮新鲜蔬菜和几瓶自制果酱。罗赛说,拉米罗看似无恙,但随时会有不测。她不幸言中,拉米罗被一个酒醉的司机撞倒。维克多问妻子怎么回事,罗赛说拉米罗的眼睛透露着来日无多。"我死了以后,你就和梅切结婚,明白吗?"为不幸的拉米罗守灵的时候,罗赛对维克多轻轻说。维克多唯唯而已,罗赛一定比他长寿。

维克多和罗赛在贫民区志愿服务三年,赢得了居民的信赖。后来,政府下令疏散贫民,家家户户被迁往首都边缘的市镇,与富人区远隔。圣地亚哥贫富分层举世罕见,高级社区见不到一个穷人。警察闯入贫民窟,军人随后,挥舞着武器划分居民。军车押解、摩托车护送,人们被分配到不同的临时定居点。定居点一模一样,几条土路、几排住宅,如同沙地上堆放的纸箱。遭到清除的贫民窟不止这一个,最高纪录是一万五千人迁走,市民对此一无所知。穷人无形中消失了。每户人家分得一间木板简易房,有起居室、厕所和厨房,比贫民窟的老屋体面。但与此同时,贫民社群被连根拔起、斩断联系,人们孤立无援,必须各自讨生活。

疏散行动迅速精准,维克多和罗赛次日才发现。他们照常前往工作,却见到压路机正在夷平昔日的贫民窟,公寓楼开建。一周后,他们找到几户四散的家庭,不料当日下午就遭特工警告,他们已被监视,与穷人的任何接触一律视为滋事。维克多进退两难,他不想被强制退休。他在私人诊所继续处置复杂病例,但无论是他热爱的外科还是金钱报偿,都无法弥补失去贫民窟病患的遗憾。

1987年,面对人民呼声在内,狼藉声名在外,独裁政权宣布结束宵禁,略加放松实行十四年的审查制度,允许组党和流亡者回国。反对派要求民主选举,作为回应,政府就皮诺切特是否连任八年举行公投。从未投身政治却同样遭受迫害的维克多相信,公开参与的时刻已经来临。他加入反对阵营,加入动员全国以选票推翻军政府的浩大运动。几名特工再次来到他家,维克多将他们轰出家门。特工没有将他铐走,作势威胁几句离开了。"他们还会再来的。"罗赛恼火地说。不过,几个星期过去,罗赛的预言没有成真。至此,夫妇俩相信,变革的时刻终于到了。马塞尔四年前便有此说,独裁者的嚣张气焰正在熄灭。

在国际观察员和全世界媒体的注视下,全民公投意外地平静顺利。人人参与投票,甚至坐轮椅的老人、阵痛的孕妇和担架上的病人也不甘错过。玩弄伎俩无济于事,独裁者在自己的土地,被自己制定的法律推翻。大权独揽的皮诺切特刚愎自用，多年独断专行使他闭目塞听。当晚，面对无可否认的结果，这位独裁者妄图再度发动军事政变，盘踞总统宝座。但是，多年前支持他的美国特工和他亲手提拔的将军没有追随。愕然的皮诺切特最终承认败选。几个月后，他交出总统之职，文人政府小心翼翼地向有条件的民主过渡。皮诺切特仍旧紧握军权，国家隐隐不安。军事政变已经过去十七年。

民主重建后，维克多·达尔莫离开私人诊所，全职回到天赐圣若望医院，重返入狱前的岗位。新院长是维克多在大学任教时的学生。学生想说老师年事已高，早该退休安享晚年，但没有开口。4月的一个周一，维克多身着白大褂，带着用了四十年的磨损手提包回到医院，只见数十人在大厅迎接。医生、护士和行政人员准备了气球和巨大的缀满蛋白酥的蛋糕，弥补此前的遗憾。"唉，妈的，我真是老了。"维克多想，泪水充满他的眼眶。多少年来，他没有掉过眼泪。为免引人侧目，本不该如此盛大欢迎流亡回国的同事。全国似有默契，不刺激军方，佯作历史已被尘封，走向遗忘。可是，达尔莫医生的正直与专业在同事心中留下了深刻记忆。他对待晚辈友善，随时求教有问必答。哪怕意识形态相左的同事也尊敬他，没有人告发他。维克多的入狱和流亡是拜女邻居所赐，她知道维克多是萨尔瓦多·阿连德的友人。不久后，医学院来电请维克多任教，卫生部来电请他出任副部长。维克多接受了第一个邀请，婉拒了后者，因为参政的条件是加入政党。维克多知道自己不是政治动物，永远也不是。

维克多感觉自己陡然年轻二十岁，精神奕奕。多年屈辱、排斥和漂泊之后，一夕之间峰回路转。他成为达尔莫老师、心脏科主任、全国敬仰的专家；他操作手术刀，为人之不敢为；他各地讲学，就连仇敌也来就诊。维克多多次为至今大权在握的军官手术，也为独裁镇压时期狂热熏天的一位将军开刀。这些人为了保命,只能低声下气。怕死的人顾不得脸面,罗赛说。维克多登上事业顶峰,冥冥中,他觉得自己就是变革的缩影。暗影退却,自由初升,他沐浴在明亮的晨光中。维克多倾力工作,从来内敛的他平生第一次出风头,不放过任何露脸的机会。"小心,维克多,你被成功冲昏了头。记住,命运无常。"罗赛敲打道。她觉得丈夫变得招摇,为他忧心。自负的口吻、高高在上、言必称自己,维克多和过去判若两人。他的意见不容置疑,态度咄咄逼人,甚至对罗赛也是如此。维克多毫不掩饰,他说自己重担在肩,没有和她待在家的闲工夫。维克多在学院餐厅吃午饭,青年学生簇拥着他,信徒似的俯首倾听。罗赛发现,他是多么享受他人的尊敬,尤其是女生。她们对维克多的平庸见解大加赞叹,如此爱戴令人不解。罗赛熟知维克多的里里外外和种种毛病,对他这迟来的虚荣却始料未及。丈夫成了禁不起吹捧的自负老头儿。罗赛同样没有想到,命运无常将由自己亲身诠释。

十三个月后,罗赛怀疑某一隐疾正在侵蚀她的健康。但她判断,这是上了年纪或是胡思乱想而已,毕竟丈夫也没有看出什么。维克多陶醉于成就中,冷落了罗赛。不过,两人相处时,他仍是密友与爱人。他让七十三岁的罗赛觉得自己依然动人美丽。维克多也熟知她的里里外外,如果他对她的体重减轻、皮肤发黄和恶心呕吐不以为意,那她得的一定是小毛病。又过了一个月,罗赛才决定求医,因为除老毛病之外,早晨总会发烧战栗。出于莫名的羞怯,加之不愿意在丈夫面前抱痛喊病,罗赛找维克多的同事看病。几天后,体检结果出来了,罗赛回家告诉维克多,她得了癌症,晚期。她说了两遍,惊愕的维克多才回过神。

罗赛确诊以后,两人生活剧变。一切只为延长罗赛的生命,共度余下的日子。虚华的维克多一下子泄了气,从奥林匹斯落入病痛的地狱。他在医院请了不定假,停了课,专心地照顾罗赛。"剩下的日子,我们尽量好好过,维克多。与癌症的大仗大概输定了,但是在此期间,我们可以求几场小胜。"维克多带着罗赛去度蜜月,前往南方一座湖畔。祖母绿的湖水如镜,映着树林、瀑布、山峦和三座火山的雪峰。奇境的风光里,大自然无限安宁,他们住在一间农舍里,远离尘世,追忆生平种种经历。昔日爱慕吉列姆的瘦弱姑娘如今是维克多眼中最美的女人。罗赛执意下湖游泳,仿佛冰冷纯净的湖水可以洗濯身心,祛除病痛。她还想徒步远足,但力不从心。两人缓缓而行,妻子一手挽着丈夫,一手拄着拐杖。罗赛眼看着消瘦下来。

维克多一生与苦难和死亡抗衡,熟知垂死之人剧烈的情绪起伏。这是他的授课内容。病人往往否认厄运、怨恨愤怒,继而与命运讨价还价、祈求神明,随后陷入绝望。到最后,最理想的情况是低头认命。罗赛跳过所有环节,一开始便以罕见的坦然豁达接受了归宿。她拒绝了梅切和其他朋友善意提供的偏方,她不需要顺势疗法、亚马孙草药、游医郎中或驱邪术。"我要死了,又怎么样呢?人都会死。"罗赛趁身体舒服的间隙听音乐、弹钢琴、读诗。梅切送来的猫咪盘在她的腿上。它貌似高贵,实则野性未驯、与人疏远,爱独来独往。它有时消失几天,叼着血淋淋的死老鼠回家,献祭似的放在主人的床上。猫咪似乎明白家中的变故,一夜之间变得温驯黏人,不和罗赛分开。

最初,维克多疯狂寻找临床和实验中的疗法,研究报告,甄别药品。他选择性看待指标,对悲观迹象视而不见,紧抓微弱的希望。他想起了拉撒路,那个北站的小兵。拉撒路的死而复生是因为充满生的渴求。维克多相信,如果罗赛的精神和免疫系统有同样强烈的渴望,一定可以战胜癌症。曾有这样的案例,曾出现过奇迹。"你很坚强,罗赛,你一直很坚强,你从来不生病,你是铁打的,你会挺过去,这种病不一定致命。"他诵经似的念念有词,却无法将一厢情愿的乐观强加于罗赛。放在往常,他绝不会赞成病人盲目乐观。罗赛尽力配合丈夫,化疗和放射不为自己,而是为他。她很清楚,这一切无非是延长病痛折磨而已。罗赛忍受着药物的摧残,没有哼一声。坚毅是她与生俱来的标记。她掉光了头发,乃至睫毛,瘦弱得维克多可以轻易抱起。维克多抱着罗赛,从床到沙发,到厕所,到花园看吊钟海棠花丛中的蜂鸟,看野兔蹦跳着戏弄大狗。两只大狗垂垂老矣,已经懒于追逐。罗赛失去了食欲,却勉力咽下维克多靠食谱书做的饭菜。临走前,她只能吃加泰罗尼亚式焦糖布丁,那是老祖母卡门为马塞尔做的周日甜点。"我走了以后,希望你哭一两天,心意到了就行。你要安慰可怜的马塞尔,然后回医院和课堂。记得收敛一点儿,你之前很惹人烦。"罗赛说。

石砌茅草屋是两人最终的栖身之所。达尔莫夫妇在此度过幸福的六年,如今白天黑夜每一分钟都分外珍贵,他们愈发觉得这是一座爱巢。房子买来便很破旧,他们迟迟没有做必要整饬。百叶窗摇摇欲坠,浴室瓷砖发红,水管锈蚀,房门不是闭不上就是打不开。屋顶茅草多半腐坏,老鼠做了窝,还有蛛网、苔藓、飞蛾和积灰的地毯。早该装修清理一番,但夫妇俩并不在意。这栋大屋将他们揽入怀抱,隔绝了俗世烦扰和他人的窥探怜悯。唯一的常客是儿子。马塞尔提着塑料袋,带回猫、狗和鹦鹉的口粮。鹦鹉总是兴奋地向他问好:"你好,帅哥!"马塞尔还为母亲带来古典乐磁带、供消遣的录像和报纸杂志。维克多和罗赛都不看报,外面的世界令人烦厌。马塞尔小心翼翼,悄悄在门口脱鞋。不过,他的旺盛朝气和佯装欢笑总是充斥老屋。一天不见儿子,父母就想他,可儿子一来,他们总是头昏脑涨。邻居梅切也悄悄地来,把肉放在门廊下,询问他们有什么需要。她只略做停留,她知道,达尔莫夫妇需要时间共处、告别。

告别的一天到来了。两人坐在廊下的藤椅上,猫咪伏在膝上,大狗趴在脚边。暮色中,群山披上余晖,天空还是那么蓝。罗赛请求丈夫放手让她离开,她太累了。"不论发生什么,不要带我去医院。我想死在我们的床上,握着你的手。"维克多终于屈服,接受了自己的无能为力。他救不了她,也不能想象没有她的日子。他赫然发觉,半个世纪飞逝,日子和年月不知去了哪里。没有罗赛的余生如同噩梦里巨大的空屋,没有门,也没有窗户。梦境中,他逃离战争,逃离鲜血和残肢,在黑夜中奔跑,突然置身于密室。他逃离了一切,却逃不出自己。几个月前不服老的豪情与活力从筋骨中流逝。身边的妻子也转眼老去。前一刻,她还是不变的模样,一如思念里的样子:二十二岁怀抱婴儿的姑娘、出于权宜与他结婚的姑娘、他至爱的女人和一生的伴侣。与她共度的一切都是那么珍贵。离别将至,浓烈的爱情化作灼热的痛。他想摇动她,大喊着不要走,他们还能深爱多年,一刻不分离。"求你,求求你,罗赛,不要留下我。"这些话,他没有说,因为死神分明来到了花园,以魂灵的耐性等候。

凉风起了,维克多用两条毛毯裹住罗赛,露出她的鼻子。毯子里伸出干瘦的手,用不知哪儿来的力气与他紧握:"我不怕死,维克多,我很欣慰。我想知道死后有什么。你也不该害怕,因为我会和你在一起。此生,来生。这是我们的因果。"维克多像孩子一样痛哭,绝望地抽泣。罗赛任他哭泣,屈服于自己数月前便已接受的现实。"我不会再让你受苦,罗赛。"这是维克多唯一能做的事。她依偎在他的臂膀,如同每个夜晚,在他的轻拍与呢喃中睡去。天黑了,维克多放下猫咪,小心抱起罗赛,以免她醒来。维克多把她放在床上,她几乎没有了重量。几条狗跟在主人身后。

XIII
故事讲到这里　　1994

> 但是，
> 这里有我梦想的根，
> 这是我们所爱的烈日……
>
> ——巴勃罗·聂鲁达，《返航》
> 　　　　　　　　　《出海与返航》

　　罗赛去世三年后，八十岁的维克多·达尔莫依旧住在1983年回国后夫妻共住的山间旧屋里。旧屋像一位年迈的女王，颤颤巍巍、衣衫褴褛，却不改气度。对于从小孤单的维克多，鳏居比设想的更难。他有过最美好的婚姻，认识达尔莫夫妇的人都这么说。他们不知道两人离奇的过去。妻子死后，维克多没有如她希望的那样，尽快习惯没有她的日子。"我死了以后，你尽快结婚。你老了、糊涂了，需要有人照顾。梅切不错。"罗赛到最后还在发号施令，哪怕戴着氧气面罩，上气不接下气。虽然孤单，但维克多喜欢空荡荡的、似乎向四面舒展的屋子，他享受安静、凌乱、密闭的气味、凉意和流动的空气。妻子生前不喜欢空旷，甚于屋顶的老鼠。狂风怒号，整日不息，窗上结满白霜。雨水冰雹的冬日，壁炉的火显得那么无力。半个世纪伉俪情深之后，一个人的日子有些奇怪。他很想罗赛，思念至深原来是切肤的疼痛。他不甘心老去,衰老意味着失序,熟悉的生活、身体和周遭一切逐渐失调,无能为力。最后一切仰赖别人的好心肠。他想在那一刻来临前死去。困难之处在于,体面速死往往不是易事。心梗致死不太可能,因为他的心脏很健康。每年体检时,医生都这么说。医生的话总是唤起维克多有关拉撒路的鲜活记忆,小兵的心脏曾在他的指间搏动。儿子担心他的近况,他不以为意。至于以后,他自会打算。

"意外难料,爸,如果你在外跌倒或是犯了什么病,一连几天没人管你。到时候怎么办?"

"一死而已,马塞尔。我会祈祷死得清净,谁也别折腾我。你不用担心家里的宠物,食物和水够好多天。"

"如果你病了,谁照顾你?"

"你母亲也担心这个,再说吧。我确实上了年纪,但还不至于老病缠身。你的毛病比我多。"

维克多说的是实情。五十五岁的儿子换过一个膝盖,折了几次肋骨,一根锁骨断过两回。"你这是运动过度,"维克多说,"保持身形是好事,但谁会没事乱跑,骑车穿越大陆。你该结婚了,结了婚就没有工夫到处蹬车,毛病也会少。结婚便宜男人,女人吃亏。"可是,到了自己身上,维克多却不打算践行结婚的忠告。他自认为身体无碍。他自有理论:健康之道在于无视身体和大脑的警讯,在于忙个不停。"人要有奔头。"维克多说。年老则体衰,这是难免。骨骼大概和牙齿一样泛黄,内脏劳损,神经元在脑中逐渐凋零。但是,这一切变化是看不见的。表面上,维克多还过得去。牙齿齐全已属难得,肝脏如何有谁介意。他刻意忽略皮肤浮现的青斑,无视衰老的种种迹象。和大狗上山越发吃力,扣衬衫纽扣变得艰难,还有眼疲劳、重听、手抖。他无法操刀,只好告别手术室。维克多没有闲下来,他继续在医院看病,在大学教书。已不必备课,六十年的经验,加之战地磨炼,授课绰绰有余。他两肩平直,身板挺立,加上仅剩的头发,像一杆笔挺的枪矛。这样一是掩饰瘸腿,二是屈膝弯腰越发艰难。

维克多很少抱怨鳏居的苦闷,他不愿儿子操心。马塞尔担心太过,和他的母亲一样。维克多把死亡视为必然的别离。妻子先他一步,升入死者灵魂相会的天外。他静候时机跟随妻子的脚步,好奇多于犹疑。弟弟吉列姆、父亲和母亲、乔尔迪·莫利内,以及捐躯于战场的战友们都在那儿。维克多是理性的不可知论者,接受的是科学教育,灵魂之说漏洞百出,却不失为慰藉。罗赛三番五次警告丈夫,严肃中透着威胁,两人是分不开的。他们注定相伴,此生如此,来生也是如此。他们前世不一定是夫妻,罗赛说,很可能是母子或兄妹,否则不能解释两人的无限亲密。想到同一个人循环不息,维克多心里发毛。不过,如果轮回无可避免,罗赛总比别人好。说到底,这不过是诗意的猜想。维克多不信命运之说,也不相信转世,前者是电视剧制造的噱头,后者在数学上不成立。罗赛常为诸如西藏等地的异域灵修所吸引,她的说法是,数学无法解释现实的多个维度。维克多认为这是一派胡言。

再婚一事让维克多忐忑不安,宠物陪伴足矣。他不是全然自言自语,他和狗、鹦鹉和猫说话。母鸡不算数,它们没有名字,到处踱步,藏起鸡蛋。维克多夜访宠物的笼舍,告诉它们一天的鸡毛蒜皮。伤感时,宠物是他的倾听者。他还喜欢闭眼历数家中物品和花园的草木动物。他以此训练记忆和注意力,和其他老人拼图同理。漫长的下午是忆旧时间,维克多回想着屈指可数的旧爱。先是伊丽莎白·艾登本兹,两人相识于久远的1936年。记忆中的她洁白、甜美,像一块杏仁蛋糕。维克多曾经打定主意,战斗平息、尘埃落定后去找她。他没有做到。战争结束,他飘零他乡,有了妻子和儿子。多年后,他好奇探查伊丽莎白的近况,她住在奥地利的乡村,浇花种树,隐去英雄往事。得知伊丽莎白的住址后,维克多写了一封信,但没有回音。或许是时候再写一封了,反正孤身一人。这是没有风险的冒险,无论如何,他们不会再见。奥地利和智利相隔上千光年。伊丽莎白之后是奥菲莉亚·德尔索拉尔,这短暂而激烈的第二度爱恋不想也罢。剩下的便不足为道。所谓旧情,不过是即逝的火花。但维克多仍不时怀念、加以美化,从而对抗苦难的记忆。他仅有的爱情是罗赛。

一天,他着手准备与宠物分享的生日大餐。他遵循传统菜色,追忆孩提和青年时代的点滴幸福。母亲卡门与厨房无缘,教室才是她的天地。她周一至周六在学校忙碌,周日和假日也不进厨房。她要去哥特区的大教堂前跳萨尔达那,跳完舞还上酒馆和朋友小酌。维克多、吉列姆和父亲的每日晚餐是西红柿面包、三文鱼和牛奶咖啡。不过,有时母亲心血来潮,会犒赏全家一锅地地道道的墨鱼饭,这是她唯一拿手的美馔。墨鱼饭的香气在维克多的脑海中永远与节庆紧密相连。

为了重现感伤的旧俗,维克多在生日前一天到中央市场买高汤的原料和新鲜墨鱼。"至死也是加泰罗尼亚人。"罗赛常这么说。她从未下厨烹制节日大餐,但自有其参与方式。罗赛会在客厅弹奏一曲,或坐在厨房的高脚凳上朗读聂鲁达的诗句。念诵的多数是赞颂海味的诗篇,譬如"智利的汹涌大海中栖息着粉色康吉鳗,大型海鳗肉质雪白……"维克多徒劳地反复申明锅里没有鳗鱼,那是贵族餐桌上的珍馐,他们只有寒碜的无产者的鱼头鱼尾汤。抑或,维克多在一边用橄榄油煸炒洋葱和甜椒,加入剥皮切块的墨鱼、大蒜、少许西红柿泥和生米,冲入热高汤,加入墨鱼汁和必不可少的新鲜月桂叶,罗赛在旁讲着加泰罗尼亚语笑话,给家乡话除锈。长年流离在外,乡音也锈钝了。

米饭在平底锅中文火烹熟,维克多备了双份料,他知道这得吃上一个星期。回忆中的香气在屋里弥漫,飘入心中。维克多吃着一碟腌鲲鱼和西班牙油橄榄静静等待。此类小吃到处都有,这是资本主义的好处,儿子常以此挑动父亲舌战。维克多偏好国产货,人们应该支持本土工业。但是,事关油橄榄和鲲鱼如此神圣的选择,支持本土货的理想主义难免动摇。冰箱里照例冷藏一瓶粉红葡萄酒,晚餐上桌后,他总和罗赛举杯。他铺好亚麻桌布,用几束温室玫瑰和蜡烛布置餐桌。罗赛如果还在,照她的急性子,这时早已开了酒。今晚只有他一人,等一等也无妨。冰箱里还有一份焦糖布丁。维克多不爱甜食,布丁会由几条爱犬分享。电话响起,吓了他一跳。

"生日快乐,爸爸。你在做什么?"

"怀旧、后悔。"

"后悔什么?"

"后悔来不及做的坏事。"

"你还做了什么?"

"我在做饭,儿子。你在哪儿?"

"我在秘鲁,有一个会。"

"又有会?你一天到晚开会。"

"你做的还是老样子?"

"是的。家里闻着像巴塞罗那。"

"我猜你邀请了梅切。"

"……"

梅切……梅切,讨人喜欢的女邻居。儿子执意撮合,想一口气解决父亲的独身问题。维克多承认,那女人有朝气、随和、很吸引人。

反观自己,却拒人千里。梅切开朗积极,体形丰腴。她常在菜园劳作,一副不会老的样子。维克多却与世隔绝,正在加速衰老。马塞尔那么爱母亲,维克多怀疑儿子至今还在偷偷掉眼泪。但儿子也笃定地认为,父亲如果不再娶,迟早会像乞丐一样落魄。维克多敷衍儿子,告诉他自己正在联系年轻时认识的一名护士。不过,马塞尔一旦定了主意,就不罢休。梅切住在三百米外,两户之间还有杨树分隔的另两处宅地。维克多觉得邻居只有梅切一人,他很少和别人打招呼。他们说维克多是共产党,因为他流亡国外并且在穷人医院工作。维克多通常躲着别人,与同事和病人相处已经足够,只有梅切是例外。马塞尔觉得,梅切是父亲理想的对象:成熟,单身,儿孙没有明显不良嗜好;她小父亲八岁,乐观,爱创造。此外,她还喜欢动物。

"你答应过我,爸,你欠那位女士不少人情。"

"她把猫咪送给我,是因为懒得再来我家找它。你怎么会认为一个正常的女人能看上像我这样瘸腿、孤僻、破衣烂衫的老头子?除非她疯了。如果真是一个疯女人,我为什么要爱她?"

"你别装傻。"

梅切不疯也不傻,她悄悄给维克多送来自己烤的饼干和自家种的西红柿,把篮子挂在门口的挂钩上。维克多忘了答谢,她也不恼。梅切源源不竭的热心令他疑惑。她不时带来怪异的菜肴,例如南瓜冷汤或肉桂桃子炖鸡。维克多觉得她过于殷勤,谨慎地与她保持距离。他想度过安稳清净的晚年。

"你一个人过生日,我很难过,爸。"

"我有伴儿,你的母亲。"

电话那头是长久的沉默。维克多只得解释说自己没有老糊涂,和死者共餐是一年一度的象征仪式,和圣诞子夜弥撒相仿。没有鬼魂之说,不过是一时思念,举杯悼念忍受自己数十年的贤妻。数十年偶有波折,这也是自然。

"晚安,爸。早点儿睡,你那儿肯定很冷。"

"玩得痛快,天亮再睡,儿子。你需要痛痛快快玩几场。"

晚上七时许,天已经黑了,冬夜气温陡降。在巴塞罗那,九点以前墨鱼饭不会上桌,智利也是类似习惯。七点吃晚饭的是老年人。维克多坐在他最喜欢的沙发上。沙发塌陷了,形状还在。壁炉燃着相思木,香气氤氲中,他期待着墨鱼饭的滋味。他拿着一本书,倒了一小杯皮斯科,既不加冰也不勾兑。他喜欢这种喝法。每晚仅限这一口烈酒,因为孤独的人容易酗酒。墨鱼饭诱人,但他决定到时间再享用。

每天必须在外散步、晚上才回屋的大狗突然齐声威吓地吠叫。"大概是臭鼬。"维克多想。但花园随即传来汽车声,他打了一个寒战:妈的,是梅切。关灯装睡已经来不及。通常,几条狗会异常兴奋地跑上前向梅切问好,可这会儿却叫个不停。一声喇叭响起,维克多奇怪,梅切从不按喇叭,除非需要帮忙搬卸可怕的礼物,例如烤乳猪或又一件艺术创作。梅切雕塑的肥胖裸女像颇有名气,有的又大又重,不下于一头结实的乳猪。维克多获赠多个裸女,放置在家中各处。另有一个摆在诊室,患者为之惊讶,却有助缓和初次就诊的紧张感。

维克多有些吃力地站起身,哼哼唧唧走到窗边。他两手叉腰,这是他最不舒服的地方。瘸腿使右腿吃重,脊背因而变形。植入脊柱的四脚支柱和他挺拔不改的站姿只能稍稍减缓痛苦,无法根除。这是维克多坚持独身的另一条好理由,他可以尽情地自言自语、咒骂、呻吟,谁也看不到他绝不示人的病痛。心气太高。妻子和儿子有时这么说他。不过,强装健康不是心气高,而是追求外表。这是对抗衰老的灵药。昂首阔步掩饰疲态尚显不足,维克多还注意收敛其他上了年纪的症状,比如贪心、多疑、暴躁、怨怼,以及不刮胡子,怀旧唠叨,开口闭口总是自己、疾病和金钱等等毛病。

借着黄色的路灯,维克多看到一辆越野车停在门口。第二声喇叭响起,司机大概怕狗。维克多在门里吹了一声口哨,三条狗不情愿地撤退,发出低吼。

"哪位?"维克多大声问道。

"您的女儿。拜托您把狗拴上,达尔莫医生。"

那女人没有等维克多请她进屋,就急忙跑到他面前,害怕地躲在身后。两条大狗贴近地嗅探,一向狂躁的小狗尖牙外露,低吼声不停。维克多困惑地跟她进屋,没有多想,帮她脱下大衣,放在过道长椅上。她像一只淋湿的动物抖了抖身子,谈论着暴雨,接着怯生生地伸出手。

"晚上好,医生,我是英格丽·施纳克。我能进屋吗?"

"你好像已经进来了。"

客厅昏暗的灯光和壁炉的火光中,维克多打量着这位不速之客。她穿着褪色的牛仔裤、一双男靴和白色高领羊毛衫,既没有首饰,也没有上妆。起先,维克多以为她是小姑娘,这会儿才发现她有一定的年纪,眼角生了皱纹,只是因为瘦、长发和动作灵活显得年轻。维克多想起一个人。

"请您原谅,我突然来访,没有通知您。我住得很远,在南方,途中迷了路。圣地亚哥的街道我不熟悉,没想到这么晚才到。"

"好吧。我能为你做什么?"

"嗯,什么味道这么香?"

维克多·达尔莫想把这位深夜突访、不请自来的陌生人赶出家门,但好奇多于恼火。

"墨鱼饭。"

"我看您摆了桌子,真是打扰了,我明日再来。您在等客人是吗?"

"或许就是你吧。你叫什么名字?"

"英格丽·施纳克。您不认识我,但我知道您很多事。我找了您很久。"

"你喜欢粉红葡萄酒吗?"

"什么颜色我都喜欢。您煮的那个饭恐怕也得分我一些,我只吃了一顿早饭。您做得够吗?"

"够,给整个社区都够。饭好了,我们上桌吧。上桌你再告诉我,你这样一位漂亮的丫头找我干什么。"

"我说过了,我是您的女儿。而且我不是什么丫头,我都五十二岁了……"

"我只有一个儿子,叫马塞尔。"维克多打断她。

"请相信我,医生,我不是来添乱的。我是想认识您。"

"坐定慢用吧,英格丽,我看,这件事几句话说不清。"

"我有很多问题。先谈一谈您的人生可以吗?然后我再说,如果您觉得……"

次日天刚亮,维克多的电话吵醒了马塞尔:"我们家突然多了好几口,儿子。你有一个妹妹、一个妹夫、一个外甥和两个外甥女。你的妹妹叫英格丽。严格说来,她不是你的亲妹妹。英格丽要在家住几天,我们有很多话要说。"维克多和马塞尔通话的时候,昨晚的不速之客正在客厅塌陷的沙发上盖着被子和衣而睡。向来少眠的维克多一夜不睡并无大碍。罗赛走了以后,他没有如此清醒过。英格丽则不然,十小时的倾听和诉说后,她筋疲力尽。她告诉维克多,她的生母是奥菲莉亚·德尔索拉尔,维克多应是她的父亲。英格丽调查了几个月,如果不是一位老太太负罪难平,她一辈子也不会知情。

就这样,时隔半个世纪,维克多终于得知,奥菲莉亚与他热恋时怀了孩子。正因如此,她才从维克多的生命中消失;正因如此,情爱才化为怨恨,不明不白断绝往来。"我想,她觉得自己迈错了一步,无法挣脱,茫然无望。至少,这是她对我的解释。"英格丽说。她继续告诉维克多有关出生的细节。

由于奥菲莉亚拒不配合,比森特·乌尔维纳神父亲只好自谋划收养一事。唯一参与的人是劳拉·德尔索拉尔。劳拉有誓在先,绝不泄露一个字。这是善意且必要的谎言,宽恕于忏悔,获准于上天。那位叫奥琳达·那兰霍的产婆执行神父的指示,让奥菲莉亚产前处于半昏迷状态,生产时与生产后则完全昏迷。产婆为奥菲莉亚接生,在新生儿的外祖母的掩护下,修道院没有人疑心过问。奥菲莉亚脱离昏迷已是几天以后,旁人对她说,她生下一个男婴,几分钟后夭折。"其实是女婴,就是我。"英格丽告诉维克多。之所以说是男婴,是为了防患于未然,迷惑奥菲莉亚,以免她日后生疑找到女儿。堂娜劳拉既已参与蒙骗,也顺从后续的伎俩。她配合炮制坟墓闹剧,埋入空棺材、竖立十字架。责任不在她,在老谋深算的乌尔维纳神父,睿智的上帝代言人。

后来,堂娜劳拉见奥菲莉亚婚姻幸福,有两个健康的孩子,举止正常,生活平静,便把忧虑埋在心底。乌尔维纳神父曾对她说,孩子由南方一对夫妇收留,是天主教徒、当地有名的人物。能透露的仅限于此。后来,堂娜劳拉鼓起勇气再问,神父漠然地说,她应该权当外孙女已死。尽管流着德尔索拉尔家族的血,但孩子不属于他们一家,上帝将孩子交给了其他父母。领养女孩的夫妇是地地道道的德国裔,高个、魁梧、金发碧眼,住在圣地亚哥八百公里外一座葱郁多雨的美丽水城。这一切,劳拉这位外祖母并不知情。施纳克夫妇放弃了生儿育女的希望后,从神父手上收养了新生的女婴。一年后,施纳克夫人怀孕了。后来,他们有了两个长相同样地道的德国娃。矮小、深色头发和深色眼睛的英格丽站在当中如同基因突变。"从小我就觉得自己不一样,但父母非常宠爱我。他们从没有提过我是领养的。即便是现在,一提领养的事,即便全家早就知道,妈妈还是会掉眼泪。"英格丽对维克多说。

英格丽睡在沙发上,维克多可以端详她的模样。她不像数小时前与他交谈的女人。睡着的英格丽像年轻的奥菲莉亚。同样的秀气面容、两颊的酒窝、拱形的眉毛、额中 V 形的发际,以及白皙略带金棕的皮肤。夏天的时候,她大概晒成了麦色。加上一双蓝眼睛,她就与奥菲莉亚几乎一样。英格丽到家时,维克多觉得似曾相识,但没有察觉她与奥菲莉亚的相似。现在看着安睡的英格丽,他既看出外貌相仿,也发觉母女性格不同。他昔日迷恋的奥菲莉亚的娇媚在英格丽身上找不到。英格丽恳切、认真、庄重,是典型的外省女人,虔诚而保守。得知出身、寻找生父之前,她的生活没有波澜。英格丽不像他,没有高瘦的身材和鹰钩鼻,也没有直硬的头发、严肃的表情和内向的个性。她是一个温柔的女人,维克多猜想,她应当是慈母和爱女。他试图设想自己与罗赛的女儿是什么模样,并为此遗憾。最初,两人出于权宜暂时结合,不把婚姻当真。待到婚姻名实相符,已经过去二十年,考虑孩子为时已晚。英格丽突然出现,维克多需要时间适应。截至昨晚,马塞尔还是唯一的亲人。他猜想奥菲莉亚·德尔索拉尔大概同样吃惊,人到暮年,女儿凭空出现,并且添了一个外孙和两个外孙女。英格丽的丈夫和养父母一样是德裔。智利南方几省有许多德裔,十九世纪以来,择优移民法鼓励德国人在此定居开拓。政府意图吸引大批出身高贵的白人,以其遵纪敬业影响以懒惰著称的智利人。英格丽给维克多看孩子们的照片,照片上是一个年轻男子和两个瓦尔基里①模样的女孩。维克多难以辨认,他们竟是自己的后代。

"英格丽的儿子结婚了,儿媳怀孕了。很快我就是外曾祖父了。"维克多在电话里对马塞尔说。

"我是英格丽儿子的舅舅,那孩子应该叫我什么?"

"大概是舅公之类的。"

"天哪!我觉得自己成了老头。我好想奶奶。你记得吗?奶奶多么希望我给她生一个重孙子。可怜的奶奶,她不知道自己早有了重孙。一个孙女、一个重孙和两个重孙女!"

"我们得去看看那一家,马塞尔,都是德国人,不但是右翼,而且支持皮诺切特。到时候我们得把嘴闭紧。"

"重要的是我们是一家人,犯不着为了政治争吵。"

"以后还要和英格丽和几个外孙定期联系。从天而降,像几个苹果。真麻烦,还是以前好,一个人清净。"

"别说傻话了,爸。我太想认识妹妹了,不是亲妹妹也不要紧。"

维克多猜想,如果家人团聚,难免见到奥菲莉亚。他不觉得这是坏事:他早已治好思念的旧疾,他想再见奥菲莉亚一面,修正十一年前在加拉加斯艺术协会留下的印象。他想亲口告诉奥菲莉亚,是她帮助自己在智利扎根。智利于维克多,盘根错节比西班牙更深。如今与德尔索拉尔家族沾亲,维克多觉得有些讽刺,这一家族曾经坚决反对接收温尼伯号的西班牙难民。奥菲莉亚送给他一份大礼,为他开启了新的未来,他不再是只有宠物做伴的老头。除了以道地智利人自居的马塞尔之外,他又添了几个智利子孙。维克多没有想到,在他的生命里,奥菲莉亚出乎意料地重要。他未曾真正理解奥菲莉亚,

---

① 瓦尔基里,北欧神话中的女武神。

他没有想到，她如此复杂，如此备受折磨。维克多记起奥菲莉亚怪异非常的画。他想，结婚进入凡俗生活和安稳婚姻，甘于社会角色的同时，奥菲莉亚流放了自我，放弃了灵魂中本质的一面。或许，在成熟与孤独中，她又寻觅回一部分。维克多想起奥菲莉亚关于丈夫马蒂亚斯·埃萨吉雷的一席话，他猜想，奥菲莉亚的舍弃并非出于懒惰任性，那是一种特别的爱情。

一年前，英格丽·施纳克收到一封陌生人的来信，写信人声称是她的母亲。英格丽并不多么惊讶，她一向觉得自己与家人不同。她首先询问养父母，他们最终坦承了事实。然后，英格丽着手接待奥菲莉亚和费利佩·德尔索拉尔。除了他们两人，来访的还有一位重丧的老妇人——胡安娜·南古切奥。三人确信无疑，英格丽正是奥菲莉亚失散的女儿，因为母女长得太像。后来，奥菲莉亚见了女儿三次，英格丽对她客气冷淡，如同远房亲戚，因为英格丽唯一的母亲是海尔加·施纳克。这位手指沾染颜料、总爱抱病呻吟的客人是一位陌生人。英格丽知道两人外貌相似，生怕遗传奥菲莉亚的毛病，上了年纪后和她一样顾影自怜。英格丽陆续得知出生前后的旧事，三度见面才查知生父的姓名。奥菲莉亚将维克多的名字抛入记忆的深谷，对往事避而不谈。她恪守乌尔维纳神父的缄默令，对乡下墓地的死婴一字不提，以至于年少插曲消逝于强行遗忘的迷雾中。丈夫下葬时，奥菲莉亚一度想起，试图践行成婚时的约定，将孩子与他们同葬圣地亚哥天主教墓园。那时本该迁墓，但兄长费利佩劝她作罢，因为如此一来，势必要给孩子们乃至埃萨吉雷全家一个说法。

后来，劳拉·德尔索拉尔病笃。当时奥菲莉亚已在乡下独居作画多年，她的大儿子在巴西修建水坝，女儿在布宜诺斯艾利斯的博物馆工作。堂娜劳拉年届百岁，神志不清。两位不辞劳苦的女仆日夜轮换，胡安娜·南古切奥指挥不倦，她不比夫人年轻多少，但看上去少十五岁。胡安娜伺候全家一辈子，只要堂娜劳拉还在，她就没有休息的意思。胡安娜的职责是照顾夫人，直到她咽下最后一口气。堂娜劳拉缠绵病榻，拥簇于羽毛枕和刺绣亚麻床单，穿着来自法国的丝质睡袍，满屋是丈夫不计花销购入的奇珍。伊西德罗·德尔索拉尔死后，堂娜劳拉从婚姻的铁牢中解脱。摆脱霸道的丈夫，她一度随心所欲。后来，年老体衰使她行动不便、神志不清，无法继续灵修，与列奥纳多的鬼魂沟通。堂娜劳拉一天比一天糊涂。她在家也犯病，面对镜子惊慌地问，浴室里又老又丑的女人是谁，为什么每天来烦扰她。再后来，她无法起身，腿脚因为关节炎变形，无法支撑身体。她困在房间里，从号啕大哭到昏睡不醒，带着难以名状的痛苦和恐惧呼喊小宝。医生的抗抑郁药无济于事。劳拉弥留之际，全家上下陪在她的身旁。家人认为，她如此痛苦是因为列奥纳多。幼子去世多年，她不能忘怀。

父亲去世后，费利佩·德尔索拉尔成为一家之长。他从伦敦回国主持局面、处理账务、分配财产。大家说他和魔鬼立了约，外表不老，尽管自己怕病疑神疑鬼。费利佩实则一身毛病，每周总在新添病痛，连头发也在作痛。但所谓人人各有造化，他的大病小疾全然看不出。费利佩是从英国戏剧里走出的高雅绅士，马甲领结，略带愁容。他将外貌不老归功于伦敦的雾、苏格兰威士忌和烟斗中的荷兰烟。费利佩的文件包里装着出售玛尔德普拉塔公馆的文件。这块位于首都心脏的土地价值不菲。母亲一旦去世，他就敲定手续。堂娜劳拉已是一副皮囊，她呼唤着小宝断了气，药物和祈祷没有带来片刻安宁。胡安娜·南古切奥帮夫人合上嘴巴和眼睛，念诵一句万福马利亚，极为疲惫地拖步离去。次日早九时，丧仪队布置守灵，灵柩停于花环、蜡烛和黑布黑幅装饰的大厅中。费利佩召集弟弟妹妹，告知出售老宅事宜。之后,他请胡安娜到书房,将同样的话转告她。

"他们会推倒房子,建设公寓。但是你不必担心,胡安娜,告诉我你想住在哪儿?想怎么生活?"

"我又能说什么?小费利佩,我没有家人朋友,也不认识什么人。我在这里是一个累赘。你想把我送到养老院去,是不是?"

"有几个养老院非常好,胡安娜,但我不会逼你。你想和奥菲莉亚或者其他妹妹住在一起吗?"

"我一年后就死了,住在哪儿都一样。死了就结束了,终于休息了。"

"我可怜的母亲不是这样想……"

"堂娜劳拉罪孽太深,所以她怕死。"

"我的母亲有什么罪?胡安娜,你在说什么!"

"所以她哭个不停。"

"她痴呆了,因为列奥纳多犯魔怔。"费利佩说。

"列奥纳多?"

"是的,小宝。"

"不,小费利佩。她压根不记得小宝。她哭的是奥菲莉亚的娃娃。"

"我不明白,胡安娜。"

"你记得奥菲莉亚嫁人以前怀过孩子吗?据说那个娃娃没有死。"

"可我见到坟墓了!"

"那是空的。奥菲莉亚生了一个女孩。那女人,记不得叫什么了,就是产婆,她把孩子带走了。这是堂娜劳拉告诉我的,她为了这事儿掉眼泪。她听了乌尔维纳神父的话,骗走了小奥菲莉亚的孩子。这个秘密烂在她的肚子里,一辈子没有告诉别人。"

费利佩很想将这令人毛骨悚然的往事视为母亲的胡言乱语，或是胡安娜年迈糊涂，斥之为无稽之谈。他也想过，即便胡安娜说的是实情，又何必旧账重翻，徒增奥菲莉亚的伤痛。可是，胡安娜告诉他，她已承诺堂娜劳拉找到女孩，帮助堂娜劳拉升入天堂。否则，夫人将困于炼狱。与将死之人的诺言是神圣的。这下费利佩明白，他无法堵住胡安娜之口，他必须在奥菲莉亚和全家上下知晓此事之前扛起责任。费利佩答应胡安娜进行调查，向她报告进展。"我们从神父下手，小费利佩，我和你一起去。"费利佩甩不掉她。两人是八十年的盟友，胡安娜能轻易看穿他的心思，费利佩不得不行动。

比森特·乌尔维纳彼时已退休，住在老年神父的寓所，由修女照顾。找到乌尔维纳、和他见一面并不难。神父头脑清楚，熟记昔日的教民，尤其是德尔索拉尔一家。他欢迎费利佩和胡安娜，就无法亲自为堂娜劳拉施行终傅致歉。他做了肠道手术，迟迟没有康复。费利佩没有绕弯子，复述了胡安娜的话。以他律师的阅历，问询艰难，他有备而来。费利佩想将神父逼入两难，迫其承认。不过，他不必如此。

"我为家族做出了最好的安排。我向来注意遴选养父母，所有人都是虔诚本分的天主教徒。"乌尔维纳说。

"您是说，奥菲莉亚不是唯一案例？"

"和奥菲莉亚处境相同的女孩有很多，但没有谁像她一样固执。她们通常同意摆脱孩子。除此之外还有什么办法？"

"您的意思是说，您不必诓骗母亲，就可以偷走孩子？"

"不得口出狂言，费利佩！她们是好人家的女儿，我的职责是保护她们，掩盖家丑。"

"真正的丑事是您在教会庇护下犯的罪行，准确地说，是诸多罪行。这是坐牢的大罪。您的年岁不足以承担后果，但是您必须告诉我,您把奥菲莉亚的女儿交给了谁。我会一查到底。"

比森特·乌尔维纳没有领养人或孩子的记录。他亲自交接,产婆奥琳达·那兰霍只是接生,而且已去世多年。这时,胡安娜·南古切奥插话道,堂娜劳拉说过,孩子养在南方的德国人家。乌尔维纳神父曾说漏了嘴,孩子的外祖母牢记在心。

"德国人,是吗?那应该是巴尔迪维亚①的人家。"神父嗫嚅道。

神父记不起夫妇的名字,但他确定孩子在好人家,衣食不缺,是一户富裕的家庭。根据这一句话,费利佩推断其中必有金钱往来。简而言之,神父在卖孩子。他放弃盘问神父,全力追查当年经由比森特·乌尔维纳之手流入教会的捐赠款项。这笔账目难查,但并非不可能。费利佩雇了一名得力的调查员。金钱在世上流转,必然留下痕迹。事实如他所料,八个月后,费利佩如愿得到情报。其间,他在伦敦的日子很不好过,胡安娜·南古切奥不断寄来明信片,提醒他履行诺言。信上永远是两行文字,语法和拼写错漏百出。胡安娜写得吃力,偷偷寄给费利佩,因为她许诺保守秘密,等待费利佩找到孩子的下落。费利佩反复让她保持耐心,但她等不起。胡安娜算着自己在世的日子,离世前必须找到孩子,帮助堂娜劳拉脱离炼狱。费利佩问她如何知道去世的确切日期,胡安娜只说自己在厨房的日历上画了一个红圈。她住在奥菲莉亚家,生平第一次无所事事,筹备着自己的葬礼。

12月的一个周五,费利佩收到了1942年比森特·乌尔维纳经手的教会捐赠明细。唯一值得注意的是瓦尔特和海尔加·施纳克夫妇一项,他们是一家家具厂的厂主。调查员说,家具厂生意兴旺,在南方多城设有分厂,由儿子和女婿经营。诚如乌尔维纳所言,是一户

---

① 巴尔迪维亚,智利南部城市。

富裕人家。返回智利面对奥菲莉亚的时刻到了。

费利佩来访时,妹妹正在画室调制颜料。画室是一间冷飕飕的大平房,有松节油气味,布满蛛网。奥菲莉亚更加臃肿邋遢,白发蓬乱肮脏,因背部疼痛穿着矫正胸衣。胡安娜坐在一角,裹着大衣,穿着羊毛手套和帽子。还是老样子。"看不出你要死了。"费利佩向胡安娜问好,亲吻她的额头。他精心酝酿了一番怜悯说辞,告诉妹妹她还有一个女儿。但是绕弯子实属多余,奥菲莉亚不过淡淡一丝好奇,似乎听了一个与自己无关的玩笑。"我想,你或许想见她。"费利佩说。奥菲莉亚说恐怕要稍等一会儿,她正在绘制壁画。胡安娜插话要求同往,她要亲眼看到那女孩,才能安心闭上眼睛。三人出发了。

胡安娜·南古切奥只见了英格丽一面,仅一面便宽了心。她在每晚两次的祈祷之间与堂娜劳拉通联,她告诉夫人,外孙女已经找到,罪孽已赎,可以准备升入天堂了。胡安娜的日历还有二十四天。她躺在床上,四周是圣像和所爱的德尔索拉尔一家的照片。她决定饿死,不吃不喝,只含一点冰,润湿干燥的嘴巴。她走了,没有犹豫,没有疼痛,比预期早了几天。"她走得急。"费利佩说。他哀痛伤心,自己成了孤儿。胡安娜买的普通松木棺材立于房间一角,费利佩弃之不用。他以唱弥撒礼和铜钉胡桃木棺将胡安娜葬入德尔索拉尔墓园,与父母做伴。

三天后,暴雨减弱。太阳高悬,有驱散寒冬之意。清晨,哨兵一般守卫维克多·达尔莫老屋的杨树焕然一新。白雪覆盖山脉,映着浅紫色的晴朗天空。两条大狗抖去闭门不出的无精打采,在潮湿的花园嗅探,在泥地尽情打滚。小狗则躺在壁炉边。以犬类的年龄论,它和主人一样老迈。这几天,英格丽·施纳克住在维克多家。这并非全然因为暴雨,她早已习惯南方的多雨天气。和维克多初次见面,英格丽希望留足时间彼此了解。她细心筹划了几个月,坚定地拒绝丈夫和孩子陪同。"这种事只能自己来,您能理解吧?我犹豫了很久,这是我第一次单独出远门,而且我不知道您会做何反应。"她对维克多说。与生母,英格丽难以跨越五十年的缺席,与维克多她却很快成为朋友。自然,维克多永远无法和瓦尔特·施纳克并论,他是英格丽深爱的养父,是她唯一的父亲。"他年事已高,维克多,我随时可能失去他。"英格丽说。

英格丽和维克多发现,两人都弹吉他寻求慰藉,是同一支足球队的球迷,都喜欢间谍小说,都能吟诵聂鲁达的诗句。英格丽吟诵的是情诗,维克多吟诵的是血泪书写的诗篇。两人的共同之处不止于此,他们同样忧郁多思。维克多以工作麻木自己、克制忧郁;英格丽依靠药物,依赖家庭始终如一的坚实温暖。维克多很遗憾,女儿遗传了他的忧愁,却没有继承奥菲莉亚的艺术才气和湛蓝眼眸。"难过的时候,是家庭的温暖帮我度过。"英格丽说。她从未缺少家人的爱,她是父母最疼爱的孩子,弟弟们也迁就她。高大魁梧、肤色古铜的丈夫可以一手举起她,像大型犬一般温实。维克多也说,隐隐的忧郁挥之不去,不时裹挟可怖的回忆袭来,同样是罗赛以温情助他抵御。罗赛走后,他败下阵来,心火熄灭,只剩三年伤痛的一路灰烬。维克多讶异于自己哽咽着诉说心曲,他从未言说内心的旧伤,哪怕在马塞尔面前。他不仅躯体萎缩,灵魂也在衰败。他受困于老朽的偏执、岩石般的枯寂和鳏夫的孤独。他疏远了仅有的朋友,不再找老伙伴下棋弹琴,放弃了周日的烤肉。维克多仍在工作,不免与患者和学生接触,但他极为疏离,似乎面对着屏幕。年轻时起,忧郁便是维克多性格中本质的一部分,他似乎在为人世的苦难、暴力和恶行服丧悲悼。大灾大难面前,幸福是可耻的。在委内瑞拉那些年,维克多以为自己克服了忧郁。委内瑞拉蓊郁热烈,与罗赛情爱绵长,他不再将自己紧紧裹于悲伤。忧郁不是高贵的外衣,而是对生命的蔑视,罗赛说。然而,罗赛走后,维克多随之枯萎,忧郁变本加厉地卷土重来。只有马塞尔和宠物对他有所触动。

"忧郁是我的敌人,它正在扩大地盘。英格丽,余生里我会变成与世隔绝的修士。"

"那就成了行尸走肉。维克多,学学我,不要被动等待,给它迎面一击。我治疗多年才学会。"

"你有什么理由忧郁,孩子?"

"我的丈夫也这么问。我不知道,维克多。这大概不需要理由,是性格使然。"

"性格难移。于我已经太晚,我只能接受这副模样。我八十岁了,你到家那天是我的生日。八十岁是怀旧的年纪,英格丽,是给人生列清单的年纪。"他说。

"冒昧地问一句,您的清单上有什么?"

"我的人生是一连串航行,从一地到另一地。我是外乡人,不知道根在哪里……我的灵魂也在航行。不过,现在反思人生没有什么意义,早年就该想。"

"谁也不会在年轻时思考人生,维克多,多数人一辈子也不会。我的父母九十多岁高龄,他们没有反思过。他们并不多想,一天又一天满足地活着。"

"晚年回想人生是一大遗憾,英格丽,什么都来不及改变。"

"过去固然不能改变,但悲惨的记忆或许可以抹去……"

"你想一想,英格丽,攸关命运的重大变故几乎从来不由我们掌握。就说我吧,回首算来,内战支配了我的青年时代,后来是军事政变、集中营和流亡。一切都不是我的选择,碰上了而已。"

"但有的事确实是您的选择,比如行医。"

"是的,行医给我许多快慰。你知道我最感激什么吗?是爱情。爱情超越所有,决定了我的一生。拥有罗赛是我的幸运。她永远是我的毕生挚爱。因为罗赛,我又有了马塞尔。为人父也是人生大幸,让我坚信人性的善。如果没有马塞尔,这一信念早已灰飞烟灭。我见过太多残酷,英格丽,我知道人什么事都做得出来。我也很爱你的生母,虽然时间短暂。"

"为什么?究竟发生了什么?"

"那是另一个时代。半个世纪里,智利和世界变了很多。但当时,奥菲莉亚和我不可能跨过社会和经济的鸿沟。"

"如果你们那么相爱,或许可以冒险……"

"她曾经提议私奔,逃到一个热情的国家,在棕榈树下相爱厮守。难以相信吧,那时的奥菲莉亚如此激烈、爱冒险。但我和罗赛结了婚,什么也无法给予奥菲莉亚。而且我知道,如果她和我私奔,不出一周就会后悔。是我懦弱吗?我自问过许许多多次。是我愚钝麻木,没有思量这段感情的后果,无意中重重地伤害了她。我不知道她怀孕了,她也不知道自己生下女孩,并且还在人世。如果我们知情,或许就是另一回事。纠缠过去没有意义,英格丽。不管怎么样,你是因爱而生,不要怀疑这一点。"

"八十岁不晚,维克多。您的责任已尽,可以做自己喜欢的事。"

"例如什么,孩子?"维克多笑着问。

"例如探险。我想去非洲观兽旅行,向往多年,某天说服丈夫或许就能成行。您大可再谈一场恋爱。不妨试一试,或许很有趣。您说是吗?"

维克多仿佛听见罗赛临走时的嘱咐。罗赛提醒他,人是群居动物,不是为社会编写的程序。人需要给予,也需要索取。正因如此,她再三要求丈夫走出独身,甚至为他选定了女朋友。维克多随即想起梅切的温柔。这位开朗的女邻居送来猫咪,送来菜园的西红柿和药草,丰满的仙女雕像衬得她那么娇小。维克多决定,送走女儿之后就为梅切送去余下的墨鱼饭和焦糖布丁。又是新的航行,他想。如此,故事向终点驶去。

致　谢

　　第一次听说温尼伯号这一艘希望之舟是在童年时期，在我的外祖父家中。多年以后，再度听到这一令人怀念的名字是与维克多·佩伊在委内瑞拉的交谈，我们同是流亡人。当时，我不是作家，也没有想到会成为作家，但温尼伯号及其搭载的难民的故事却烙印在我的记忆中。四十年后，我终于得以讲述这个故事。

　　这是一部小说，但历史事件和历史人物是真实的。小说人物是虚构的，取材于我认识的人。创作每一部作品时，我必详尽地考察。这一次，我只需稍加想象，因为考察所获的素材绰绰有余。本书自成，犹如历史借我之手书就。因而，我衷心感谢：

　　维克多·佩伊，他已去世，享年一百零三岁。我曾与他频频通信，校正故事细节。感谢阿图罗·希隆医生，我流亡时期的朋友。

　　巴勃罗·聂鲁达，感谢他将西班牙难民送往智利，感谢他的诗作与我一路同行。

　　我的儿子尼古拉斯·弗里亚斯，感谢他热心阅读小说初稿。感谢我的弟弟胡安·阿连德一页一页多次修改，帮助我调查本书所涉的1936年至1994年的史实。

　　我的编辑乔安娜·卡斯蒂略和努丽亚·特伊。

　　我忠实的研究者莎拉·希勒斯海姆。

　　我的经纪人尤易斯·米格尔·帕洛玛莱斯、格洛丽亚·古铁雷斯和玛丽贝尔·卢克。

阿方索·博拉多,感谢他悉心校对草稿,他已退休,校对完全出于热忱,感谢他鞭策我继续努力。

豪尔赫·曼萨尼亚,感谢这位严谨(且自称英俊)的读者勘误,四十年被英语环绕,我犯下不少语法错漏和各类谬误。

亚当·霍赫希尔德,感谢他的杰作《西班牙在我们心中》,感谢其他数十位作者,他们的著作帮助我完成了历史考察。